国学经典丛书
名家注评本

西湖梦寻

[明]张岱 著
李小龙 注评

长江出版传媒
长江文艺出版社

图书在版编目（CIP）数据

西湖梦寻 /（明）张岱著 ；李小龙注评. -- 武汉 ：
长江文艺出版社，2019.6（2023.9 重印）
（国学经典丛书. 第二辑）
ISBN 978-7-5702-0422-9

Ⅰ. ①西… Ⅱ. ①张… ②李… Ⅲ. ①小品文－作品
集－中国－明代②《西湖梦寻》－注释 Ⅳ. ①I264.8

中国版本图书馆 CIP 数据核字（2018）第 102152 号

策　　划：张远林
责任编辑：黄海阔　　　　责任校对：毛季慧
封面设计：新华智品　　　　责任印制：邱　莉　王光兴

出版：长江出版传媒 | 长江文艺出版社
地址：武汉市雄楚大街 268 号　　邮编：430070
发行：长江文艺出版社
http://www.cjlap.com
印刷：三河市百盛印装有限公司

开本：880 毫米×1230 毫米　1/32　　印张：8.5
版次：2019 年 6 月第 1 版　　2023 年 9 月第 2 次印刷
字数：178 千字

定价：72.00 元

总序

郭齐勇　武汉大学国学院院长

国学大师钱穆先生曾说“今人率言‘革新’，然革新固当知旧”。对现代人尤其是青年一代来说，缺乏的也许不是所谓的“革新力量”，而是“知旧”，也即对传统的了解。

中国文化传统的源头，都在中国古代经典当中。从先秦的《诗经》《易经》，晚周诸子，前四史与《资治通鉴》，骚体诗、汉乐府和辞赋，六朝骈文，直到唐诗、宋词、元曲和明清小说，在传统经典这条源远流长的巨川大河中，流淌着多少滋养着我们精神的养分和元气！

《说文解字》上说“经”是一种有条不紊的编织排列，《广韵》上说“典”是一种法、一种规则。经与典交织运作，演绎中国文化的风貌，制约着我们的日常行为规范、生活秩序。中国文化的基调，总体上是倾向于人间的，是关心人生、参与人生、反映人生的，当然也是指导人生的。无论是春秋战国的诸子哲学，汉魏各家的传经事业，韩柳欧苏的道德文章，程朱陆王的心性义理；还是先民传唱的诗歌，屈原的忧患行吟，都洋溢着强烈的平民性格、人伦大爱、家国情怀、理想境界。尤其是四书五经，更是中国人的常经、常道。这些对当下中国人治国理政，建构健康人格，铸造民族精魂都具有重要意义。经典是当代人增长生命智慧的源头活水！

长江文艺出版社历来重视中华民族优秀传统文化的传播及普及，近年来更在阐释传统经典、传承核心文化价值、建构文化认同的大纛下努力向中国古典文化的宝库掘进。他们欲推出《国学经典丛书》，殊为可喜。

怎么样推广这些传统文化经典呢？

古代经典和现代读者的阅读习惯及趣味本来有一定差距，如果再板起面孔、高高在上，只会让现代读者望而生畏。当然，经典也不是任人打扮的小姑娘，一味将它鸡汤化、庸俗化、功利化，也会让它变味。最好的办法就是，既忠实于经典的原汁原味，又方便读者读懂经典，易于接受。在这个原则的指导下，《国学经典丛书》首先是以原典为主，尊重原典，呈现原典。同时又照顾现实需要，为现代读者阅读经典扫除障碍，对经典作必要的字词义的疏通。这些必要精到的疏通，给了现代读者一把迈入经典大门的钥匙，开启了现代读者与古圣先贤神交的窗口。

放眼当下出版界，传统文化出版物鱼目混珠、泥沙俱下，诸多出版商打着传承古典文化的旗号，曲解经典，对现代读者尤其是广大青少年认知传承经典起了误导作用。有鉴于此，长江文艺出版社推出的《国学经典丛书》特别注重版本的选取。这套丛书大多数择取了当前国内已经出版过的优秀版本，是请相关领域的名家、专业人士重新梳理的。这些版本在尊重原典的前提下同时兼顾其普及性，希望读者能有一次轻松愉悦的古典之旅。

种种原因，这套丛书必然会有缺点和疏漏，祈望方家指正。

前 言

晚明是小品文的时代，张岱则是晚明小品文当之无愧的殿军。他不但用自己的灵性进一步扩展了小品文的艺术疆界，而且用自己沉重的家国之痛让小品文的小性灵承载了更丰厚的内容。

一、张岱生平及著述

要了解张岱的生平与著述，我们也可以用他的一篇小品文为纲来梳理——他的名文：《自为墓志铭》。

> 蜀人张岱，陶庵其号也。少为纨绔子弟，极爱繁华，好精舍，好美婢，好娈童，好鲜衣，好美食，好骏马，好华灯，好烟火，好梨园，好鼓吹，好古董，好花鸟，兼以茶淫橘虐，书蠹诗魔，劳碌半生，皆成梦幻。年至五十，国破家亡，避迹山居，所存者破床碎几，折鼎病琴，与残书数帙，缺砚一方而已。布衣蔬食，常至断炊。回首二十年前，真如隔世。

他之所以自称“蜀人”，是因为其远祖为古剑州绵竹人，虽然中间多有迁徙，但他著仍多属“蜀”或“古剑”字样，以示不忘本源之意。

张岱是真正的诗书世家，其远祖可追溯至唐代名相张九龄之弟张九皋，至南宋初又出现了“总中外之任”的重臣张浚。而其高祖张天复、曾祖张元忭、祖张汝霖均以科举起家而为显宦，其曾祖张元忭更为隆庆五年之状元，可谓盛极。所以张岱从小便生活在锦衣玉食之中，故其自评“少为纨绔子弟”，连举十二“好”，均为明清时代贵介公子之所尚。然而时代让他们这个虽已没落但尚留架子的大家族彻底败落，在张岱四十八岁时，明亡清立，中国历史又进入了改朝换代的关头，张家也从世家而变为赤贫，“十二好”公子亦成为“断炊”者。

> 常自评之，有七不可解：向以韦布而上拟公侯，今以世家而下同乞丐，如此则贵贱紊矣，不可解一；产不及中人，而欲齐驱金谷，世颇多捷径，而独株守於陵，如此则贫富舛矣，不可解二；以书生而践戎马之场，以将军而翻文章之府，如此则文武错矣，不可解三；上陪玉帝而不谄，下陪卑田院乞儿而不骄，如此则尊卑溷矣，不可解四；弱则唾面而肯自干，强则单骑而能赴敌，如此则宽猛背矣，不可解五；争利夺名甘居人后，观场游戏肯让人先，如此则缓急谬矣，不可解六；博弈摴蒱则不知胜负，啜茶尝水则能辨渑淄，如此则智愚杂矣，不可解七。有此七不可解，自且不解，安望人解？故称之以富贵人可，称之以贫贱人亦可；称之以智慧人可，称之以愚蠢人亦可；称之以强项人可，称之以柔弱人亦可；称之以卞急人可，称之以懒散人亦可。学书不成，学剑不成，学节义不成，学文章不成，学仙、学佛、学农、学圃俱不成，任世人呼之为败家子、为废物、为顽民、为钝秀才、为瞌睡汉、为死老魅也已矣。

年近七十的张岱在新王朝和新赤贫之下已经生活了二十年，他需要对一生进行总结，于是便有了“七不可解”的自评，这“七不可解”充满了复杂难名的情绪。如“贵贱紊”，自然有世代陵替之感，也无疑有对新朝的抵触；“贫富舛”则不但有上条之含义，更有自身操守的坚持；“文武错”一条则指其曾以布衣而上书请斩马士英并率兵追击之事；“上可以陪玉皇大帝，下可以陪卑田院乞儿”是苏轼的话，张岱无施不可之才确有苏轼之风，然其益之以“不谄”“不骄”，则更有超然之致，而“尊卑溷”之评显然是反语了；“宽猛背”与“缓急谬”均为个人修养的自得之语；“智愚杂”则从另一面显出文人之迂与精致来。这些或庄言或谑语、或自嘲或自矜的七不可解比任何陈述都鲜明地描述出张岱的性格来。于是，与前“十二好”相对，这里又有“八可”“八不成”，并且自虐式列出“六为”，亦激愤之语也。

> 初字宗子，人称石公，即字石公。好著书，其所成者有《石匮书》《张氏家谱》《义烈传》《琅嬛文集》《明易》《大易用》《史阙》《四书遇》《梦忆》《说铃》《昌谷解》《快园道古》、《傒囊十集》《西湖梦寻》《一卷冰雪文》行世。

张岱一生蹭蹬，然亦玉成了他的立言事业，其著作极多，涉及极广，质量也很高。这些著作可以说涵盖了经、史、子、集各个方面，而最为其所重视的，自然是史学著作。张家自张元忭开始便被称为“史学世家”，张岱在忱懔不遇的明代就开始了史学的创作，甲申之变后，这种著述行为就具有了更深的意义。他的《石匮全书》（张岱先有《石匮书》二二一卷，又有续作六十三卷，后人题为《石匮书后集》，实不妥，据张岱之孙张礼为《西湖梦寻》所作之凡例，当与《石匮书》合为《石匮全书》）共近三百卷，为有明一代史实之巨著，代表了明清之际明史修撰的最高水平，可惜的是《石匮书》一直未能流通，以至于在很长一段时期里被认为不存于世，故未能产生应有的影响。

生于万历丁酉八月二十五日卯时，鲁国相大涤翁之树子也，母曰陶宜人。幼多痰疾，养于外大母马太夫人者十年。外太祖云谷公宦两广，藏生牛黄丸盈数簏，自余囡地以至十有六岁，食尽之而厥疾始瘳。六岁时，大父雨若翁携余之武林，遇眉公先生跨一角鹿，为钱塘游客，对大父曰："闻文孙善属对，吾面试之。"指屏上《李白骑鲸图》曰："太白骑鲸，采石江边捞夜月。"余应曰："眉公跨鹿，钱塘县里打秋风。"眉公大笑起跃曰："那得灵隽若此，吾小友也。"欲进余以千秋之业，岂料余之一事无成也哉？

此段概述生平，以此知其准确的生年为万历二十五年(1597)，幼时聪慧，不仅当时大名士陈眉公（继儒）期其"以千秋之业"，其实作为山阴状元坊张氏之长孙，张岱自幼便是在这种期望下长大的，但历史已让这种重振家声的期望烟消云散了。而张岱却以其文字成就了另一番"千秋之业"。

甲申以后，悠悠忽忽，既不能觅死，又不能聊生，白发婆娑，犹视息人世。恐一旦溘先朝露，与草木同腐。因思古人如王无功、陶靖节、徐文长皆自作墓铭，余亦效颦为之。甫构思，觉人与文俱不佳，辍笔者再。虽然，第言吾之癖错，则亦可传也已。曾营生圹于项王里之鸡头山，友人李研斋题其圹曰："呜呼，有明著述鸿儒陶庵张长公之圹。"伯鸾高士，冢近要离，余故有取于项里也。明年，年跻七十，死与葬，其日月尚不知也，故不书。

生与死的选择是明清巨变下文人普遍的困境，不能觅死，不能聊生，迁延不决，就仍存人世。此年张岱已年登七十，依《淮南子》的提法亦算中寿了，故欲仿古人自为墓志铭。有趣的是，所仿效者有徐渭，而据其《琅嬛诗集序》载“余老友吴系曾梦文长说余是其后身”，而张岱早年亦极喜徐渭之诗，且曾搜集《徐文长逸稿》，仿徐渭自为墓志铭，确得其宜。

二、张岱卒年讨论

不过，前引张岱《自为墓志铭》只能截止至其写作之时，时年七十，自然无法载录其卒年与寿数。因此，学界对张岱卒年意见颇不一致。胡益民先生据《有明于越三不朽图赞》自序之末署“庚申八月明后学张岱敬书”以及《琯朗乞巧录》自序“庚申八月菊日八十四岁老人古剑张岱书于琅嬛福地”之语，断定其当卒于康熙十九年（1680），享年八十四岁。其实，这些材料只能说明张岱卒年不会早于此年，但并不能确定。不过，在无确切资料之时，此推断似亦合情理，笔者在此前校注《西湖梦寻》及点校《夜航船》时也采用了这一说法。

但是清人温睿临《南疆逸史》却是一个无法绕开的材料。温睿临是浙江人，温体仁族孙，对浙江文献非常熟悉，而且，其与当时史学大家万斯同交好，此书亦因万氏建议而撰，温氏《南疆逸史·凡例》中详细说明了其与万氏就此书之对话，并细列了他所看到的晚明史料，同时，他“乃取万子季野明末诸传及徐阁学，合而订之，正其纰缪，删其繁芜，补其所缺，撰其未备，以成是编”，可信度很高。而其在卷三十九《张岱传》中明确称其“年八十八卒”（《南疆逸史》，中华书局1959年版，第326页），若无确证，自不可忽视此证。

2016年浙江古籍出版社出版了路伟先生自天一阁新发现沈复燦钞本《琅嬛文集》，其书为朱鄼卿先生所捐之别宥斋藏品，书前有‘朱别宥收藏记’朱文长方印，这与张岱所编《夜航船》一书颇类——后者从未刊行，仅凭天一阁所藏朱氏别宥斋藏钞本存世，以此亦可知此《琅嬛文集》之可靠。此新发现之钞本包含大量此前张岱文集所未收之作品（据粗略统计，有诗近五百首，文二十余篇）。其书责编陈小林先生指出，“沈钞本所收七律是编年的，最后一首为《癸亥除夕》，即康熙二十二年（1683），张岱时年八十七岁。”诗云“老景蹉跎逐日挨，桃符又换一年牌。文辞贾岛无烦祭，穷狎昌黎不算灾。志短懒添商陆火，囊羞应办辟瘟杯。里中痎市无赊账，反免他求避债台。”（《沈复燦钞本琅嬛文集》，浙江古籍出版社2016年版，第158页）则从诗作内容来看，确当为其晚年所作。只是此前所推云“张岱时年八十七岁”稍有疏忽，因为其诗名为“癸亥除夕”，确当作于康熙二十二年，换算为公元纪年却不在1683，确切地说，应该是1684年2月14日，可知，写此诗时张岱已然八十八岁。当然，就古人而言此时还不到八十八岁，但张岱除夕写了诗，一般来说自然会进入康熙二十三年，也就是古人所认可的八十八岁了。

其实，即便没有新材料，似乎也可以证明这一点。《张岱诗文集》中有《万休师修大善塔》一诗，诗中有云“若吾大善力既绵，相传天监千余年”，另一篇《修大善塔碑》则更清楚地说：“肇惟天监初成，正值梁武帝舍身之日；后经永乐再造，适当建文逊国之时。岁月迁延，已至千一百八十年于此……”（《张岱诗文集》，上海古籍出版社2014年版，第71、287页）据宋施宿

《（嘉泰）会稽志》卷七云：“大善寺在府东一里二百一十步。梁天监三年，民黄元宝舍地，钱氏女未嫁而死，遗言以奁中资建寺。僧澄贯主其役，未期年而成，赐名大善。屋栋有题字云：‘天监三年，岁次甲申，十二月庚子朔八日丁未。’”则其寺建于天监三年（504），加“千一百八十年”，正为公元1684年。只要作为史学家的张岱计算年历时不出重大差错，此诗与文写于康熙二十三年（1684）的可能性就非常大。则或当据温睿监之记载定“年八十八卒”。

三、本书的整理情况

《西湖梦寻》之自序写于康熙十年（1671），序中已有“作梦寻七十二则”之语，故此时自已成书。然其付梓问世却已在四十六年之后了。据其孙张礼为凤嬉堂刻本所作《凡例》云：

> 先王父生平素多撰述，所著如《陶庵文集》《石匮全书》以及《夜行船》《快园道古》诸本，皆探奇抉奥，成一家言。以卷帙繁多，未能授梓。是集为从弟潗携来岭南，而韶州太守胡公见而称赏，令付剞劂，以张前徽。余小子自顾颛愚，不克仰承先志，而奉兹遗集，益感中怀，爰之梓人，锓以问世。其家藏诸种，俟有力梓行。庶几先王父未坠之精华，复得表章于当代也已。

从其“卷帙繁多，未能授梓”“从弟潗携来岭南，而韶州太守胡公见而称赏，令付剞劂”等语看，此书之前从无刊本，此为初刻。而其署为“康熙丁酉年十月望日”，知已在康熙五十六年（1717）了。幸运的是，此原刻本现在数本流传于世，一为黄裳先生旧藏（参其《清代版刻一隅》及《前尘梦影新录》），一藏于中国国家图书馆，尚有一部藏于公安部群众出版社。

此后光绪九年（1883）又有刊本，删除了康熙本之凡例，并因金堡诗文之被禁毁而调整了序之排列：原本首为金序，现改以王雨谦序，将金序置于第四，并隐金堡之名而为武林道隐，正文中凡涉及金堡者亦均改之。而丁丙辑刻《武林掌故丛编》，第六辑收入此书，亦为光绪九年所刊，与此本同。此后各本，大多出自《武林掌故丛编》。

此书近数十年坊间印行甚多，以情理推测，有康熙原刊本存世，坊间所印自当以原刻为据，从而更近张岱原本之真，然事实却未然。

上海古籍出版社1982年于《明清笔记丛书》中收入马兴荣先生点校之《陶庵梦忆》《西湖梦寻》之合刊本，《点校说明》中云"《西湖梦寻》有康熙本、光绪本等数种"，现以"光绪本《西湖梦寻》为底本，参校其他本子"。然经仔细对校发现，点校并未以康熙本参校，全书正文仅出校记六条：第一条是《明圣二湖》篇"在清明则萍聚之"句，校云"清，《中国文学珍本丛书》本作'晴'。"然此校有误，光绪本原文即为"晴"；而第二条《岳王坟》"万俟卨"之"俟"、第三条《孤山》"庾岭"之"庾"字，原本实不误，不烦校改；第四条《关王庙》"忠臣义士"，据文意改为"忠臣义士"（康熙本即为"忠"）；第五条《于坟》"金屏梅"据《陶庵梦忆》改为"瓶"；第六条《宋大内》"两宫十里恨"据刘基原诗改"十"为"千"。六条均未涉及康熙本。中华书局2007年将此本收入《元明史料笔记丛刊》中，均仍原本之旧（能看到的改动是为每则加了序号并在全书之末编制了《西湖梦寻》引诗作者索引，再就是删去了《点校说明》下的时间落款）。

浙江文艺出版社1984年出版孙家遂先生校注本，云：“《西湖梦寻》旧有《西湖集览》及《武林掌故丛编》本，又有杭州六艺书店及上海杂志公司重排铅印本，今以《西湖集览》本为底本，而以他本校之。”《西湖集览》本仍为丁丙所刻者，与《武林掌故丛编》本同。

上海古籍出版社2001年出版程维荣先生校注本，云：“以《武林掌故丛编》本为底本，参校他本。”但以上二本之云“参校他本”实均未参考康熙本。

那么，康熙本文字究竟是否更近真呢，我们举出数例即可见。

《明圣二湖》录张岱《苏堤春晓》诗，第三句光绪本系统者均作“文弱不胜夜”，末字实不可解，程注本注云“疑为衣”，余本均无校，而康熙本原即“衣”。

《玛瑙寺》有“保六僧撞之”一句，上云三本均同，然“保”字不可解，孙注本释为“责成”，程注本则以“使，分派”注之，均为以意为注者。实原本为“供”。

同篇有“吾想法夜闻钟，起人道念”句，“法”字费解，程注本云“疑为‘清’”，而原本即“清”。

如此之例甚多，不再详举。

另有漏字者，如《灵隐寺》篇光绪本阙一行二十字：“见有千余人蜂拥而来，肩上（有布袋，贮米五斗，齐至仓前库头，掣数袋斛之，五百）担米，顷刻上禀，斗斛无声。”（括号中为所阙者。）康熙本与光绪本皆每行二十字者，故后正阙一行。

还有需考证方知正误者：

如《十锦塘》引李流芳文有“小春四日”句，光绪本或因此文有“壬子正月”之语而改为“小春四月”，实误。首先，四月实已非春；其次，小春实指十月，宋陈元靓《岁时广记》卷三七引《初学记》:“冬月之阳，万物归之。以其温暖如春，故谓之小春，亦云小阳春。”康熙本即为“日”，且李流芳《檀园集》原文即为“日”。其实，《檀园集》还有旁证可参，其《程翁震泉贤配朱孺人七十寿序》文末有歌云:“阳月兮小春，设帨兮兹辰。月初生兮令方新，菊黄花兮枫丹林。”所谓“阳月”与“小春”同义，后所举之菊黄、枫丹皆为十月物候。

还有康熙本与光绪本皆错者，但可观其致误之脉络:

如《孤山》所附徐渭《孤山玩月》诗有“暇时吐高怀，四座尽倾听”一联。第一字康熙本为“夏”，光绪本为“暇”，看上去似以光绪本为是，然检核《徐渭集》方知其原为“忧”，康熙本误“憂”为“夏”，尚存形似，光绪本校刻者以此不通，亦不考文长原作，即意以同音而改为“暇”，看似通顺，文意却大变。

因此，本书以康熙刻本为底本，校以光绪本及所引袁宏道、李流芳、徐渭等人别集，力图整理出一个文字可信的本子来。不过，限于体例，不列校记。但有几项点校原则，说明如下：一、尽量不改动底本，若有明显误字者，据参校本改（仅意改两字，即序言所署时间，原为“辛亥七日”，“日”字必“月”之误，以其后尚有“既望”二字，故径改；《六贤祠》“立四贤祠，以祀李邺侯、白、苏、林三人”，改“三”为“四”。而前文所云“夏”改为“忧”是可以确证的误字，故径改）；二、尽量不据各家别集校改底本，因张岱在收录这些诗文之时或有自己的考虑，故如白居易《钱塘湖春行》诗、柳永《望海潮》词等均与原文有出入，再如刘基《宋大内》诗，中间少了八句，但上下仍贯通，或为作者有意落之，故均仍其旧；三、所引诗文之标题亦与原文多不同，亦不据各家文集回校；四、康熙本所附五篇序及凡例对理解《西湖梦寻》之成书很有帮助，故附录于书末。

以上的情况均是对文字校订的说明，还有就是本文的注。

《西湖梦寻》的注本其实并不少，若论认真而有贡献者，仍属孙家遂先生注本，孙先生事属草创，虽有阙注或误注者，但为此书注释椎轮大辂。此后程维荣先生注本当参考了孙注，但也有不少更正旧注之误者及新注，也是不错的本子。

不过，此二本亦有应注而未注或语焉不详者。

比如，全书提及人物中，有许多注云“待考”或失注者，本书就补注了八十余人。对人物生平的了解自然会帮助我们对文章内容的接受。比如《灵隐寺》篇提到的具和尚，张岱已说此人“为余族弟”，且送其之诗有“余自闻言请受记，阿难本是如来弟。与师同住五百年，挟取飞来复飞去”之句，可见张岱很尊敬此人，且此人于灵隐寺亦大有功德，《灵隐寺》一篇实为具和尚之专传，但孙、程二注均未及之。胡益民先生于张岱研究颇有心得，其《张岱评传》及《张岱研究》二书均考证此具和尚实为静涵禅师张有誉，算是对张岱交游有了新的开拓。然仍有误，此人实当为张岱族弟张弘礼，吴伟业有《灵隐具德和尚塔铭》一文，对此人生平有详细的叙述。再如《西溪》篇云：“余友江道闇有精舍在西溪，招余同隐。余以鹿鹿风尘，未能赴之，至今犹有遗恨。”江道闇孙、程二注本亦未注，此人实名江浩，字道庵，钱塘人，明诸生，明亡为僧，名济斐，字月用，其曾于西溪之横山筑蝶庵并隐居于此，张岱所云精舍，即江浩所建之蝶庵。而张岱晚年曾自号蝶庵，应有稍补其遗恨之意。这些人物若不注出，对原文的理解自会打折扣。

除此之外，有关典故及遗迹亦尽力搜讨，以期所注更为切当。如《法相寺》开篇即云“法相寺俗称长耳相”，孙注本注云“疑为‘长耳寺’之误”，程注本则肯定地说“应为‘长耳寺’”，然据《咸淳临安志》《武林旧事》《西湖游览志》等书载，知“长耳相”乃“长耳相院”之省称，《咸淳临安志》尚有“长耳相巷”之名；此外据《梦粱录》等书载，知此寺长耳和尚法真有号为“长耳相禅师”，故其并不误。再如《法相寺》又有“至宋乾祐四年正月六日，无疾，坐方丈，集徒众，沐浴，趺跏而逝”之语，《龙井》有“唐乾祐二年，居民募缘改造为报国看经院”之语，孙注本前者云“按宋无乾祐年号，必有误”，后者云“按唐无乾祐年号，此处必有误字”；而程注本前者则“疑为乾德之误”，后者直接云“当为乾封”。就后者而论，若为乾封，则在唐初，元人邓文原有《南山延恩衍庆寺藏经阁记》一文云：“寺肇始于吴越钱氏，曰报国看经院。”知与唐初已隔近三百年矣。至于前者，据《宋高僧传》对长耳和尚生平之记载可考知，此人实卒于后汉乾祐三年之次年，即后周广顺元年，故此所载“宋乾祐”实为“后汉乾祐”，而载述者以其乾祐三年十一月病，次年三月“趺跏而逝”便顺理成章地写为“乾祐四年”了。由上可知，这两处无论是唐还是宋，实均为“后汉”之误。

然而，校书如扫落叶，旋扫旋生；注书则更易为通家所笑。若本书校与注有疏误之处，还期方家赐教。

需要特别说明一下本书整理中的评点。

评点是中国古代文学最为独特的阅读与欣赏体制，可惜的是，近代以来，在西方文化的强势影响下，评点退缩成为文本可有可无的附件，以及佐证某些文学理论的材料，于是，除诗词的评点在当下的整理中还多有保留，以为解诗之助外，而说部与文章则几乎全部被剔除出去。这是完全把中国的小说与文等同于西方类似文体后的以西律中的结果。

因此，在整理《西湖梦寻》时，我试着把张岱友人王雨谦所作之评点完全保留下来（书中简称“王评”），这样，读者在阅读张岱文字的同时，还可听到张岱友人的指点与评析，有时，只有将正文与评点结合起来，才会发现文本中复杂的光影。王雨谦评语因所据《续修四库全书》本影响偶有漶漫之处，所以个别字迹无法辨认，只好以“□”代之。

另外，笔者一直认为，我们应该努力恢复被中断的评点传统。于是我也试图把自己阅读《西湖梦寻》的感受仿明清评点者的口吻说出来，亦以附于王雨谦评点之后（简称“龙评”），非敢与前贤争胜，聊作抛砖引玉之用而已。

最后需要说明的是，本书的整理属于笔者主持北京市社会科学基金项目《中国散文评点史研究》的一部分。

李小龙　谨识于凉雨轩

自序

余生不辰[①]，阔别西湖二十八载，然西湖无日不入吾梦中，而梦中之西湖，实未尝一日别余也。

前甲午、丁酉[②]，两至西湖，如涌金门商氏之楼外楼[③]、祁氏之偶居[④]、钱氏余氏之别墅[⑤]及余家之寄园[⑥]，一带湖庄，仅存瓦砾。则是余梦中所有者，反为西湖所无。及至断桥一望[⑦]，凡昔日之弱柳夭桃、歌楼舞榭，如洪水淹没，百不存一矣。余乃急急走避，谓余为西湖而来，今所见若此，反不若保吾梦中之西湖，尚得完全无恙也。

【注释】

①不辰：不得其时。《诗·大雅·桑柔》："我生不辰，逢天僤怒。"故"余生不辰"句实暗含"逢天僤怒"之语，即暗指明清易代之变革。此云"阔别西湖二十八载"，末署"岁辛亥"，则知其所示"逢天僤怒"之时即明亡之年（1644）。

②甲午、丁酉：分别指清顺治十一年（1654）和十四年（1657）。

③涌金门：原为古杭州西城门，始建于五代十国的吴越时期，据宋人赵彦卫《云麓漫钞》载："钱湖一名金牛湖，一名明圣湖。湖有金牛，遇圣明即见，故有二名焉……行次北第二门曰涌金门，即金牛出见之所也。"至南宋时改称丰豫门，明初仍复旧名。商氏，指商周祚，绍兴会稽人，万历二十九年（1601）进士，官太仆寺少卿、兵部尚书等职。

④祁氏：指祁彪佳（1602—1645），字虎子，号世培，别号远山堂主

人。山阴（今浙江绍兴）人。著名藏书家祁承之子，祁豸佳（为《西湖梦寻》作序者）之兄，也是商周祚的女婿。天启二年（1622）进士，崇祯四年（1631）升任右佥都御史。清兵攻占杭州后自沉殉国，卒谥忠敏。著有《远山堂曲品》和《远山堂剧品》等。祁氏非常喜欢修筑园林，如他在明亡前夕就修建了寓园，而偶居是祁彪佳在西湖所营之居所。

⑤钱氏、余氏：分别指钱象坤与余煌。钱象坤（1569—1640），字弘载，号麟武，会稽（今绍兴）人。万历二十九年（1601）进士。余煌，曾任翰林院修撰与兵部尚书。顺治三年，清兵进逼绍兴，余煌殉国而死。

⑥寄园：张岱祖父所建别墅，在柳洲亭边。卷五《芙蓉石》载云“盖此地为某氏花园，先大夫以三百金折其华屋，徙造寄园”。

⑦断桥：田汝成《西湖游览志》云：“断桥本名宝祐桥，呼‘断桥’自唐始。张祜诗‘断桥荒藓合’是也，岂孤山之路至此而断故名欤？元钱惟善《竹枝词》有‘段家桥’之名，人以为杜撰，然杨、萨诸诗亦称，未为无据也。”

因想余梦与李供奉异[⑧]：供奉之梦天姥也，如神女名姝，梦所未见，其梦也幻；余之梦西湖也，如家园眷属，梦所故有，其梦也真。今余僦居他氏已二十三载，梦中犹在故居；旧役小傒，今已白头，梦中仍是总角[⑨]。夙习未除，故态难脱。而今而后，余但向蝶庵岑寂，蘧榻于徐[⑩]，惟吾旧梦是保，一派西湖景色，犹端然未动也。儿曹诘问，偶为言之，总是梦中说梦，非魇即呓也。余犹山中人，归自海上，盛称海错之美[⑪]，乡人竞来共舐其眼[⑫]。嗟嗟！金齑瑶柱[⑬]，过舌即空，则舐眼亦何救其馋哉！

因作《梦寻》七十二则，留之后世，以作西湖之影[⑭]。

岁辛亥七月既望[⑮]，古剑蝶庵老人张岱题。

【注释】

⑧李供奉：指唐代诗人李白（701—762），因其曾任翰林供奉而有此称。下文之“梦天姥”，即指李白《梦游天姥吟留别》一诗。

⑨二十三载：张岱《瑯嬛文集》所收此序为“二十二载”，或为抄刻之误。小傒（xī）：奴仆。总角：古时儿童束发为两结，向上分开，形状如角，故称总角。

⑩蝶庵岑寂，蘧榻于徐：此句用“庄周梦蝶”的典故。《庄子·齐物论》云：“昔者庄周梦为蝴蝶，栩栩然蝴蝶也；自喻适志与，不知周也；俄然觉，则蘧蘧然周也。”此以“蝶”名其庵，且曰“岑寂”；以“蘧”喻其榻，且云“于徐”（即安然自得之意），表明一种避世的态度。

⑪海错：《尚书·禹贡》有“海物惟错”之语，错原有错杂多种之意。后因称各种海味为海错。

⑫舐眼：用舌舔眼睛。这是一个奇特的比喻，意谓乡人知其见到过多种美味，便想舔他的眼睛来感受那些美味。

⑬金齑瑶柱：金齑指切成细末的精美食物；瑶柱即江瑶柱，又名海月，一种贝类，壳大而薄，前尖后宽，呈楔形，其肉极为鲜美。

⑭“因作《梦寻》七十二则，留之后世，以作西湖之影”一句《西湖梦寻》诸刻本原在“余犹山中人”之前，而张岱《瑯嬛文集》所收此序则在其后。按：据其语势，前云其惟旧梦是保，西湖景色，仍在梦中，为儿曹言之，似梦中说梦，紧接其犹山中人，向乡人言海错味美之喻，语意贯通，若中插“作《梦寻》七十二则”云云，颇有割裂之感；而“作《梦寻》七十二则，留之后世，以作西湖之影”又显为序文之收束。故依《瑯嬛文集》本复正。

⑮辛亥：即康熙十年（1671）。既望，指每月的十六。

目　　录

卷一　西湖总记

明圣二湖 · 003

卷二　西湖北路

玉莲亭 · 017
昭庆寺 · 018
哇哇宕 · 024
大佛头 · 025
保俶塔 · 027
玛瑙寺 · 030
智果寺 · 033
六贤祠 · 035
西泠桥 · 038
岳王坟 · 040
紫云洞 · 048

卷三　西湖西路

玉泉寺 · 053
集庆寺 · 054
飞来峰 · 056
冷泉亭 · 062
灵隐寺 · 065
北高峰 · 070
韬光庵 · 072
岣嵝山房 · 076
青莲山房 · 079
呼猿洞 · 080

三生石 · 082
上天竺 · 085

卷四　西湖中路

秦　楼 · 091
片石居 · 092
十锦塘 · 093
孤　山 · 099
关王庙 · 107
苏小小墓 · 110
陆宣公祠 · 113
六一泉 · 116
葛　岭 · 118
苏公堤 · 120
湖心亭 · 125
放生池 · 128
醉白楼 · 131
小青佛舍 · 132

卷五　西湖南路

柳洲亭 · 137
灵芝寺 · 140
钱王祠 · 142
净慈寺 · 149
小蓬莱 · 152
雷峰塔 · 155
包衙庄 · 157
南高峰 · 160
烟霞石屋 · 161
高丽寺 · 165
法相寺 · 166
于　坟 · 169
风篁岭 · 180
龙　井 · 182
一片云 · 183
九溪十八涧 · 185

卷六　西湖外景

西　溪 · 189
虎跑泉 · 191
凤凰山 · 193
宋大内 · 195
梵天寺 · 201
胜果寺 · 202
五云山 · 204

云　栖 · 205
六和塔 · 211
镇海楼 · 214
伍公祠 · 218
城隍庙 · 220
火德庙 · 223
芙蓉石 · 224
云居庵 · 226
施公庙 · 228
三茅观 · 229
紫阳庵 · 231

附　录

金堡《序》 · 237
祁豸佳《序》 · 238
王雨谦《序》 · 239
李长祥《序》 · 240
查继佐《序》 · 241
张礼《凡例》 · 242

卷一 西湖总记

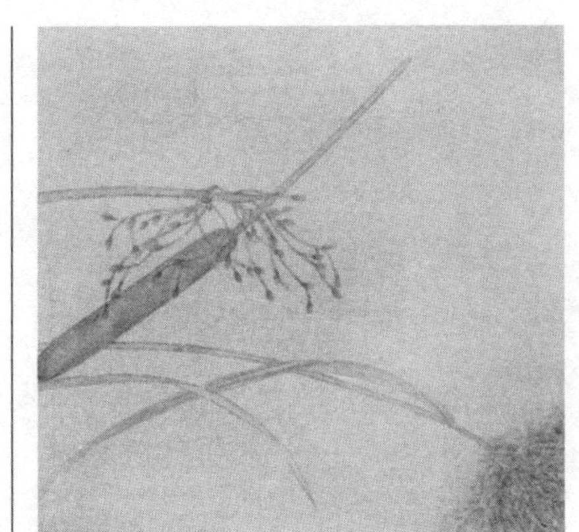

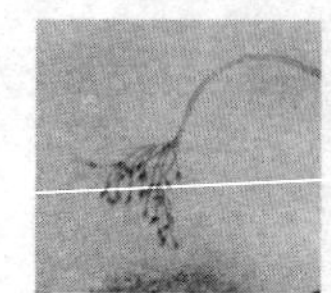

明圣二湖[①]

自马臻开鉴湖[②]，而由汉及唐，得名最早。后至北宋，西湖起而夺之。人皆奔走西湖，而鉴湖之澹远，自不及西湖之冶艳矣。至于湘湖则僻处萧然[③]，舟车罕至，故韵士高人无有齿及之者。余弟毅孺常比西湖为美人[④]，湘湖为隐士，鉴湖为神仙。余不谓然。余以湘湖为处子，眠娗羞涩[⑤]，犹及见其未嫁之时；而鉴湖为名门闺淑，可钦而不可狎；若西湖则为曲中名妓，声色俱丽，然倚门献笑，人人得而媟亵之矣。

【注释】

①明圣二湖：上文“涌金门”条注引赵彦卫《云麓漫钞》云：“钱湖一名金牛湖，一名明圣湖。”明人田汝成《西湖游览志》云：“汉时金牛见湖中，人言明圣之瑞，遂称为明圣湖。”此云“二湖”，指西湖里湖与外湖而言。

②马臻：东汉时会稽太守，曾于会稽山阴界开凿镜湖，周回三百里蓄水灌田。鉴湖，即镜湖，在今绍兴市西南，相传黄帝铸镜湖边，因以得名。

③湘湖：万历《绍兴府志》云：“湘湖在县西二里，本民田，低洼受浸。宋神宗时居民吴姓者奏乞为湖。而政和二年，杨龟山先生来知县事，遂成之。”

④毅孺：即张岱族弟张弘，字毅儒，与张岱“总角交契三十年”，为其“诗学知己”，曾选《明诗存》。

⑤眠娗（tiǎn）：1. 古代寓言中假托的人名。意为腼腆。害羞、不大

方的样子。《列子·力命》云："眠娗、諈诿、勇敢、怯疑四人，相与游于世，胥如志也。"这是伪托的人名，实即腼腆。田汝成《西湖游览志馀·委巷丛谈》载杭州人称"蕴藉不暴躁者曰眠娗"。

人人得而媟亵，故人人得而艳羡；人人得而艳羡，故人人得而轻慢。在春夏则热闹之至，秋冬则冷落矣；在花朝则喧哄之至[⑥]，月夕则星散矣；在清明则萍聚之至，雨雪则寂寥矣。故余尝谓："善读书，无过董遇三余[⑦]，而善游湖者，亦无过董遇三余。董遇曰：'冬者，岁之余也；夜者，日之余也；雨者，月之余也。'雪巘古梅[⑧]，何逊烟堤高柳；夜月空明，何逊朝花绰约；雨色涳濛，何逊晴光滟潋。深情领略，是在解人。"即湖上四贤[⑨]，余亦谓："乐天之旷达[⑩]，固不若和靖之静深[⑪]；邺侯之荒诞[⑫]，自不若东坡之灵敏也[⑬]。"其余如贾似道之豪奢[⑭]，孙东瀛之华赡[⑮]，虽在西湖数十年，用钱数十万，其于西湖之性情、西湖之风味，实有未曾梦见者在也。世间措大[⑯]，何得易言游湖。

【注释】

⑥花朝：即花朝节，据说农历二月十五日为"百花生日"，故称此日为"花朝节"。宋吴自牧《梦粱录·二月望》云："仲春十五日为花朝节，浙间风俗，以为春序正中，百花争放之时，最堪游赏。"

⑦董遇：三国时人，《三国志》裴注引《魏略》云："遇字季直，性质讷而好学……人有从学者，遇不肯教，而云必当先读百遍，言读书百遍，而义自见。从学者云：'苦渴无日。'遇言：'当以三余。'或问三余之意，遇言：'冬者岁之余，夜者日之余，阴雨者时之余也。'"

⑧巘（yǎn）：险峻的山。

⑨湖上四贤：据《西湖游览志》记载，四贤堂为"正德间郡守杨孟瑛建，以祀唐刺史李公泌、白公居易、宋守苏公轼、处士林公逋者"。

⑩乐天：即唐代诗人白居易（772—846），字乐天，太原人。其于长

庆初年任杭州刺史时曾疏浚西湖、筑堤引水，可算西湖之功臣。其所筑之堤时称为白沙堤，后人为纪念他，亦称为白堤。

⑪和靖：即宋代诗人林逋（967—1028），字君复，钱塘人，隐居孤山，终身不仕、不娶，以梅鹤为伴，人称梅妻鹤子，卒谥和靖先生。

⑫邺侯：即李泌（722—789），字长源，京兆（长安）人。历仕四朝，封邺侯。曾任杭州刺史，开井凿洞，引西湖水，杭人方有淡水可饮。

⑬东坡：即宋代大诗人苏轼（1037—1101），字子瞻，号东坡居士，四川眉山人。一生中曾两次莅杭任职，元祐五年（1090）苏轼守杭时疏浚西湖，利用浚挖的淤泥构筑长堤，后人为纪念他的功绩，把长堤命名为"苏堤"。

⑭贾似道（1213—1275）：字师宪，号秋壑，浙江天台人，本来落魄无赖，然因其姐成为宋理宗宠妃而发迹，为南宋奸相，南宋之亡，他难辞其咎，后被罢官、贬逐，为监送官郑虎臣杀于漳州木棉庵。不过，他在西湖数十年的豪奢生活却也留下了不少景致。后文多次提及此人，或称"贾平章"。

⑮孙东瀛：明万历间苏杭织造太监孙隆，明李乐《见闻杂纪》云其"读书识事体，苏杭山水景佳处不惜厚费，多所点缀。"关于其对西湖景致的"点缀"，参见本书《昭庆寺》《岳王坟》《玉泉寺》《灵隐寺》《十锦塘》等篇。

⑯措大：对贫寒失意的读书人的贬称。

苏轼《夜泛西湖》诗：

菰蒲无边水茫茫，荷花夜开风露香。
渐见灯明出远寺，更待月黑看湖光。

又《湖上夜归》诗：

我饮不尽器，半酣尤味长。篮舆湖上归，春风吹面凉。
行到孤山西，夜色已苍苍。清吟杂梦寐，得句旋已忘。

尚记梨花村，依依闻暗香。

又《怀西湖寄晁美叔》诗⑰：

西湖天下景，游者无愚贤。深浅随所得，谁能识其全。

嗟我本狂直，早为世所捐。独专山水乐，付与宁非天。

三百六十寺，幽寻遂穷年。所至得其妙，心知口难传。

至今清夜梦，耳目余芳鲜。君持使者节，风采烁云烟。

清流与碧巘，安肯为君妍。胡不屏骑从，暂借僧榻眠。

读我壁间诗，清凉洗烦煎。策杖无道路，直造意所便。

应逢古渔父，苇间自夤缘。问道若有得，买鱼弗论钱⑱。

李奎《西湖》诗⑲：

锦帐开桃岸，兰桡系柳津。鸟歌如劝酒，花笑欲留人。

钟磬千山夕，楼台十里春。回看香雾里，罗绮六桥新。

苏轼《开西湖》诗：

伟人谋议不求多，事定纷纭自唯阿⑳。

尽放龟鱼还绿净，肯容萧苇障前坡。

一朝美事谁能继，百尺苍崖尚可磨。

天上列星当亦喜，月明时下浴金波。

【注释】

⑰晁美叔：即宋代诗人晁端彦（1035—1095），时提点两浙路刑狱，置司杭州，以其为朝廷使派之官员，故诗中有“君持使者节”之句。

⑱“应逢”四句：合用了《庄子·渔父》及《南史·隐逸传》的典故。《庄子》虚构了一个白眉披发的渔父，斥责孔子“擅饰礼乐，选人伦”“苦心劳形以危其真”，并教导孔子要“谨修尔身，慎守其真，还以物与人”，然后“乃刺船而去，延缘苇间”。此“延缘”即诗中之“夤缘”。《南史》载寻阳太守孙缅见到一渔父，“神韵潇洒，垂纶长啸”，孙缅知是得道高人，便想劝其出仕，渔父歌曰：“竹竿籊籊，河水滺滺。相忘为乐，贪饵吞钩。非夷非惠，聊以忘忧。”“于是悠然鼓棹而去”。

⑲李奎：字伯文，号珠山，钱塘人。曾为锦衣从事，与沈炼结纳，后沈弹劾严嵩父子，李力为护持，后为免迫害而归乡，年八十余卒，葬西湖之上。

⑳“伟人”句：指有伟大抱负的人在关键的决定上不会在意众人是否赞许。多：指别人的赞许。唯阿：《老子》云：“唯之与阿，相去几何。”唯、阿皆应诺声，后以“唯阿”喻差别极小，亦有顺从之意。

周立勋《西湖》诗[21]：

平湖初涨绿如天，荒草无情不记年。
犹有当时歌舞地，西泠烟雨丽人船。

夏炜《西湖竹枝词》[22]：

四面空波卷笑声，湖光今日最分明。
舟人莫定游何处，但望鸳鸯睡处行。

平湖竟日只溟濛，不信韶光只此中。
笑拾杨花装半臂，恐郎到晚怯春风。

行觞次第到湖湾，不许莺花半刻闲。
眼看谁家金络马，日驼春色向孤山。

春波四合没晴沙，昼在湖船夜在家。
怪杀春风归不断，担头原自插梅花。

欧阳修《西湖》诗[23]：

菡萏香消画舸浮，使君宁复忆扬州。
都将二十四桥月，换得西湖十顷秋。

【注释】

㉑周立勋：字勒卣，明末松江华亭县学生，崇祯二年（1629），与陈子龙等成立几社。

㉒夏炜：字汝华，号耀寰，浙江桐乡人，万历三十五年（1607）进士。

㉓欧阳修（1007—1072）：字永叔，号醉翁、六一居士，庐陵（今江西吉安）人，天圣八年（1030）进士，以文章名天下。按：欧诗为其“自维扬移守汝阴”（宋赵令畤《侯鲭录》载）时作，所咏自当为颍州（今安徽阜阳）之西湖，非杭州西湖。

赵子昂《西湖》诗㉔：

春阴柳絮不能飞，两足蒲芽绿更肥。

只恐前呵惊白鹭，独骑款段绕湖归。

袁宏道《西湖总评》诗㉕：

龙井饶甘泉，飞来富石骨。苏桥十里风，胜果一天月。

钱祠无佳处，一片好石碣㉖。孤山旧亭子，凉荫满林樾。

一年一桃花，一岁一白发。南高看云生，北高见月没。

楚人无羽毛，能得几游越。

范景文《西湖》诗㉗：

湖边多少游观者，半在断桥烟雨间。

尽逐春风看歌舞，几人着眼看青山。

【注释】

㉔赵子昂：即赵孟𫖯（1254—1322），字子昂，号松雪道人，宋皇室后裔，其先赐第湖州，因而为湖州人。宋亡仕元，官翰林学士。为宋元间著名书画家，有《松雪斋集》。

㉕袁宏道（1568—1610）：字中郎，号石公，湖北公安人，万历二十年（1592）登进士第，与兄袁宗道、弟袁中道并有才名，合称“公安三

袁”。他好山水，曾在苏杭游玩，写下很多游记。张岱也很喜欢他的文章，本书多有选录。

㉖“一片”句：《朝野佥载》云“庾信从南朝初至北方，文士多轻之，信将《枯树赋》以示之，于后无敢言者。时温子升作《韩陵山寺碑》，信读而写其本。南人问信曰：‘北方文士何如？’信曰：‘唯有韩陵山一片石堪共语！薛道衡、卢思道少解把笔，自余驴鸣犬吠，聒耳而已。’”此处化用原典，意谓钱王祠一无可看，可观者唯苏轼《表忠观碑记》而已。

㉗范景文（1587—1644）：字梦章，号思仁，吴桥（今河北吴桥）人。万历四十一年（1613）进士。官至东阁大学士，明亡时赴井而死，谥文忠。

张岱《西湖》诗：

追想西湖始，何缘得此名。恍逢西子面，大服古人评㉘。
冶艳山川合，风姿烟雨生。奈何呼不已，一往有深情㉙。

一望烟光里，苍茫不可寻。吾乡争道上，此地说湖心㉚。
泼墨米颠画㉛，移情伯子琴㉜。南华秋水意㉝，千古有人钦。

到岸人心去，月来不看湖。渔灯隔水见，堤树带烟模。
真意言词尽，淡妆脂粉无。问谁能领略，此际有髯苏㉞。

【注释】

㉘古人评：指苏轼《饮湖上初晴后雨》诗“欲把西湖比西子”之句。

㉙“奈何”句：《世说新语·任诞》云：“桓子野每闻清歌，辄唤‘奈何’，谢公闻之曰：‘子野可谓一往有深情。’”

㉚“吾乡”句：此外暗用《世说新语》的典故，“言语”篇载：“王

子敬云：‘从山阴道上行，山川自相映发，使人应接不暇，若秋冬之际，尤难为怀。’”张岱即为山阴人，故其以山阴道上之风光来比拟西湖美景。

㉛米颠：指米芾（1051—1107），字符章，自号无碍居士、海岳外史等，宋代著名书画家。因其为人癫狂，故人称米颠。其山水画成就很高，喜用泼墨法表现烟云变幻的江南风景，人称米氏云山。此处以米家山水比喻西湖景色。

㉜伯子：指春秋时著名琴师伯牙。此句以琴声使人移情喻美景之醉人。

㉝南华秋水：因唐玄宗时追尊庄子为南华真人，故《庄子》又名《南华真经》，此指《庄子·秋水》篇，此篇有河伯入海望洋兴叹之故事，此句之意即指西湖之美如海一样难以穷尽，引后世万代如河伯望海一样的惊叹。

㉞髯苏：因苏轼多髯，故称其为髯苏。

又《西湖十景》诗：

一峰一高人，两人相与语。此地有西湖，勾留不肯去。（两峰插云）

湖气冷如冰，月光淡于雪。肯弃与三潭，杭人不看月。（三潭印月）

高柳荫长堤，疏疏漏残月。蹩躠步松沙[35]，恍疑是踏雪。（断桥残雪）

夜气滃南屏，轻岚薄如纸。钟声出上方，夜渡空江水。（南屏晚钟）

烟柳幕桃花，红玉沉秋水。文弱不胜衣，西施刚睡起。（苏堤春晓）

颊上带微酡，解颐开笑口。何物醉荷花，暖风原似酒。（曲

院风荷）

深柳叫黄鹂，清音入空翠。若果有诗肠，不应比鼓吹。（柳浪闻莺）

残塔临湖岸，颓然一醉翁。奇情在瓦砾，何必藉人工。（雷峰夕照）

秋空见皓月，冷气入林皋。静听孤飞雁，声轻天正高。（平湖秋月）

深恨放生池，无端造鱼狱。今来花港中，肯受人拘束。（花港观鱼）

柳耆卿《望海潮》词[36]：

东南形胜，三吴都会，钱塘自古繁华。烟柳画桥，风帘翠幕，参差十万人家。云树绕堤沙。怒涛卷霜雪，天堑无涯。市列珠玑，户盈罗绮，竞豪奢。　重湖叠巘清佳。有三秋桂子，十里荷花。羌管弄晴，菱歌泛夜，嬉嬉钓叟莲娃。千骑拥高牙。乘时听箫鼓，吟赏烟霞。异日图将好景，凤池夸。（金主阅此词，慕西湖胜景，遂起投鞭渡江之思[37]。）

于国宝《风入松》词[38]：

一春常费买花钱。日日醉湖边。玉骢惯识西湖路，骄嘶过、沽酒楼前。红杏香中箫鼓，绿杨影里秋千。　暖风十里丽人天。花压鬓云偏。画船载得春归去，余情付、湖水湖烟。明日重扶残醉，来寻陌上花钿。

【注释】

㉟蹩躠（bié xiè）：尽心用力的样子。

㊱柳耆卿：即柳永（985？—1067），原名三变，字耆卿，福建崇安人，北宋著名词人，有《乐章集》传世。

㊲“金主”句：宋罗大经《鹤林玉露》云：“孙何帅钱塘，柳耆卿

作《望江潮》词赠之……此词流播，金主亮闻歌欣然，有慕于‘三秋桂子、十里荷花’，遂起投鞭渡江之志。”从这段记载来看，似乎金人进攻南宋与柳永此词有关，后人亦往往道及，揆诸史实，实无稽之谈耳。

㊳于国宝：当为俞国宝，临川（今江西抚州）人，淳熙间太学生，工词。宋人周密《武林旧事》载宋高宗一日经断桥，在桥边小酒肆见到此词，非常欣赏，以其末句“明日再携残酒”过于寒酸，遂改为“明日重扶残醉”，并即日授官。

【简评】

王评：

“马臻开鉴湖”句：马臻开鉴湖，原不从游览起见，八百里肥饶，不必与西湖较淡艳也。

“西湖则为曲中名妓”句：二喻各有会心。

“故余尝谓善读者无过董遇三余”句：游湖乃从读书悟出，何异鸿濛。

西湖之情性：此论真得山水性情，恨古人尚有未闻，何况？西湖之毛发者。

《怀西湖寄晁美叔》：于生平考？以游览，诗人正以未有遇其深也。

“胡不屏骑从”句：游浏览妙诀。

夏炜《西湖竹枝词》：三词香艳，骚（?）人千秋绝调。

欧阳修《西湖》诗：只如此说去，西湖已在九天之上矣。欧阳子毕竟妙手。

范景文《西湖》诗“几人着眼看青山”句：人负西湖。

张岱《西湖》诗“到岸人心去”句：“到岸”句与前“不可寻山川”合写西湖，入神入妙，他人千万语不能得也。

张岱《西湖十景诗》：十景诗只是老。

柳耆卿《望海潮》词：问当日使柳七无此词，金主即不垂涎东南一隅乎？宋室君臣不以精神注燕汴而注之一湖，敌人渡江，何得致怨柳词。

龙评：

东坡以西子比西湖，美人与美景相映而辉，遂开千古新面。后世游西湖者，无不先于眼中着一西子矣。至张毅儒以美人、隐士、神仙比三湖，实亦从东坡化出者。然蝶庵则又翻新出奇，以三湖同为美人，却身份悬殊：湘湖如处子，虽美却不可喧腾众口；鉴湖若闺秀，虽丽却只能敬而远之。再以名妓喻西湖，颇出意外，却有极体贴处：以其为名妓，则众口艳称，声名自远，奈何世多贾宝玉所谓“皮肤滥淫之蠢物”哉，故极热时亦有极冷处。蝶庵目中，湖上四贤之高下亦从此判矣：白、李二人之于西湖虽亦有情，然难脱逢场作戏之感；林、苏则不然，林以深情而为伴侣，苏以慧心而为知音，名妓得此，当无憾也。相较而言，贾、孙二人，不过重价缠头之贵介公子耳，何足道哉！

蝶庵于贾、孙之辈，即云“世间措大，何得易言游湖”，轻蔑之色可掬。然究其实，则亦有难言之隐痛：一者，文人之风流精雅，本以西湖之美唯赖文人品题而增色，奈何每经孔方之熏染乃至荼毒；一者，遗民之气节相高，本视西湖之美唯前朝之凭证，然又忍睹其为新贵而冶艳。故蝶庵虽每云其族弟毅儒为“诗文知己”，然于其美人、隐士、神仙之妙喻仍未称惬，以其虽合于三湖之风味，然未能抉出蝶庵之痛切，故其改用处子、名门闺淑、名妓，此与前者之不同，在全用女子为喻，非但生新而已，尤要者，正在表出其欣赏以至沉溺之外，亦蕴见异思迁与“倚门献笑”之幻灭。

卷二 西湖北路

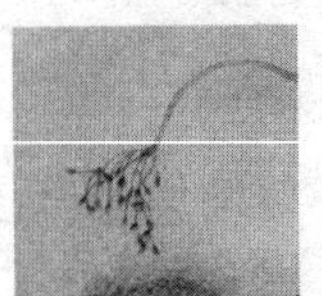

玉莲亭

白乐天守杭州，政平讼简。贫民有犯法者，于西湖种树几株；富民有赎罪者，令于西湖开葑田数亩[①]。历任多年，湖葑尽拓，树木成荫。乐天每于此地载妓看山、寻花问柳，居民设像祀之。亭临湖岸，多种青莲，以象公之洁白。右折而北，为缆舟亭，楼船鳞集，高柳长堤，游人至此，买舫入湖者，喧阗如市。东去为玉凫园，湖水一角，僻处城阿，舟楫罕到。寓西湖者，欲避嚣杂，莫于此地为宜。园中有楼，倚窗南望，沙际水明，常见浴凫数百出没波心，此景幽绝。

白居易《玉莲亭》诗：

湖上春来似画图，乱峰围绕水平铺。
松排山面千层翠，月照波心一点珠。
碧毯绿头抽早麦，青罗裙带展新蒲。
未能抛得杭州去，一半勾留是此湖。

孤山寺北谢亭西，水面初平云脚低。
几处早莺争暖谷，谁家燕子啄新泥。
乱花渐欲迷人眼，浅草犹能没马蹄。
最爱湖东行不足，绿杨深里白沙堤。

【注释】

①葑（fèng）田：湖泽中茭白之类植物积聚之处，年久腐化变为泥土，水涸成田，是谓“葑田”。

【简评】

王评：

“白乐天守杭州”句：有白公乃许有西湖。

“游人至此”句：是能选胜，吾辈得奇士，当具此眼。

“未能抛得杭州去，一半勾留是此湖”句：遂成千古韵语。

龙评：

一部《西湖梦寻》，自白乐天说起，为极有章法处。乐天之前，杭有西湖而世无西湖，故西湖之生，有乐天之情趣与灵心在也。王雨谦评此则云：“有白公乃许有西湖。”公允之言也。

又，即此则可知一部《西湖梦寻》之章法。此以“白乐天守杭”起，行文过半仍未出文题之“玉莲亭”，后云“亭临湖岸，多种青莲，以象公之洁白”，此“亭”即“玉莲亭”，然文势又“右折而北”，至“缆舟亭”，再“东去为玉凫园”，最终之落脚则在玉凫园。即此可知，本书七十二篇文字，实为一篇梦寻西湖之大文字，其间之分割，不过权宜之策而已，不胶着于题文对应，方为善读者。

昭庆寺

昭庆寺，自狮子峰、屯霞石发脉，堪舆家谓之火龙[①]。石晋元年始创[②]，毁于钱氏乾德五年[③]。宋太平兴国元年重建[④]，立戒坛。天禧初[⑤]，改名昭庆。是岁又火。迨明洪武至成化[⑥]，凡修而火者再。四年奉敕再建，廉访杨继宗监修[⑦]。有湖州富民应募，挚万金来。殿宇室庐，颇极壮丽。嘉靖三十四年以倭乱[8]，恐贼据为巢，遽火之。事平再造，遂用堪舆家说，辟除民舍，使寺门见水，以厌火灾[9]。隆庆三年复毁[10]。万历十七年[11]，司礼监太监孙隆以织造助建，悬幢列鼎，绝盛一时。而两庑栉比，皆市廛精肆，奇货可居。春时有香市，与南海、天竺、山东香客及乡村妇女儿童，往来交易，人声嘈杂，舌敝耳聋，抵夏方止。崇祯十三年又火[12]，烟焰障天，湖水为赤。及至清初，踵事增华，戒坛整肃，较之前代，尤更庄严。

【注释】

①堪舆家：古时占候卜筮者之一种，后专称以相地看风水为职业者，俗称“风水先生”。

②石晋：即后晋，公元 936 年，石敬瑭以幽云十六州为条件引契丹兵灭后唐而称帝，国号晋，史称后晋，亦称石晋。

③钱氏乾德：乾德为宋太祖的第二个年号（963—967），吴越国时虽独立，却奉宋室年号，故此称为钱氏乾德。

④太平兴国：宋太宗第一个年号（976—983）。

⑤天禧：宋真宗第四个年号（1017—1021）。

⑥洪武至成化：洪武（1368—1398）与成化（1465—1487）分别是明太祖与明宪宗年号。

⑦杨继宗：字承芳，阳城县人，天顺元年（1457）进士，曾任刑部主事、浙江按察使等官，是历史上有名清廉之官。廉访，即按察使。

⑧嘉靖三十四年：嘉靖为明世宗年号（1522—1566），三十四年为 1555 年。倭乱，指当时日本海盗对沿海地区的劫掠。

⑨厌（yā）：以迷信的方法镇服或驱避可能出现的灾祸。

⑩隆庆三年：隆庆为明穆宗年号（1567—1572），三年即 1569 年。

⑪万历十七年：万历为明神宗年号（1573—1620），十七年即 1589 年。

⑫崇祯十三年：崇祯为明思宗年号（1628—1644），十三年即1640年。

一说建寺时，为钱武肃王八十大寿[13]，寺僧圆净订缁流古朴、天香、胜莲、胜林、慈受、慈云等[14]，结莲社[15]，诵经放生，为王祝寿。每月朔[16]，登坛设戒，居民行香礼佛，以昭王之功德，因名昭庆。今以古德诸号[17]，即为房名。

【注释】

⑬钱武肃王：即钱镠（liú，852—932），字具美，杭州人，五代时割据吴越，是为吴越王。参见卷四《钱王祠》。

⑭“寺僧”句：缁流即僧人，以其多穿缁衣（黑色僧服）而名。至于“圆净”“古朴”等，皆当时僧人法号。圆净：即子侔，宋僧，号圆净，宁海卢氏，从了然学，主台州白莲。

⑮莲社：晋代庐山东林寺高僧慧远，与僧俗十八贤结社念佛，因寺池有白莲，故称“白莲社”。

⑯朔：阴历每月的初一称为朔。

⑰古德：佛教徒对年高有道的高僧的尊称。此句指用圆净等僧人法号为房舍之名。

袁宏道《昭庆寺小记》：

从钱塘门而西，望保俶塔，突兀层崖中，则已心飞湖上也。午刻入昭庆，茶毕，即棹小舟入湖。山色如娥，花光似颊，温风如酒，波纹若绫，才一举头，已不觉目酣神醉。此时欲下一语不得，大约如东阿王梦中初遇洛神时也[18]。余游西湖始此，时万历丁酉二月十四日也。晚同子公渡净寺[19]，觅阿宾旧住僧房[20]。取道由六桥、岳坟、石径塘而归。次早陶石篑帖子至[21]，十九日，石篑兄弟同学佛人王静虚至[22]，湖山、好友，一时凑集矣。

【注释】

⑱“大约”句：东阿王指三国时期著名诗人曹植（192—232），据说其路过洛水时梦到洛水之神宓妃，其美丽让曹植“精移神骇”。

⑲子公：即方文僎，字子公，安徽歙县人。

⑳阿宾：即袁宏道之弟袁中道（1570—1623），字小修，万历四十四年（1616）进士，有《珂雪斋集》。

㉑陶石篑：即陶望龄（1562—1609），字周望，号石篑，会稽人。万历十七年（1589）进士，著有《歇庵集》等。他的弟弟陶奭龄（？—1640）字君奭，又字公望，号石梁。兄弟二人与袁宏道多有交游。

㉒王静虚：即王赞化，字静虚，山阴（今浙江绍兴）人，为学佛居士。

张岱《西湖香市记》㉓：

西湖香市，起于花朝，尽于端午。山东进香普陀者日至，嘉、湖进香天竺者日至，至则与湖之人市焉，故曰香市。然进香之人市于三天竺，市于岳王坟，市于湖心亭，市于飞来峰，无不市，而独凑集于昭庆寺。昭庆两廊故无日不市者，三代八朝之骨董，蛮夷闽貊之珍异，皆集焉。至香市，则殿中边甬道上下、池左右、山门内外，有屋则摊，无屋则厂，厂外有棚，棚外又摊，节节寸寸。凡衙霜簪珥㉔、牙尺剪刀，以至经典、木鱼、䶌儿嬉具之类㉕，无不集。此时春暖，桃柳明媚，鼓吹清和，岸无留船，寓无留客，肆无留酿。袁石公所谓“山色如娥，花光似颊，温风如酒，波纹若绫”，已画出西湖三月。而此以香客杂来，光景又别。士女闲都㉖，不胜其村妆野妇之乔画；芳兰芗泽，不胜其合香芫荽之薰蒸㉗；丝竹管弦，不胜其摇鼓欱笙之聒帐㉘；鼎彝光怪，不胜其泥人竹马之行情；宋元名画，不胜其湖景佛图之纸贵。如逃如逐，如奔如追，撩扑不开，牵挽不住。数百十万男男女女、老老少少，日簇拥于寺之前后左右者，凡四阅月方罢。恐大江以东，断无此二地矣。

【注释】

㉓《西湖香市记》：此文为张岱选自自己另一著作《陶庵梦忆》之文，原名《西湖香市》。

㉔衡（yān）：指衡藾，即胭脂。

㉕䶩（yá）儿：杭州方言，指小孩子。嬉具即玩具。

㉖闲都：文雅俊美的样子。“闲”通“娴”。

㉗芫荽（yán suī）：即香菜。

㉘欱（hē）：吹。聒帐：宋敏求《春明退朝录》云：“（庄宗）终日沉饮，听郑卫之声，与胡乐合奏，自昏彻旦，谓之聒帐。”

崇祯庚辰，昭庆寺火。是岁及辛巳、壬午洊饥[29]，民强半饿死。壬午道鲠山东，香客断绝，无有至者，市遂废。辛巳夏，余在西湖，但见城中饥殍舁出[30]，扛挽相属[31]。时杭州刘太守梦谦[32]，汴梁人，乡里抽丰者多寓西湖[33]，日以民词馈送[34]。有轻薄子改古诗诮之曰[35]：“山不青山楼不楼，西湖歌舞一时休。暖风吹得死人臭，还把杭州送汴州。”可作西湖实录。

【注释】

㉙洊（jiàn）饥：连年饥荒。

㉚饥殍（piǎo）：饿死的人。

㉛扛挠：“挠”疑为“挽”字之误，意谓连扛带拉，接连不断。

㉜刘太守梦谦：为河南罗山人，崇祯七年（1634）进士，十一年（1638）任杭州知府。

㉝抽丰：利用各种关系和借口向人索取财物的行为。

㉞民词：民间之词讼，此代指从词讼中得到的财物。

㉟古诗：指宋人林升《题临安邸》诗：“山外青山楼外楼，西湖歌

舞几时休。暖风熏得游人醉，直把杭州作汴州。”

【简评】

王评：

“如东阿王梦中初遇洛神时也”句：石公非东阿王，安知王梦洛神时？虽然，此正是缥缈妙语，亦当想象得之。

张岱《西湖香市记》：集中每一名胜必详著始末，非蝶庵胸有图经，老于游览，能下一笔不。

“岸无留船，寓无留客，肆无留酿”句：即“三无留”而西子湖全身已现，子常奇赏《海赋》“其南无南，其北无北，其东无东，其西无西”四语，蝶老乃与争霸。

“崇祯庚辰，昭庆寺火”句：闹热场忽然记入此段，杜少陵多有此，可见蝶老热肠。

“乡里抽丰者多寓西湖，日以民词馈送”句：俾白苏二公处此，又能即西湖作赈济，更无不随风□□。

龙评：

观昭庆寺数度兴废，不胜沧海桑田之感。然正如查继佐序所云“湖中之繁华绮丽虽凋残已尽，而湖光山色未尝少动分毫”，“若楼台池馆，则西子之锦衣袨服也”，“何待艳服乔妆方为绝色也哉”！故自中郎看来，西湖“山色如娥，花光似颊，温风如酒，波纹若绫”，不仅中郎“目酣神醉”，读者至此亦意往神驰矣。中郎之文，原出袁氏《解脱集》，原名《初至西湖记》，仅以文中提及“昭庆”二字，实非专为“昭庆”而作，然蝶庵此书本多如此，亦未为误。

哇哇宕

哇哇石在棋盘山上。昭庆寺后，有石池深不可测，峭壁横空，方员可三四亩，空谷相传，声唤声应，如小儿啼焉。上有棋盘石，耸立山顶。其下烈士祠，为朱跸、金胜、祝威诸人[①]，皆宋时死金人难者，以其生前有护卫百姓功，故至今祀之。

屠隆《哇哇宕》诗[②]：

昭庆庄严尽佛图，如何空谷有呱呱。
千儿乳坠成贤劫[③]，五觉声闻报给孤[④]。
流出桃花缘古宕，飞来怪石入冰壶。
隐身岩下传消息，任尔临崖动地呼。

【注释】

①“朱跸”等人：据吴自牧《梦粱录》载：“完颜宗弼犯境，守臣退保赭山，钱塘县令朱跸领卫司十将金胜、祝威率民兵战击，以寡制众，殁于王事，乡民感其忠义，葬于近郊，立祠以表死节。”

②屠隆（1543—1605）：字长卿，又字纬真，号赤水，别号由拳，晚年又号鸿苞居士等。鄞县（今属浙江）人。万历五年（1577）进士，著有《由拳集》、《白榆集》等。

③“千儿”句：乳坠，出生之意。贤劫为佛教语，指有释迦佛等千佛出世的现在劫，与过去庄严劫、未来星宿劫并称为三大劫，为佛教宏观的时间观念之一。

④“五觉”句：五觉为佛学名词，指众生觉、声闻觉、二乘觉、菩萨觉、佛觉，是修行觉悟的历程。给孤，即给孤独，古印度好佛之长者，梵名为须达多，因好施孤独，故得此名。据说曾以黄金铺地购得园林以奉释迦牟尼。

【简评】

龙评：

“哇哇宕”之名，蝶庵未言所自。稍后于蝶庵之张丹（又名纲孙）有《乘兴同沈生作》诗，其自注云：“哇哇宕在棋盘山以北，应声如小儿啼，故名。”然《杭州府志》引《昭庆寺志》载：“元至正十八年，杭州路总管达噜噶齐哇哇莅任，是年改筑城，取石于此，凿石成宕，所谓哇哇宕也，今俗呼为千人坑。”未知孰是。

大佛头

大石佛寺。考旧史，秦始皇东游入海，缆舟于此石上。后因贾平章住里湖葛岭，宋大内在凤凰山，相去二十余里，平章闻朝钟响，即下湖船，不用篙楫，用大锦缆绞动盘车，则舟去如驶。大佛头，其系缆石桩也。平章败，后人镌为半身佛像，饰以黄金，构殿覆之，名大石佛院。至元末毁。明永乐间[①]，僧志琳重建，敕赐大佛禅寺。贾秋壑为误国奸人，其于山水书画骨董，凡经其鉴赏，无不精妙。所制锦缆，亦自可人。一日临安失火，贾方在半闲堂斗蟋蟀，报者络绎，贾殊不顾，但曰：“至太庙则报。”俄而，报者曰：“火直至太庙矣！”贾从小肩舆，四力士以椎剑护，舁舆人里许即易，倏忽至火所，下令肃然，不过曰：“焚太庙者，斩殿帅。”于是帅率勇士数十人，飞身上屋，一时扑灭。贾虽奸雄，威令必行，亦有快人处。

张岱《大石佛院》诗：

余少爱嬉游，名山恣探讨。泰岳既峗峨，补陀复杳渺[②]。
天竺放光明，齐云集百鸟[③]。活佛与灵神，金身皆藐小。
自到南明山[④]，石佛出云表。食指及拇指，七尺犹未了。
宝石更特殊，当年石工巧。岩石数丈高，止塑一头脑。
量其半截腰，丈六犹嫌少。问佛几许长，人天不能晓。
但见往来人，盘旋如虱蚤。而我独不然，参禅已到老。
入地而摩天，何在非佛道。色相求如来，巨细皆心造。
我视大佛头，仍然一茎草。

甄龙友《西湖大佛头赞》[⑤]：

色如黄金，面如满月。尽大地人，只见一橛。

【注释】

①永乐：明成祖年号（1403—1424）。

②补陀：即浙江普陀山，为佛教名山。

③“齐云”句：安徽休宁齐云山有齐云岩，据传其玄武殿中真像“为百鸟衔泥所塑”。

④南明山：位于浙江新昌县之南，那里有建于东晋的大佛寺，内有大石佛像，高近十四米，被称为江南第一大佛。

⑤甄龙友：字云卿，永嘉（今浙江温州）人，迁居乐清，绍兴二十四年（1154）进士。性格狂放不羁，雄辩谐谑，时人目为“温州狂生”。

【简评】

王评：

“因贾平章住里湖葛岭”句：有葛岭，遂无襄樊，特为提出，此是史笔。

“倏忽至火所，下令肃然”句：我怪奸雄有此慧心辣手，不为救时宰相，而为湖上平章。

张岱《大石佛院》诗：语带滑稽，理参上乘，自是慧业文人。

龙评：

能为大恶者定有小聪明处。王评云“有葛岭，遂无襄樊”，当与《宋史·贾似道传》“时襄阳围已急，似道日坐葛岭，起楼阁亭榭，取宫人娼尼有美色者为妾，日淫乐其中”一语对读，方知其“史笔”之意；宋人亦有词咏此事云：“襄樊四载弄干戈，不见渔歌，不见樵歌。试问如今事若何，金也消磨，谷也消磨。　　《柘枝》不用舞婆娑，丑也能多，恶也能多。朱门日日买朱娥，军事如何，民事如何。”每读此词，不由切齿于蟋蟀宰相之专权误国，直恨上天不将此人早掷于木棉庵也！然亦不可否认其人颇有才情，“阃才有余，相才不足”之评实亦坦承其人之才耳。故此事若从反面着眼，亦可知小聪明之不足恃也。读者当掩卷思之。

保俶塔

宝石山高六十三丈，周一十三里。钱武肃王封寿星宝石山，罗隐为之记[①]。其绝顶为宝峰，有保叔塔，一名宝所塔，盖保俶塔也。宋太平兴国元年，吴越王俶闻唐亡而惧[②]，乃与妻孙氏、子惟濬、孙承祐入朝，恐其被留，许造塔以保之。称名，尊天子也。至都，赐礼贤宅以居，赏赉甚厚[③]。留两月遣还，赐一黄袱，封识甚固，戒曰：“途中宜密观。”及启之，则皆群臣乞留俶章疏也，俶甚感惧。既归，造塔以报佛恩。保俶之名，遂误为保叔。不知者遂有“保叔缘何不保夫”之句。俶为人敬慎，放归后，每视事，徙坐东偏，谓左右曰：“西北者，神京在焉，天威不违颜咫尺[④]，俶敢宁居乎！”每修省入贡，焚香而后遣之。未几，以地归宋，封俶为淮海国王。其塔，元至正末毁[⑤]，僧慧炬重建。明成化间又毁，正德九年僧文镛再建[⑥]。嘉靖元年又毁，二十二年僧永固再建。隆庆三年大风折其顶，塔亦渐圮，万历二十二年重修。其地有寿星石[⑦]、屯霞石。去寺百步，有看松台，俯临巨壑，凌驾松杪，看者惊悸。塔下石壁孤峭，缘壁有精庐四五间，为天然图画阁[⑧]。

黄久文《冬日登保俶塔》诗[⑨]：

当峰一塔微，落木净烟浦。日寒山影瘦，霜泐石棱苦。

山云自悠然，来者适为主。与子欲谈心，松风代吾语。

夏公谨《保叔塔》诗[⑩]：

客到西湖上，春游尚及时。石门深历险，山阁静凭危。

午寺鸣钟乱，风潮去舫迟。清樽欢不极，醉笔更题诗。

钱思复《保俶塔》诗[⑪]：

金刹天开画，铁檐风语铃。野云秋共白，江树晚逾青。

凿屋岩藏雨，粘崖石坠星。下看湖上客，歌吹正沉冥。

【注释】

①罗隐（833—910）：本名横，字昭谏，新城人，晚唐著名诗人。应进士试，然“十上不第”，遂改名为“隐”，后依吴越王钱镠。著有《罗隐集》。

②吴越王俶（chù）：吴越末代国王钱俶（929—988），原名弘俶，字文德。在位三十年（948—978），善事中朝，保土安民，有功于两浙。

③赏赉（lài）：即赏赐。

④天威不违颜咫尺：语出《左传·僖公九年》，谓天鉴察不远，威严如常在面前。

⑤至正：元顺帝第三个年号（1341—1368）。

⑥正德：明武宗年号（1506—1521）。

⑦寿星石：田汝成《西湖游览志》云："寿星石，旧名落星石，钱王改今名，一在塔后，一在看松台下，各大数十围，块然无根，望之如斲。"

⑧天然图画阁：王思任《谑庵文饭小品·游杭州诸胜记》云："保叔塔有天然图画阁，胜绝左江右湖，烟岚万千。"本书《秦楼》篇亦云"登高则集天然图画阁"。

⑨黄久文：生平不详。

⑩夏公谨：即夏言（1482—1548），字公谨，江西遗溪人，正德十二年（1517）进士，官至首辅，后为奸相严嵩所害，著有《桂洲集》。

⑪钱思复：即钱惟善（？—1379?），字思复，号曲江居士，钱塘人，著有《江月松风集》。

【简评】

王评：

"称名，尊天子也"句："尊天子"一语得体。

"途中宜密观"句：盛天子作用，足以慑服英雄乃如此。

"元至正末毁"句：非火则风，此有天意。

龙评：

"保俶塔"之名历来传言甚多。明末来集之《倘湖樵书》"保叔塔"条尝疑而辩之云："钱王俶入朝时尚有复归之望，且国主何得遽以名称塔？即云'尊天子'，岂有非君前而即自名其主之理？及考《西湖志余》，此塔名宝所塔，乃吴越王之臣吴延爽所建，九级。后崩。咸平中僧永保以目眚募缘，十年始复其旧，目光如故。保有戒行，呼师叔，遂称'保叔塔'也。盖原名'宝所'，而以保师叔重建，'宝'、'保'字音同而以'叔'加之耳。"此言民间传说意味甚浓，姑妄听之耳。

玛瑙寺

玛瑙坡在保俶塔西，碎石文莹，质若玛瑙，土人采之，以镌图篆。晋时遂建玛瑙宝胜院，元末毁，明永乐间重建。有僧芳洲仆夫艺竹得泉[①]，遂名仆夫泉。山巅有阁，凌空特起，凭眺最胜，俗称玛瑙山居。寺中有大钟，侈弇齐适[②]，舒而远闻，上铸《莲经》七卷[③]，《金刚经》三十二分[④]。昼夜十二时，供六僧撞之。每撞一声，则《法华》七卷、《金刚》三十二分，字字皆声。吾想清夜闻钟，起人道念，一至旦昼，无不牿亡[⑤]。今于平明白昼时听钟声，猛为提醒，大地山河，都为震动，则铿鍧一响[⑥]，是竟《法华》一转、《般若》一转矣。内典云[⑦]：人间钟鸣未歇际，地狱众生刑具暂脱此间也。鼎革以后[⑧]，恐寺僧惰慢，不克如前。

【注释】

①艺：种植。

②侈弇（yǎn）：侈谓钟口宽大，弇谓钟口内小。

③《莲经》：《妙法莲花经》的简称，亦称为《法华经》，姚秦鸠摩罗什译，此经被认为是“诸佛如来秘密之藏，于诸经中最在其上”。

④《金刚经》：《金刚般若波罗蜜经》的简称，故下文亦称其为“般若”，一卷，姚秦鸠摩罗什译。

⑤牿（gù）亡：受遏制而消亡。

⑥铿鍧（hōng）：形容声音洪亮。

⑦内典：宋王禹偁《左街僧录通惠大师文集序》云：“释子谓佛书

为内典，谓儒书为外学。”

⑧鼎革：即鼎新革故，《易·杂卦》：“革，去故也；鼎，取新也。”指朝政变革或改朝换代。后泛指事物的破旧立新。

张岱《玛瑙寺长鸣钟》诗：

女娲炼石如炼铜[⑨]，铸出梵王千斛钟[⑩]。
仆夫泉清洗刷早，半是顽铜半玛瑙。
锤金琢玉昆吾刀[⑪]，盘旋钟纽走蒲牢[⑫]。
十万八千《法华》字，《金刚般若》居其次。
贝叶灵文满背腹[⑬]，一声撞破莲花狱。
万鬼桁杨暂脱离[⑭]，不愁漏尽啼荒鸡。
昼夜百刻三千杵，菩萨慈悲泪如雨。
森罗殿前免刑戮，恶鬼狰狞齐退役。
一击渊渊大地惊[⑮]，青莲字字有潮音[⑯]。
特为众生解冤结，共听毗卢广长舌[⑰]。
敢言佛说尽荒唐，劳我阇黎日夜忙[⑱]。
安得成汤开一面[⑲]，吉网罗钳都不见[⑳]。

【注释】

⑨女娲炼石：女娲是中国神话传说中人类的始祖。传说她曾用黄土造人、炼五色石补天。

⑩梵王：佛家指色界初禅天的大梵天王，亦泛指此界诸天之王。

⑪昆吾刀：昆吾为传说中的神山，据《山海经》载其山“多赤铜”，郭璞注云：“以之作刃，切玉如割泥也。”

⑫钟纽：钟上以提携悬系的襻纽。蒲牢，薛综注张华《西京赋》云：“海中有大鱼曰鲸，海边又有兽名蒲牢。蒲牢素畏鲸，鲸鱼击蒲牢，辄大鸣。凡钟欲令声大者，故作蒲牢于上。”后因以“蒲牢”为钟的别名。

⑬贝叶：古代印度人用以写经的树叶，亦借指佛经。

⑭桁（héng）杨：加在脚上或颈上的刑具。

⑮渊渊："渊"通"鼘"，鼓声，亦泛用作象声词。《诗经》有"伐鼓渊渊"之语。

⑯潮音：指僧众诵经之声。

⑰毗卢：毗卢舍那的省称，即大日如来，或法身佛的通称。广长舌，指佛的舌头。据说佛舌广而长，覆面至发际，故名。

⑱阇（shé）黎：梵语"阿阇梨"的省称，意谓高僧，后泛指僧人。

⑲成汤开一面：《史记·殷本纪》载："汤出，见野张网四面，祝曰：'自天下四方，皆入吾网。'汤曰：'嘻，尽之矣！'乃去其三面，祝曰：'欲左，左；欲右，右。不用命，乃入吾网。'诸侯闻之，曰：'汤德至矣，及禽兽。'"后以"网开三面"喻法令宽大，也以"网开一面"喻稍加从宽之意。

⑳吉网罗钳：《新唐书·酷吏传》载："吉温与罗希奭相助以虐，号罗钳吉网。"

【简评】

王评：

"每撞一声，则《法华》七卷"句：语有根器。

张岱《玛瑙寺长鸣钟》诗：诗甚奇辟，不是杜陵，又非昌谷，要自成其蝶庵。

龙评：

西湖风物，多与释家结缘，若去此，则神韵不再矣。玛瑙寺大钟之制，真有慧心：诚如蝶庵所言，静夜之中，人多脱却尘世纷扰，易有超脱之思，然马东篱云"鸡鸣时万事无休歇"，一至日出，紫陌红尘，即拂面而来，夜间所想，正如春梦，了无痕迹也。何得有此大吕清音，悬之广陌通衢，为世人棒喝耶！

智果寺

智果寺，旧在孤山，钱武肃王建。宋绍兴间造四圣观[①]，徙于大佛寺西。先是，东坡守黄州，於潜僧道潜[②]，号参寥子，自吴中来访，东坡梦与赋诗，有“寒食清明都过了，石泉槐火一时新”之句。后七年，东坡守杭，参寥卜居智果，有泉出石罅间。寒食之明日，东坡来访，参寥汲泉煮茗，适符所梦。东坡四顾坛壝[③]，谓参寥曰：“某生平未尝至此，而眼界所视，皆若素所经历者。自此上忏堂，当有九十三级。”数之，果如其言，即谓参寥子曰：“某前身寺中僧也，今日寺僧皆吾法属耳，吾死后，当舍身为寺中伽蓝[④]。”参寥遂塑东坡像，供之伽蓝之列，留偈壁间，有“金刚开口笑钟楼，楼笑金刚雨打头。直待有邻通一线，两重公案一时修”。后寺破败。

崇祯壬申，有扬州茂才鲍同德字有邻者来寓寺中，东坡两次入梦，属以修寺，鲍辞以“贫士安办此”？公曰：“子第为之，自有助子者。”次日，见壁间偈有“有邻”二字，遂心动立愿，作《西泠记梦》，见人辄出示之。一日至邸，遇维扬姚永言[⑤]，备言其梦。座中有粤东谒选进士宋公兆禴者[⑥]，甚为骇异。次日，宋公筮仕[⑦]，遂得仁和。永言怂恿之，宋公力任其艰，寺得再葺。时有泉适出寺后，好事者仍名之参寥泉焉。

【注释】

①绍兴：宋高宗第二个年号（1131—1162）。四圣观之来历请参卷三《六一泉》。

②道潜：宋代著名诗僧，俗姓何，号参寥子，浙江於潜人，著有《参寥集》。

③坛壝（wēi）：坛场，祭祀之所。

④伽蓝：伽蓝神的省称。伽蓝本为梵语僧伽蓝摩译音的略称，意为僧院，后称佛寺为伽蓝。

⑤姚永言：即姚思孝，字永言，江都人，崇祯元年（1628）进士，初官兵科给事中，后官大理寺卿，福王时为大理少卿，后削发为僧。著有《朴庵疏草》。

⑥宋兆禴：字尔孚，广东揭阳人，崇祯元年（1628）进士，初授广昌令，甫十月丁外艰，服阕，补仁和。谒选指官吏赴吏部应选。

⑦筮仕：古人将出做官，卜问吉凶。这里指得到吏部的指派。

【简评】

王评：

“东坡守黄州”句：古今绝大聪明人，生必有自，死必有归，非若世俗人，泛泛然如萍游于江湖而适相值也。览子瞻遗事，令人顾影抱愧。

龙评：

明人郑元勋辑《媚幽阁文娱二集》收宋兆禴《重新西湖智果寺引》一文，叙此事甚详，文后附鲍同德《西泠记梦》原文，知此事确非向壁虚构者。东坡所历之处，无不艳传坡公之倜傥，至有神而灵之者，阅者不当以虚妄待之，而应知文人流泽，有不可以常理推之者在。

六贤祠

宋时西湖有三贤祠两：其一在孤山竹阁，三贤者，白乐天、林和靖、苏东坡也；其一在龙井资圣院，三贤者，赵阅道、僧辨才、苏东坡也[①]。宝庆间[②]，袁樵移竹阁三贤祠于苏公堤[③]，建亭馆以沽官酒。或题诗云："和靖、东坡、白乐天，三人秋菊荐寒泉，而今满面生尘土，却与袁樵趁酒钱。"又据陈眉公笔记[④]："钱塘有水仙王庙，林和靖祠堂近之。东坡先生以和靖清节映世，遂移神像配食水仙王[⑤]。黄山谷有《水仙花》诗用此事[⑥]：'钱塘昔闻水仙庙，荆州今见水仙花，暗香靓色撩诗句，宜在孤山处士家。'"则宋时所祀，止和靖一人。明正德三年，郡守杨孟瑛重浚西湖[⑦]，立四贤祠，以祀李邺侯、白、苏、林四人，杭人益以杨公，称五贤。而后乃祧杨公[⑧]，增祀周公维新、王公弇州[⑨]，称六贤祠。张公亮曰[⑩]："湖上之祠，宜以久居其地与风流标令为山水深契者，乃列之。周公冷面，且为神明，有别祠矣；弇州文人，与湖非久要：今并四公而坐，恐难熟热也。"人服其确论。

张明弼《六贤祠》诗：

山川亦自有声气，西湖不易与人热。
五日京兆王弇州[⑪]，冷面枭司号寒铁。
原与湖山非久要，心胸不复留风月。

犹议当时李邺侯，西泠尚未通舟楫。

惟有林苏白乐天，真与烟霞相接纳。

风流俎豆自千秋[12]，松风菊露梅花雪。

【注释】

①赵阅道：即赵抃（1008—1084），字阅道，自号知非子，衢州人，景祐元年（1034）进士，官至参知政事，因与王安石政见不协而出知杭州，卒谥清献，后人编有《赵清献公集》。辨才，即元净（1011—1091），字无象，杭州徐氏，十岁出家，后赐辩才号。

②宝庆：宋理宗第一个年号（1225—1227）。

③袁樵：当为袁韶（1161—1237），字彦淳，鄞县人，淳熙十四年（1187）进士，嘉泰中任吴江丞，后改知桐庐县，嘉定四年（1211），召为太常寺主簿，后为右司郎官，接伴金使，金使索要岁币，他回答："昔两国誓约，止令输燕，不闻在汴。"嘉定十三年（1220）为临安府尹，在任近十年，理讼精简，道不拾遗，里巷呼为佛子。

④陈眉公：即陈继儒（1558—1639），字仲醇，号眉公，松江华亭人，晚明名士，著有《陈眉公全集》等。张岱此处所引，出自其《畲山诗话》。

⑤配食：配享、从祀之意。

⑥黄山谷：即黄庭坚（1045—1105），字鲁直，号山谷道人，晚年又号涪翁，洪州分宁（今江西修水）人，治平四年（1067）进士。北宋著名诗人、书法家，江西诗派开山之祖。有《豫章黄先生文集》。

⑦杨孟瑛：字温甫，四川丰都人，成化二十三年（1487）进士，弘治十六年（1503年）出知杭州时曾疏浚西湖。

⑧祧（tiāo）：本为远祖之庙，引申为迁去神主之意。

⑨周公维新：指周新，详参卷五《城隍庙》。王公弇州指王世贞（1526—1590），字符美，号凤洲，又号弇州山人，太仓人，"后七子"领袖之一。著有《弇州山人四部稿》等。

⑩张公亮：即张明弼（1584—1653），字公亮，号琴牧，江苏金坛

人，崇祯十年（1637）进士。

⑪五日京兆：《汉书·张敞传》载，张为京兆尹，受其友杨恽牵连将免官，属吏絮舜以敞即将免官，不肯为敞办案，曰“今五日京兆耳，安能复案事!”敞收舜下狱，告舜曰：“五日京兆竟何如?”遂将舜处死。后比喻任职时间不长或做事不作久长打算。

⑫组（zǔ）豆：俎和豆均为古代祭祀、宴飨时盛食物用的礼器，称指祭祀。

【简评】

王评：

张公亮语：此论甚有识力，吾辈屈伸古今，自不得傍花随柳。

龙评：

清人宋长白《柳亭诗话》载录袁樵卖酒事，并云：“按南渡时有一袁绍，知临安府，多惠政，人称为袁佛子。其姓名与本初全同，罕有知者，而此袁反以卖酒传。”似颇为袁佛子不平。然考之于史，方知卖酒者本即为袁韶(即袁佛子，宋氏误其名为绍)，袁樵实为代人受过者。初录此事者为宋罗大经《鹤林玉露》，仅言“嘉定间”，且有“府尹闻之亦愧而止”之语，然未言府尹为何人。元人刘一清《钱塘遗事》始署“袁樵”。清人陶元藻辑《全浙诗话·三贤堂诗》云：“嘉定十五年，京尹袁韶谓其辟处岩阿，位置弗称，请于朝，专建堂宇于此。错置亭馆，周植花水，有堂三额曰‘水西云北’，曰‘月香水影’，曰‘晴光雨色’，程珌为之记。韶即建堂，复于堂侧为馆以沽官酒。或题诗有‘和靖东坡白乐天，却与袁韶趁酒钱’之谑。”此语可信，有二证焉：其一，程珌《洺水集》卷七确有《代作三贤堂记》之文，可与陶氏之语参证；其二，据《宋史》本传，袁韶自嘉定十三年至绍定元年均在临安府尹任上，刘一清“宝庆丙戌袁樵尹京”云云，知定为袁韶无疑。长白若知此，当可无憾也!

西泠桥

西泠桥一名西陵，或曰：即苏小小结同心处也[1]。及见方子公诗有云：“‘数声渔笛知何处，疑在西泠第一桥。’陵作泠，苏小恐误。”余曰：“管不得，只西陵便好。且白公断桥诗‘柳色青藏苏小家’，断桥去此不远，岂不可借作西泠故实耶！”昔赵王孙孟坚子固常客武林[2]，值菖蒲节[3]，周公谨同好事者邀子固游西湖[4]。酒酣，子固脱帽，以酒晞发[5]，箕踞歌《离骚》[6]，旁若无人。薄暮入西泠桥，掠孤山，舣舟茂树间，指林麓最幽处，瞪目叫曰：“此真洪谷子、董北苑得意笔也[7]。”邻舟数十，皆惊骇绝叹，以为真谪仙人[8]。得山水之趣味者，东坡之后，复见此人。

袁宏道《西泠桥》诗：

西泠桥，水长在。松叶细如针，不肯结罗带。

莺如衫，燕如钗。油壁车，砍为柴。青骢马，自西来。

昨日树头花，今日陌上土。恨血与啼魂，一半逐风雨。

《桃花雨》诗：

浅碧深红大半残，恶风催雨剪刀寒。

桃花不比杭州女，洗却胭脂不耐看。

李流芳《西泠桥题画》[9]：

余尝为孟旸题扇[10]：“多宝峰头石欲摧，西泠桥边树不开。轻烟薄雾斜阳下，曾泛扁舟小筑来。”西泠桥树色，真使人可念，桥亦自有古色。近闻且改筑，当无复旧观矣。对此怅然。

【注释】

①苏小小：详参卷三《苏小小墓》篇。

②赵王孙孟坚子固：即赵孟坚（1199—?），字子固，号彝斋，与赵孟頫同为宋宗室，故以“王孙”称之。他宋亡之后隐居不仕。

③菖蒲节：即端午节。菖蒲是一种多年生水生草本植物，民间在端午节常用来和艾叶扎束，挂在门前。故有此称。

④周公谨：即周密（1232—1298），字公谨，号草窗，别号蘋洲。祖籍山东，寓居湖州，宋末曾为义乌县令，宋亡不仕。为宋末著名词人，著有《蘋洲渔笛谱》《草窗词》《武林旧事》《齐东野语》等。

⑤晞：沐浴。

⑥箕踞：随意张开两腿坐着，形似簸箕，故称箕踞。是一种轻慢或不拘礼节的坐姿。《离骚》，屈原所作的著名长诗。

⑦洪谷子、董北苑：均为五代著名山水画家。荆浩，字浩然，因隐居于太行洪谷，故自号洪谷子，沁水人，善山水画，其画气势雄伟，与关仝并称“荆关”，为当时北方画派的代表人物。董源（？—962），字叔达，钟陵（今江西进贤）人，善画山水，其水墨画类王维，着色画类李思训，与巨然并称。因曾任北苑副使，故称董北苑。

⑧谪仙人：本意是从天上贬到人间的神仙。孟棨《本事诗》云：“李太白初自蜀至京师，舍于逆旅。贺监知章闻其名，首访之。既奇其姿，复请所为文。出《蜀道难》以示之。读未竟，称叹者数四，号为‘谪仙’。”

⑨李流芳（1575—1629）：字长蘅，号檀园，歙县人，侨居嘉定。万历三十四年（1606）中举人，然其时朝政为魏忠贤所把持，他便绝意仕途，归隐檀园。他诗文书画俱佳，与娄坚、程嘉燧、唐时升并称“嘉定四先生”。有《檀园集》。张岱很喜欢他的文字，本书多有引用。

⑩孟旸：此孟旸注者多以为程嘉燧，实或当为邹之峄（1574—

1643），邹氏字孟阳（原即为“阳”字，此书均为“旸”），号遁园，钱塘人，读书好修，不事生产，老而贫困以死。董其昌称李流芳“平生交有孟阳：一为程孟阳，善画；一为邹孟阳，善鉴画过于程”，李流芳文中多仅以“孟阳”称之，然“邹孟阳居六桥三竺湖山间，每长衢游屐所至，必与之俱”，故凡偕游之处，多为邹氏。

【简评】

王评：

“酒酣，子固脱帽，以酒晞发，箕踞歌《离骚》”句：狂而韵。

龙评：

苏小小“貌绝青楼，才空士类”，为色艺双绝之杭州女也，中郎《西泠桥》一诗以长吉之鬼气状小小之幻丽，而《桃花雨》“桃花不比杭州女，洗却胭脂不耐看”则极尽谐谑之意，若有“以子之矛攻子之盾”为问者，未知中郎以何作答也，一笑。

又究当为“西陵”耶？“西泠”耶，蝶庵曰“管不得，只西陵便好”，此语实因欲牵苏小故实入西湖而已，以此亦可知，西湖之为西湖，原不在千万斛西湖之水，而在佳人烈士之遗芳耳。

岳王坟

岳鄂王死[①]，狱卒隗顺负其尸，逾城至北山以葬。后朝廷购求葬处，顺之子以告。及启棺如生，乃以礼服殓焉。隗顺，史失载。今之得以崇封祀享、肸蚃千秋[②]，皆顺力也。倪太史元璐曰[③]：“岳王祠，泥范忠武，铁铸桧、卨，人之欲不朽桧、卨也，甚于忠武。”按公之改谥忠武，自隆庆四年[④]。墓前之有秦桧、王氏、万俟卨三像[⑤]，始于正德八年，指挥李隆以铜铸之，旋为游人挞碎。后增张俊一像[⑥]，四人反接，跪于丹墀。自万历二十六年，按察司副使范涞易之以铁[⑦]，游人椎击益狠，四首齐落，而下体为乱石所掷，止露肩背。旁墓为银瓶小姐[⑧]。王被害，其女抱银瓶坠井中死。杨铁崖乐府曰[⑨]："岳家父，国之城；秦家奴，城之倾。皇天不灵，杀我父与兄。嗟我银瓶为我父，缇萦生不赎父死[⑩]，不如无生。千尺井，一尺瓶，瓶中之水精卫鸣[⑪]。"墓前有分尸桧，天顺八年[⑫]，杭州同知马伟锯而植之[⑬]，首尾分处，以示磔桧状[⑭]。隆庆五年，大雷击折之。朱太史之俊曰[⑮]："一秦桧耳，铁首木心，俱不能保至此。"天启丁卯，浙抚造祠媚珰[⑯]，穷工极巧，徙苏堤第一桥于百步之外，数日立成，骇其神速。崇祯改元，魏珰败，毁其祠，议以木石修王庙。卜之王，王弗许。

【注释】

①岳鄂王：即民族英雄岳飞（1103—1142），字鹏举，汤阴人，南宋抗金名将，为秦桧等以"莫须有"的罪名杀害。嘉定四年（1211）追封为鄂王。

②肸蠁（xī xiǎng）：连绵不绝。

③倪太史元璐：倪元璐（1593—1644），字玉汝，号鸿宝，上虞人，天启二年（1622）进士，官至户、礼两部尚书。李自成入京，自缢而死。福王谥文正，清谥文贞。书、画俱工。后人辑有《倪文贞公集》。

④忠武：这是岳飞的谥号，但张岱说"自隆庆四年"，则或有误，据岳飞后裔岳珂所编《金陀续编》所收《赐谥告词》知，早在宝庆元年（1225）宋理宗即已改谥忠武了。

⑤秦桧、王氏、万俟卨（mò qí xiè）：三人是杀害岳飞的元凶。秦桧（1090—1155），字会之，江宁人。政和五年登第，靖康间累迁御史中丞。二帝北迁，桧从至金，金人纵之使归。绍兴间为相，力持和议，阻止恢复。杀岳飞，窜张浚、赵鼎，一时忠臣良将，诛除略尽，和议遂成。为

相十九年，皆以残害忠良为事。卒赠申王，谥忠献，宁宗时，追夺王爵，改谥谬丑，又谥谬狠。王氏，秦桧之妻。万俟卨（1083—1157），字符忠，开封阳武（今河南原阳）人。政和二年（1112 年）登上舍第，历官枢密院编修等职，后附秦桧，官监察御史，秉承秦桧意旨，陷害岳飞。

⑥张俊（1086—1154），字伯英，甘肃天水人。初与岳飞、韩世忠、刘光世并称南宋中兴四大名将，但却迎合朝廷对金议和的意向，又追随秦桧制造伪证，促成岳飞冤狱。

⑦范涞（约 1560—1610），字原易，号晞旸，休宁人，万历二年（1574）进士。万历二十二年任浙江按察司副使。

⑧银瓶小姐：清人陆次云《湖壖杂记》云："银瓶小姐者，岳武穆季女也，武穆被难，女年十五，欲亲叩阍上书，为逻卒所拦，遂抱银瓶投井而死。至今杭州父老犹常常道之。"然揆之史实，实无此人，应是民间流传故事之演绎，再为戏曲（冯梦龙《精忠记》）、小说（钱彩《说岳全传》）所采纳，遂尔流播。

⑨杨铁崖：即杨维桢（1296—1370），字廉夫，号铁崖，绍兴会稽人，泰定四年（1327）进士，为元末诗坛领袖。著有《东维子集》《铁崖乐府》等。

⑩缇萦：据《汉书》载："淳于公有罪，当刑诏狱，逮系长安。淳于公无男，有五女，当行会逮，骂其女曰：'生子不生男，缓急非有益也！'其少女缇萦自伤悲泣，乃随其父至长安上书……愿没入为官婢，以赎父刑罪。"文帝感动，遂废除肉刑。

⑪精卫：《山海经·北山经》云："发鸠之山，其上多柘木。有鸟焉，其状如乌，文首、白喙、赤足，名曰精卫，其鸣自詨。是炎帝之少女名曰女娃，女娃游于东海，溺而不返，故为精卫，常衔西山之木石，以堙于东海。"

⑫天顺：明英宗年号（1457—1464）。

⑬马伟：直隶瀛海人，景泰间以举人为杭州府同知。

⑭磔（zhé）：古代的一种酷刑，即分尸。

⑮朱太史之俊：即朱之俊（1594—?），字擢秀，号沧起，山西汾阳人，天启二年（1622）进士，改庶吉士，授编修，入清官翰林侍读。著有《朱太史集》。

⑯珰：本为古代妇女的耳饰，亦借指宦官，此特指魏忠贤。

岳云，王之养子。年十二从张宪战，得其力，大捷，号曰“赢官人”，军中皆呼焉。手握两铁锤，重八十斤。王征伐，未尝不与，每立奇功，王辄隐之。官至左武大夫、忠州防御使。死年二十二，赠安远军承宣使。所用铁锤犹存。

张宪为王部将，屡立战功。绍兴十年，兀术顿兵临颍⑰，宪破其兵，追奔十五里，中原大振。秦桧主和，班师。桧与张俊谋杀岳飞，诱飞部曲能告飞事者，卒无人应。张俊锻炼宪，被掠无完肤，强辩不伏，卒以冤死。景定二年⑱，追封烈文侯。正德十二年，布衣王大祐发地得碣石，乃崇封焉。郡守梁材建庙⑲，修撰唐皋记之⑳。

牛皋墓在栖霞岭上。皋字伯远，汝州人，岳鄂王部将，素立战功。秦桧惧其怨己，一日大会众军士，置毒害之。皋将死，叹曰：“吾年近六十，官至侍从郎，一死何恨，但恨和议一成，国家日削。大丈夫不能以马革裹尸报君父㉑，是为叹耳！”

【注释】

⑰顿兵：驻屯军队。《后汉书·耿弇传》：“若先攻西安，不卒下，顿兵坚城，死伤必多。”

⑱景定：宋理宗第八个年号（1260—1264）。

⑲梁材：字大用，南京人，弘治十二年（1499）进士，授德清令，正德六年知杭，官至户部尚书。

⑳唐皋（1469—1524）：字守之，号心庵，歙县人。正德九年（1514）甲戌科状元，授修撰，参与修撰《武宗实录》，著有《心庵文

集》等。

㉑马革裹尸：用马皮把尸体包裹起来，用以形容战死沙场的决心与英勇。《后汉书·马援传》："男儿要当死于边野，以马革裹尸还葬耳，何能卧床上在儿女子手中邪？"

张京元《岳坟小记》[22]：

岳少保坟祠，祠南向，旧在阛阓[23]。孙中贵为买民居，开道临湖，殊惬大观。祠右衣冠葬焉。石门华表，形制不巨，雅有古色。

周诗《岳王坟》诗[24]：

将军埋骨处，过客式英风。北伐生前烈，南枝死后忠[25]。

干戈戎马异，涕泪古今同。目断封丘上，苍苍夕照中。

高启《岳王坟》诗[26]：

大树无枝向北风，千年遗恨泣英雄。

班师诏已成三殿，射虏书犹说两宫[27]。

每忆上方谁请剑，空嗟高庙自藏弓[28]。

栖霞岭上今回首，不见诸陵白雾中[29]。

【注释】

㉒张京元：字思德，号无始，泰兴人，万历三十二年（1604）进士，历官四川按察副使，著有《武林纪游》一卷，现已不存，本书所收十一篇当即其散佚之文。

㉓阛阓（huán huì）：指闹市。阛，指市垣；阓，指市之外门。

㉔周诗：字以言，昆山人，喜读书，精医术，善诗文。

㉕"南枝"句：据田汝成《西湖游览志》载："（岳）墓上之木皆南向，盖英灵之感也。"

㉖高启（1336—1373）：字季迪，号青邱子，长洲（今江苏苏州）人，为明初著名诗人。著有《高青邱集》。

㉗“班师”二句：班师诏指南宋朝廷让岳飞退兵的诏令。“成”，高启原诗为“来”字，“来三殿”意谓来自朝廷。“射虏书”指系于箭上射向敌营的书信，此指与金方交涉归还徽、钦二帝之事的文书。

㉘上方：指尚方剑。典出《汉书·朱云传》：“臣愿赐尚方斩马剑，断佞臣一人，以厉其余。”高庙，指宋高宗赵构。藏弓：鸟尽弓藏之意。

㉙诸陵：指钱塘、绍兴等处南宋诸帝的陵墓。元僧杨琏真伽在元宰相桑哥支持下，盗掘宋陵，窃取陵中珍宝，弃尸骨于草莽之间。参见卷五《宋大内》篇。

唐顺之《岳王坟》诗㉚：

国耻犹未雪，身危亦自甘。九原人不返㉛，万壑气长寒。
岂恨藏弓早，终知借剑难。吾生非壮士，于此发冲冠。

蔡汝南《岳王墓》诗㉜：

谁将三字狱㉝，堕此一长城。北望真堪泪，南枝空自荣。
国随身共尽，君恃相为生。落日松风起，犹闻剑戟鸣。

王世贞《岳坟》诗：

落日松杉覆古碑，英风飒飒动灵祠。
空传赤帝中兴诏，自折黄龙大将旗。
三殿有人朝北极，六陵无树对南枝。
莫将乌喙论勾践，鸟尽弓藏也不悲。

徐渭《岳坟》诗㉞：

墓门惨淡碧湖中，丹雘朱扉射水红㉟。
四海龙蛇寒食后㊱，六陵风雨大江东。
英雄几夜乾坤博㊲，忠孝传家俎豆同。
肠断两宫终朔雪，年年麦饭隔春风㊳。

【注释】

㉚唐顺之（1507—1560）：字应德，一字义修，号荆川。武进（今属

江苏常州）人。嘉靖八年（1529）会试第一。为明代唐宋派的代表人物。著有《荆川先生文集》。

㉛九原：九泉、黄泉。

㉜蔡汝南：应作蔡汝楠（1514—1565），字子目，号抱石，浙江德清人，嘉靖十一年（1532）进士，仕至南京工部侍郎。著有《自知堂集》。

㉝三字狱：《宋史·岳飞传》云："狱之将上也，韩世忠不平，诣桧诘其实。桧曰：'飞子云与张宪书虽不明，其事体莫须有。'世忠曰：'"莫须有"三字何以服天下！'"

㉞徐渭（1521—1593）：字文长，号天池山人，或署田水月、青藤道人、天池渔隐等别号，山阴（今浙江绍兴）人，明代著名书画家、诗人。

㉟丹雘（wò）：赤石脂之类，古人用做红颜料。

㊱"四海"句：用春秋时介子推事。据《史记·晋世家》载，介子推有功于晋文公，功成之后不受封赏，从者怜之，作书悬于宫门曰："龙欲上天，五蛇为辅。龙已升云，四蛇各入其宇。一蛇独怨，终不见处所。"晋文公见到此书非常后悔，派人召之，介子推逃到了绵山，文公为逼他出山，便放火烧山，介子推抱树而死。后为纪念他，便在此日禁火，这便是寒食。

㊲博：通搏，争斗之意。

㊳"肠断"二句：意谓徽、钦二帝终死于北方积雪之地，宋室之祭祀亦无法享用。麦饭，祭祀用的饭食。

张岱《岳王坟》诗：

西泠烟雨岳王宫，鬼气阴森碧树丛。

函谷金人长堕泪㊴，昭陵石马自嘶风㊵。

半天雷电金牌冷，一族风波夜壑红㊶。

泥塑岳侯铁铸桧，只令千载骂奸雄。

董其昌《岳坟柱对》㊷：

南人归南，北人归北，小朝廷岂求活耶；

孝子死孝，忠臣死忠，大丈夫当如是矣。

张岱《岳坟柱铭》：

呼天悲铁像，此冤未雪，常闻石马哭昭陵；

拓地饮黄龙，厥志当酬，尚见泥兵湿蒋庙㊸。

【注释】

㊴“函谷”句：此句杂用两个典故。“函谷金人”实脱于李白《古风》“收兵铸金人，函谷正东开”，朱谏注云：“（秦始皇）自谓万世无虞，乃收天下之兵，铸为十二金人，置之司马门外；函谷东开，诸侯相率而西朝，坦然无东顾之忧矣。”而“长堕泪”则用汉武帝金铜仙人典，汉武帝为求仙，在宫中竖金铜仙人以承接仙露。汉魏迭兴，魏明帝将金铜仙人从长安拆到邺城，李贺《金铜仙人辞汉歌》之小序云“仙人临载，乃潸然泪下”。此句乃叹宋之灭亡。

㊵“昭陵”句：昭陵为唐太宗陵墓，在陕西省礼泉县九嵕山。据《唐会要》载，唐太宗“刻石为常所乘破敌马六匹于阙下”，即昭陵六骏。《安禄山事迹》载：“既败也，乾祐领白旗引左右驰突往来，我军视之状若神鬼。又见黄旗军数百队，官军潜谓是贼，不敢逼之。须臾又见与乾祐斗，黄旗不胜，退而又战者不一，俄不知所在。后昭陵奏是日灵宫石人马汗流。”

㊶风波：即风波亭，南宋时杭州大理寺狱中的亭名，也是岳飞遇害的地方。

㊷董其昌（1555—1636）：字玄宰，号思白，又号香光居士，华亭人，万历十七年（1589）进士，官至礼部尚书，卒谥文敏。明代著名书画家，著有《容台集》。

㊸泥兵湿蒋庙：《南史·曹景宗传》云：“时魏军攻围钟离，蒋帝神报敕，必许扶助，既而无雨水长，遂挫敌人，亦神之力焉。凯旋之后，庙中人马脚尽有泥湿。”

【简评】

王评：

“隆庆四年。墓前之有秦桧”句：不朽妙论。

“一秦桧耳，铁首木心，俱不能保至此”句：如秦桧者，原属无首无心，何许以铁木与之。

“所用铁锤犹存”句：是何等心肝。

论张宪一节：于忠武本传特提岳鄂王，而以三将皆附鄂王，总以尊鄂王也。

王世贞《岳坟》诗：前六句仅只声调轩举，落句直可与忠武论心。

徐渭《岳王坟》诗：悲壮，读之洒英雄之泪。

张岱《岳王坟》诗：挟风霜之气笔。

董其昌《岳坟柱对》：□□许可□□鄂王心曲。

龙评：

“青山有幸埋忠骨”，“山色如娥，花光似颊，温风如酒，波纹若绫”之西湖因鄂王而增英武之概、浩然之气，甚而于湖光山色中皴染些许沉重与喟叹；多少“嗚呼嘈杂，装假醉，唱无腔曲”者至此，亦当激起忠愤疾恶之心，可知人心有甚于史笔者。观此，有为恶之心者可不慎哉！

紫云洞

紫云洞在烟霞岭右。其地怪石苍翠，劈空开裂，山顶层层，如厦屋天构。贾似道命工疏剔建庵，刻大士像于其上。双石相倚为门，清风时来，谽谺透出[①]，久坐使人寒栗。又有一坎突出洞中，蓄水澄洁，莫测其底。洞下有懒云窝，四山围合，竹木掩映，结庵其中，名贤游览至此，每有遗世之思[②]。洞旁一壑幽深，昔人凿石，闻金鼓声而止，遂名“金鼓洞”。洞下有泉，曰“白沙”。好事者取以瀹茗[3]，与虎跑齐名。

王思任诗[4]：

笋舆幽讨遍[5]，大壑气沉沉。山叶逢秋醉，溪声入午喑。

是泉从竹护，无石不云深。沁骨凉风至，僧寮絮碧阴。

【注释】

①谽谺（hān xiā）：中空貌。

②遗世之思：超脱尘世、避世隐居的想法。

③瀹（yuè）茗：即煮茶。

④王思任（1572—1646）：字季重，号谑庵，山阴人，万历四十七年（1619）进士，清兵破南京后，鲁王监国，以之为礼部右侍郎兼詹事，进尚书。顺治三年，清军南下，两江失守，绍兴城破，鲁王逃海上，思任遂弃家入秦望山。病中绝食而死。著有《王季重十种》。

⑤笋（xùn）舆：即竹轿。笋，竹箯，一名编舆。

【简评】

龙评：

山水与文人自有不解之缘，怪石谽谺，人或以平常待之、或以怪奇目之，文人则如见奇文秘籍，爱不释手，或其奇趣暗与为文之道通耳！世间之景世人皆可见，然人人目中之景却或有天悬地隔之异，喜游赏山水者当思之。

卷三 西湖西路

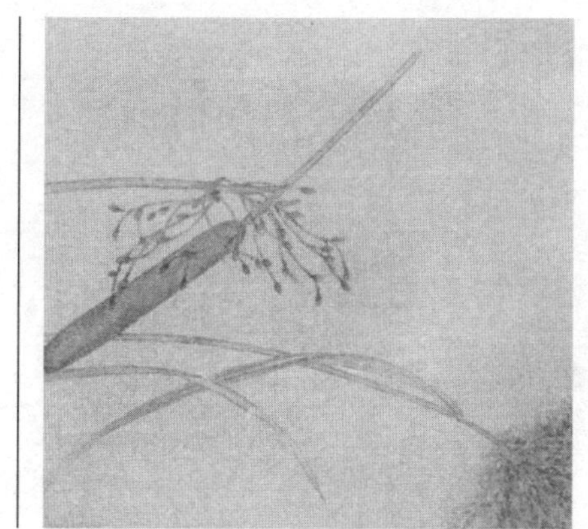

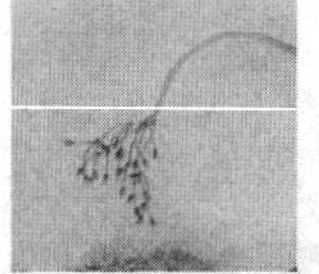

玉泉寺

玉泉寺为故净空院。南齐建元中[①]，僧昙起说法于此[②]，龙王来听，为之抚掌出泉，遂建龙王祠。晋天福三年[③]，始建净空院于泉左。宋理宗书“玉泉净空院”额。祠前有池亩许，泉白如玉，水望澄明，渊无潜甲。中有五色鱼百余尾，投以饼饵，则奋鬐鼓鬣，攫夺盘旋，大有情致。泉底有孔，出气如橐籥[④]，是即神龙泉穴。又有细雨泉，晴天水面如雨点，不解其故。泉出可溉田四千亩。近者曰鲍家田，吴越王相鲍庆臣采地也[⑤]。万历二十八年，司礼孙东瀛于池畔改建大士楼居。春时，游人甚众，各携果饵到寺观鱼，喂饲之多，鱼皆餍饫，较之放生池，则侏儒饱欲死矣[⑥]。

金堡《玉泉寺》诗[⑦]：

在昔南齐时，说法有昙起。天花堕碧空，神龙听法语。
抚掌一赞叹，出泉成白乳。澄洁更空明，寒凉却酷暑。
石破起冬雷，天惊逗秋雨。如何烈日中，水纹如碎羽。
言有橐籥声，气孔在泉底。内多海大鱼，狰狞数百尾。
饼饵骤然投，要遮全振旅。见食即忘生，无怪盗贼聚。

【注释】

①建元：南朝齐高帝年号（479—482）。

②昙起：亦作昙超（419—492），俗姓张，清河人。

③天福：后晋高祖年号（936—943）。

④橐籥（tuó yuè）：古代冶炼时用以鼓风吹火的装置，犹今之风箱。

⑤鲍庆臣：即鲍君福（864—940），字庆臣，余姚人。初隶浙东观察使刘汉宏部为牙将，后归吴越，以战功为衢州应援指挥使，后至保顺军节度使，卒赠开府仪同三司，谥忠壮。

⑥侏儒饱欲死：《汉书·东方朔传》载其曾对汉武帝说："侏儒长三尺余，捧一囊粟，钱二百四十；臣朔长九尺余，亦捧一囊粟，钱二百四十。侏儒饱欲死，臣朔饥欲死。臣言可用，幸异其礼。"

⑦金堡（1614—1680）：字卫公，又字道隐，浙江仁和（今杭州）人，崇祯十三年（1640）进士，明亡后削发为僧，初取名性因，又名澹归，一名今释澹归。著有《遍行堂集》。

【简评】

龙评：

蝶庵与金堡交往甚密，观附录金堡之序可知。金堡此诗与蝶庵此文实颇类于《长恨歌》及《长恨歌传》，互为表里，相得益彰。然此诗不见于今传《遍行堂集》，实清初文网删芟者。不想此诗终以此书而传，亦为大幸。后之金堡亦成清廷之肉刺，故此书后期刻本亦隐其名而称"道隐"。

集庆寺

九里松，唐刺史袁仁敬植[①]。松以达天竺，凡九里，左右各三行，每行相去八九尺。苍翠夹道，藤萝冒涂，走其下者，人面皆绿。行里许，有集庆寺，乃宋理宗所爱阎妃功德院也。淳祐十一年建造[②]。阎妃，鄞县人，以妖艳专宠后宫。寺额皆御书，巧丽冠于诸刹。经始时，望青采斫，勋旧不保，鞭笞追逮，扰及鸡豚。时有人书法堂鼓云：“净慈灵隐三天竺，不及阎妃好面皮。”理宗深恨之，大索不得。此寺至今有理宗御容两轴。六陵既掘，冬青不生[3]，而帝之遗像竟托阎妃之面皮以存，何可轻诮也。元季毁，明洪武二十七年重建。

张京元《九里松小记》：

九里松者，仅见一株两株，如飞龙劈空，雄古奇伟。想当年万绿参天，松风声壮于钱塘潮，今已化为乌有。更千百岁，桑田沧海，恐北高峰头有螺蚌壳矣，安问树有无哉！

陈玄晖《集庆寺》诗[4]：

玉钩斜内一阎妃，姓氏犹传真足奇。
宫嫔若非能仿佛，御容焉得在招提。

布地黄金出紫薇，官家不若一阎妃。
江南赋税凭谁用，日纵平章恣水嬉。

开荒筑土建坛壝，功德巍峨在石碑。
集庆犹存宫殿毁，面皮真个属阎妃。

昔日曾传九里松，后闻建寺一朝空。
放生自出罗禽鸟，听信阇黎说有功。

【注释】

①袁仁敬：字长源，唐开元十三年（725）经玄宗自择而任杭州刺史。

②淳祐：宋理宗第五个年号（1241—1252）。

③六陵既掘，冬青不生：元僧杨琏真伽发宋帝陵墓，将骨殖弃于草莽间，后有义士唐珏、林景熙偷出宋帝遗骨，埋于兰亭天章寺附近，上植冬青树为标记。

④陈玄晖：海盐人，万历四十一年（1613）进士，授翰林院编修。

【简评】

王评：

“帝之遗像竟托阎妃之面皮以存”句：理宗亦未免有巾帼气，安得不借光阎妃面皮。

张京元《九里松小记》：此番论头，正亦乱人肠胃。

龙评：

人之遭际有不可逆料者。即如唐之刺史袁仁敬，政绩、生平一无可传，然以植松之一善而得传。尤趣者为宋理宗，竟以重色而传其尊容，幸欤？不幸欤？蝶庵之“何可轻诮也”五字，大有谐趣，唯理宗“深恨之，大索不得”却毫无谐趣可言，然防民之口，甚于防川，其于当时之“大索”亦头绪全无，遑论后世文人乎！故四百载后之陈玄晖长身玉立于“大索”之外，朗声诵云“玉钩斜内一阎妃，姓氏犹传真足奇。宫嫔若非能佞佛，御容焉得在招提”，又云“开荒筑土建坛壝，功德巍峨在石碑。集庆犹存宫殿毁，面皮真个属阎妃”，当此之时，孰可奈何之，仅化为西湖长卷中一抹水痕而已。

飞来峰

飞来峰，棱层剔透，嵌空玲珑，是米颠袖中一块奇石。使有石癖者见之，必具袍笏下拜，不敢以称谓简亵，只以“石丈”呼之也[①]。深恨杨髡[②]，遍体俱凿佛像，罗汉世尊，栉比皆是，如西子以花艳之肤，莹白之体，刺作台池鸟兽，乃以黔墨涂之也。奇格天成，妄遭锥凿，思之骨痛。翻恨其不匿影西方，轻出灵鹫[③]，受人戮辱；亦犹士君子生不逢时，不束身隐遁，以才华杰出，反受摧残，郭璞[④]、祢衡并受此惨矣[⑤]。慧理一叹，谓其何事飞来，盖痛之也，亦惜之也。且杨髠沿溪所刻罗汉，皆貌己像，骑狮骑象，侍女皆裸体献花，不一而足。田公汝成锥碎其一[⑥]；余少年读书岣嵝，亦碎其一。闻杨髠当日住德藏寺，专发古冢，喜与僵尸淫媾。知寺后有来提举夫人与陆左丞化女，皆以色夭，用水银灌殓。杨命发其冢。有僧真谛者，性呆戆，为寺中樵汲，闻之大怒，嗥呼诟谇。主僧惧祸，锁禁之。及五鼓，杨髠起，趣众发掘，真谛逾垣而出，抽韦驮木杵[⑦]，奋击杨髠，裂其脑盖。从人救护，无不被伤。但见真谛于众中跳跃，每逾寻丈，若隼撇虎腾，飞捷非人力可到。一时灯炬皆灭，耰锄畚插都被毁坏[⑧]。杨髠大惧，谓是韦驮显圣，不敢往发，率众遽去，亦不敢问。此僧也，洵为山灵吐气。

【注释】

①石丈：宋叶梦得《石林燕语》载：“（米芾）知无为军，初入州廨，见立石颇奇，喜曰：‘此足以当吾拜！’遂命左右取袍笏拜之，每呼曰‘石丈’。”

②杨髠（kūn）：对杨琏真伽的蔑称。

③“翻恨”句：据《咸淳临安志》载，印度高僧慧理法师东晋咸和（326—334）初来到杭州，登山惊叹说：“此天竺灵鹫山之小岭，不知何年飞来？”而洞中旧有白猿，呼之随应，人始信，遂名为“飞来峰”，并于此创建了灵鹫寺。此句意谓本以灵鹫飞来为盛事，然受人戮辱，还不如藏在西方的好。下文之“慧理一叹”即指此事。

④郭璞：郭璞（276—324），字景纯，河东闻喜县人，好经术，博学有高才而讷于言论，词赋为中兴之冠，精于卜筮。《晋书》载王敦将谋反，“使璞筮，璞曰：‘无成。’敦固疑璞之劝峤、亮，又闻卦凶，乃问

璞曰：‘卿更筮吾寿几何？’答曰：‘思向卦，明公起事，必祸不久。若住武昌，寿不可测。’敦大怒曰：‘卿寿几何？’曰：‘命尽今日日中。’敦怒，收璞，诣南冈斩之。”

⑤祢衡（173—198）：字正平，平原般县（今山东临邑）人，东汉末年名士，因出言不逊触怒曹操，被遣送至荆州刘表处，又被送至江夏太守黄祖处，终为黄祖所杀。

⑥田公汝成：即田汝成（1503—1557），字叔禾，钱塘人，嘉靖五年（1526）进士，曾任南京刑部主事、礼部主事、福建提学副使等职。著有《西湖游览志》和《西湖游览志余》，此二书所收西湖掌故极全。不过，据其《田叔禾小集》及《西湖游览志余》可知，是当时杭州知府陈士贤碎杨髡等人之像，而田汝成为此写了《诛髡贼碑》之文。

⑦韦驮：佛教天神，传说为南方增长天王的八神将之一，居四天王三十二神将之首。据传佛涅槃时，捷疾鬼盗取佛牙一双，韦驮急追取还，后佛教以其为护法神，亦称护法韦驮，并置其像佛寺中，着武将服，执金刚杵，立于天王殿弥勒佛之后，正对释迦牟尼佛。

⑧段：即锻。

袁宏道《飞来峰小记》：

湖上诸峰，当以飞来峰为第一。峰石逾数十丈，而苍翠玉立：渴虎奔猊[⑨]，不足为其怒也；神呼鬼立，不足为其怪也；秋水暮烟，不足为其色也；颠书吴画[⑩]，不足为其变幻诘曲也。石上多异木，不假土壤，根生石外。前后大小洞四五，窈窕通明，溜乳作花[⑪]，若刻若镂。壁间佛像，皆杨秃所为，如美人面上瘢痕，奇丑可厌。余前后登飞来者五：初次与黄道元[⑫]、方子公同登，单衫短后，直穷莲花峰顶。每遇一石，无不发狂大叫。次与王闻溪同登[⑬]；次为陶石篑、周海门[⑭]；次为王静虚、陶石篑兄弟；次为鲁休宁[⑮]。每游一次，辄思作一诗，卒不可得。

【注释】

⑨猊：狮子。

⑩颠书吴画：指唐代草圣张旭的草书与画圣吴道子的绘画。张旭字伯高，吴人，善草书，嗜酒，每醉后号呼狂走，索笔挥洒，时人号为张颠。吴道子又名道玄，河南禹县人，善画佛道人物，极富立体感，有"吴带当风"之誉。

⑪溜乳：石灰熔岩形成的钟乳石。

⑫黄道元：孙诒让《温州经籍志》卷二十九"拙迟集、合缶斋集"后云："黄国信，字道元，永嘉人。案黄道元事迹，旧府县志无考，惟《万历温州府志》卷端载同纂人姓名，有儒士黄国信，当即道元也。"孙氏在此尚为疑似之词，而在《(光绪)永嘉县志》卷二十九："拙迟集、合缶斋集"则云："明黄国信撰。国信，字道元，尝预修万历《府志》。"知二者确当为一人。又袁宏道与汤显祖之信中说："永嘉黄国信，佳士也。千里而见袁生，又知慕义仍先生者，此其人岂俗子耶？料中郎之屣可倒，义仍之榻亦可下矣。"其《别黄道元信笔题扇上》："千里负空囊，蹇足投吴令。客子即数奇，主人复善病。……"又《赠黄道元》诗云："海内奇士如君少，双眼识君恨不早。纷纷俗士尽轻肥，嗟君短褐长安道。男儿有骨不乘时，处处相逢荐福碑。请君试秘丰城剑，他年倘有张华知。"与此对读，知其诗题所谓"道元"与此"国信"即一人。其《七夕招黄道元……》一诗题后云："道元，永嘉人，余时以仪曹改司封"。则可确定矣。

⑬王闻溪：即王禹声，字文溪，或写为闻溪，万历十七年（1589）进士，授刑部主事，官至承天知府，后因与宦官有隙而去官，卒赠光禄寺卿。

⑭周海门：此人名字《西湖梦寻》诸版本均作"门"，而袁氏原文却作"宁"，实当以"宁"为是。周廷参（1550—1599），字文谟，别号诚之，又自号建宇，万历二十三年（1595）进士，时任海宁知县，故称周海宁。若依《西湖梦寻》用"海门"，则为周汝登（1547—1629），字

继元，别号海门，嵊县人。万历五年（1577）进士。擢南京工部主事，历兵、吏二部郎官，官至南京尚宝司卿。著有《海门先生集》十二卷，《东越证学录》十六卷，及《圣学宗传》等。《明人传记资料索引》有传。其人三十一岁中进士时袁宏道刚十岁，不大可能跟随袁氏登飞来峰，而据黄宗羲《明儒学案》卷三十六云陶氏“之学，多得之海门”，又知二人实有师徒之分，袁氏著文更不可能云“次为陶石篑、周海门”，将其置于陶望龄之后。

⑮鲁休宁：鲁点，字子与，号乐同，南彰人，万历十一年（1583）进士，因官休宁知县，故称鲁休宁，著有《澹斋草》等。

又《戏题飞来峰》诗：
试问飞来峰，未飞在何处。
人世多少尘，何事飞不去。
高古而鲜妍，杨班不能赋[16]。

白玉簇其颠，青莲借其色。
惟有虚空心，一片描不得。
平生梅道人[17]，丹青如不识。

张岱《飞来峰》诗：
石原无此理，变幻自成形。天巧疑经凿，神功不受型。
搜空或洚水，开辟必雷霆。应悔轻飞至，无端遭巨灵。

石意犹思动，蹲跜势若撑[18]。鬼工穿曲折，儿戏斫珑玲。
深入营三窟，蛮开倩五丁[19]。飞来或飞去，防尔为身轻。

【注释】

⑯杨班：指杨雄和班固，二人均为汉代著名的辞赋家。

⑰梅道人：吴镇（1280—1354），字仲圭，号梅花道人，嘉兴人，志

行高介，一生隐居未仕，元代著名画家。

⑱躨跜（kuí ní）：盘曲蠕动貌。

⑲蛮开倩五丁：开辟蛮荒需借五丁之力。《艺文类聚》引扬雄《蜀王本纪》云："天为蜀王生五丁力士，能献山。秦王献美女与蜀王，蜀王遣五丁迎女。见一大蛇入山穴中，五丁并引蛇，山崩，秦五女皆上山，化为石。"

【简评】

王评：

"亦犹士君子生不逢时，不束身隐遁，以才华杰出，反受摧残"句：予游览中为才士说此，益信藏身宜固。

"真谛踰垣而出"句：真千古快事，记者特为提出，真是笔底风雷追击，当一部阳秋可也。

"每游一次，辄思作一诗，卒不可得"句：此三语是真灵峰之诗，要知千万语莫尽此峰矣，妙石公二诗正以不作为高。

"鬼工穿曲折，儿戏斫珑玲"句：二语灵欲动矣，恐作者笔亦飞去。

龙评：

西湖之有数贤，亦当有数恶，而其魁首自为杨髡无疑。以白、李、林、苏乃至贾、孙方之，杨髡直一粗鄙富户而已，焚琴煮鹤已不足喻其可憎之状。仍以蝶庵之喻至切，"如西子以花艳之肤，莹白之体，刺作台池鸟兽，乃以黔墨涂之也"，读至此，不仅作者，阅者亦无不"骨痛"矣。"翻恨"一句，知爱之深也；而"亦犹"之语，则不仅为西湖一叹，亦为古今不遇之才士一叹也！故读至真谛木杵奋击，真佛门韦驮也，千古快事，可续圣叹之"不亦快哉"！

飞来峰实西湖长卷中惊天动地之建构，亦人间最具创意之广告，唯不知是何等慧心能出此计，又不知是何等魄力敢出此计，若可考知，当以半湖西湖水酬之。

冷泉亭

冷泉亭在灵隐寺山门之左。丹垣绿树，翳映阴森。亭对峭壁，一泓泠然，凄清入耳。亭后西栗十余株[①]，大皆合抱，冷飔暗樾，遍体清凉。秋初栗熟，大若樱桃，破苞食之，色如蜜珀，香若莲房。天启甲子，余读书岣嵝山房，寺僧取作清供。余谓鸡头实无其松脆[②]、鲜胡桃逊其甘芳也。

夏月乘凉，移枕簟就亭中卧月，涧流淙淙，丝竹并作。张公亮听此水声，吟林丹山诗[③]“流出西湖载歌舞，回头不似在山时”，言此水声带金石，已先作歌舞声矣，不入西湖安入乎！余尝谓住西湖之人，无人不带歌舞，无山不带歌舞，无水不带歌舞，脂粉纨绮，即村妇山僧，亦所不免。因忆眉公之言曰：“西湖有名山，无处士；有古刹，无高僧；有红粉，无佳人；有花朝，无月夕。”曹娥雪亦有诗嘲之曰[④]：“烧鹅羊肉石灰汤，先到湖心次岳王。斜日未曛客未醉，齐抛明月进钱塘。”余在西湖，多在湖船作寓，夜夜见湖上之月，而今又避嚣灵隐，夜坐冷泉亭，又夜夜对山间之月，何福消受。余故谓西湖幽赏，无过东坡，亦未免遇夜入城。而深山清寂，皓月空明，枕石漱流，卧醒花影，除林和靖、李岣嵝之外[⑤]，亦不见有多人矣。即慧理、宾王[⑥]，亦不许其同在卧次。

袁宏道《冷泉亭小记》：

灵隐寺在北高峰下，寺最奇胜，门景尤好。由飞来峰至冷泉亭一带，涧水溜玉，画壁流香，是山之极胜处。亭在山门外，尝读乐天记有云："亭在山下水中，寺西南隅，高不倍寻，广不累丈，撮奇搜胜，物无遁形。春之日，草薰木欣，可以导和纳粹；夏之日，风泠泉渟⑦，可以蠲烦析酲⑧。山树为盖，岩谷为屏，云从栋出，水与阶平。坐而玩之，可濯足于床下；卧而狎之，可垂钓于枕上。潺湲洁澈，甘粹柔滑，眼目之嚣，心舌之垢，不待盥涤，见辄除去。"观此记，亭当在水中，今依涧而立。涧阔不丈余，无可置亭者。然则冷泉之景，比旧盖减十分之七矣。

【注释】

①西栗：《杭州府志》载："灵隐有西栗树，慧理自西竺携来种此，实小而叶美。"

②鸡头实：即芡实，一种水生植物，可食。

③林丹山：即林稹，号丹山，江苏长洲人，熙宁九年（1076）进士。

④曹娥雪：此名或有误字，应为曹峨雪。《千顷堂书目》卷二十八有"曹勋曹峨雪集"一条，后注云："字允大，嘉善人。"知其人名曹勋，字允大，号峨雪。梁章钜《制义丛话》卷十二云："俞桐川曰：万历甲辰以来，四十年间会元无可录者。李太青学先辈而枯，陈百史摹大家而浮，斟酌古今、调和文质必推曹峨雪。按曹勋，崇祯元年戊辰科会元也。"知其为崇祯元年（1628）进士。李日华《味水轩日记》卷四载万历四十年十一月："门生魏塘曹勋允大以其大父吴塘先生讳津者所辑《周礼集传》来乞叙。先生以明经岁荐授青阳训导，历官至南安教授。解官至家，八日而卒。平生笃意经术，著述甚多，此其一耳。子穗亦学官高等，弟子孙焘与勋皆问业于余，而勋尤蚤慧。"可知曹勋曾入李日华之门。而清人李昌祚《真山人后集》诗卷下有《谒前辈曹峨雪先生》，其序云："先生辛酉乡荐，出广东姚谷神先生门，姚与家大父为同年莫逆

交，适同分校浙闱，大父偶见此卷，即以大魁决之。戊辰，果第一。今应召来都，适长公顾庵正读书馆中，侍公来者，则季子彦博也。予与顾庵同年同门同官，遂喜而赋此。”由此可知曹勋为清代著名词人曹尔堪之父。则此人即曹勋，字允大，号峨雪、莪雪，嘉善人，崇祯元年（1628）进士，入清不仕。著有《南溪诗草》等。

⑤李岣嵝：即李茇，参见本卷《岣嵝山房》篇。

⑥宾王：即骆宾王，参见一卷《韬光庵》篇。

⑦渟（tíng）：水聚集不流。

⑧蠲（juān）烦析酲：解闷醒酒。

【简评】

王评：

“涧流淙淙，丝竹并作”句：神奇语，当细思之。

“西湖幽赏，无过东坡”句：月黑看湖，东坡公已一语得之。

“草薰木欣”句：冷泉亭偏写得热趣津津。

龙评：

何为真西湖，喧嚣乎？清寂乎！西湖之誉实源自喧嚣，西湖之韵则本之清寂，若一味喧嚣便非西湖，然一味清寂亦非西湖而为湘湖、鉴湖矣！韵人高士既知西湖之喧嚣，亦可赏其清寂，方为真赏。故眉公之言、哦雪之句乃至蝶庵《西湖七月半》，均为西湖解人也。然“除林和靖、李岣嵝之外，亦不见有多人矣。即慧理、宾王，亦不许其同在卧次”之语，亦嫌责之过也：真正消受深山皓月者自有人在，然亦如湘湖、鉴湖，无喧嚣以增其名，故蝶庵不识耳！此理实与西湖喧嚣、清寂之辩仿，不可不知也。

灵隐寺

明季昭庆寺火，未几而灵隐寺火，未几而上天竺又火，三大寺相继而毁。是时唯具德和尚为灵隐住持[①]，不数年而灵隐早成。盖灵隐自晋咸和元年[②]，僧慧理建，山门匾曰“景胜觉场”，相传葛洪所书[③]。寺有石塔四，钱武肃王所建。宋景德四年[④]，改“景德灵隐禅寺”，元至正三年毁。明洪武初再建，改灵隐寺。宣德七年[⑤]，僧昙缵建山门，良玠建大殿。殿中有拜石，长丈余，有花卉鳞甲之文，工巧如画。正统十一年，玹理建直指堂，堂额为张即之所书[⑥]，隆庆三年毁。万历十二年，僧如通重建；二十八年司礼监孙隆重修，至崇祯十三年又毁。具和尚查如通旧籍，所费八万，今计工料当倍之。具和尚惨澹经营，咄嗟立办。其因缘之大[⑦]，恐莲池金粟所不能逮也[⑧]。具和尚为余族弟，丁酉岁，余往候之，则大殿、方丈尚未起工，然东边一带，閟阁精蓝凡九进[⑨]，客房僧舍百什余间，棐几藤床，铺陈器皿，皆不移而具。香积厨中，初铸三大铜锅，锅中煮米三担，可食千人。具和尚指锅示余曰：“此弟十余年来所挣家计也。”饭僧之众，亦诸刹所无。午间方陪余斋，见有沙弥持赫蹄送看[⑩]，不知何事，第对沙弥曰：“命库头开仓。”沙弥去。及余饭后出寺门，见有千余人蜂拥而来，肩上有布袋，贮米五斗，齐至仓前库头，掣数袋斛之，五百担米，顷刻上廪，斗斛无声，忽然竟去。余问和尚，和尚曰："此丹阳施主某，岁致米五百担，水脚挑钱，纤悉自备，不许饮常住勺水[11]，七年于此矣。"余为嗟叹。因问大殿何时可成，和尚对以："明年六月，为弟六十，法子万人，人馈十金，可得十万，则吾事济矣。"逾三年而大殿、方丈俱落成焉。余作诗以记其盛。

【注释】

①具德和尚：张岱在文中已称此人为"族弟"，且送其之诗有"余自闻言请受记，阿难本是如来弟。与师同住五百年，挟取飞来复飞去"之句，可见张岱很尊敬此人，且此人于灵隐寺亦大有功德，《灵隐寺》一篇实为具和尚之专传，但此前无人注之。胡益民先生于张岱研究颇有心得，其《张岱评传》及《张岱研究》二书均考证此具和尚实为静涵禅师张有誉，算是对张岱交游有了新的开拓。然仍有误，据吴伟业《梅村家藏稿》卷五十一《灵隐具德和尚塔铭》一文云"师讳弘礼，号具德，生于绍兴山阴之张氏，世称著姓。明隆庆辛未状元阳和先生元忭，其族也。"知此人实当为张岱族弟张弘礼。同一文又云："斋前一日搭衣礼佛，夜过半，谈笑如平时。五鼓，易新衣，呼侍者'随我上方去'，顿足一下，端坐逝焉。世寿六十七，僧腊四十三，丁未十月之十九日也。"知其当生于万历二十九年（1601），死于康熙六年（1667）。此人幼贫寒，曾为煅工，先习道家言，后读《首楞严》而善之，披剃受具，寂后即塔于灵隐。

②咸和：晋成帝第一个年号（326—334）。

③葛洪（284—364）：字稚川，号抱朴子，江苏丹阳人。曾在罗浮山修行炼丹，即卒于此。他所著的《抱朴子》第一次把道教的理论系统化，在道教史上极为重要。

④景德：宋真宗第二个年号（1004—1007）。

⑤宣德：明宣宗年号（1426—1435）。

⑥张即之（1186—1263）：字温夫，号樗寮，历阳人，举进士，南宋

书法家。

⑦因缘：佛教术语。一物之生，亲与强力者为因，疏添弱力者为缘。《大乘入楞伽经》曰：“一切法因缘生。”《维摩经佛国品注》：“力强为因，力弱为缘。肇曰：前后相生因也，现相助成缘也。诸法要因缘相假，然后成立。”

⑧莲池金粟：莲池，参见卷五《云栖》篇。金粟，即金粟如来的简称，即维摩诘大士。

⑨精蓝：即伽蓝，僧伽蓝摩之略称，译曰众园，为僧众所住之园庭。

⑩赫（xì）蹄：古代称用以书写的小幅绢帛，后亦以借指纸。

⑪常住：僧、道称寺舍、田地、什物等为常住物，简称常住。

张岱《寿具和尚并贺大殿落成》诗：

飞来石上白猿立，石自呼猿猿应石。
具德和尚行脚来，山鬼啾啾寺前泣。
生公叱石同叱羊[12]，沙飞石走山奔忙。
驱使万灵皆辟易，火龙为之开洪荒。
正德初年有簿对，八万今当增一倍。
谈笑之间事已成，和尚功德可思议。
黄金大地破悭贪，聚米成丘粟若山。
万人团簇如蜂蚁，和尚植杖意自闲。
余见催科只数贯，县官敲扑加锻炼。
白粮升合尚怒呼，如坻如京不盈半[13]。
忆昔访师坐法堂，赫蹄数寸来丹阳。
和尚声色不易动，第令侍者开仓场。
去不移时阶戺乱[14]，白粲驮来五百担[15]。
上仓斗斛寂无声，千百人夫顷刻散。
米不追呼人不系，送到座前犹屏气。

公侯福德将相才，罗汉神通菩萨慧。
如此工程非戏谑，向师颂之师不诺。
但言佛自有因缘，老僧只怕因果错。
余自闻言请受记，阿难本是如来弟⑯。
与师同住五百年，挟取飞来复飞去。

【注释】

⑫“生公”句：此句合用二典。“生公”典出《莲社高贤传》：“师被摈，南还，入虎丘山，聚石为徒。讲《涅槃经》，至阐提处，则说有佛性，且曰：‘如我所说，契佛心否？’群石皆为点头，旬日学众云集。”“叱羊”则典出葛洪《神仙传·皇初平》：“皇初平者，丹溪人也，年十五而家使牧羊。有道士见其良谨，使将至金华山石室中，四十余年，忽然不复念家。其兄初起入山索初平……果得相见，兄弟悲喜，因问弟曰：‘羊皆何在？’初平曰：‘羊近在山东。’初起往视，了不见羊，但见白石无数。还谓初平曰：‘山东无羊也！’初平曰：‘羊在耳，但兄自不见之。’初平便乃俱往看之，乃叱曰：‘羊起！’于是白石皆变为羊。”

⑬如坻如京：《诗经·小雅·甫田》云“曾孙之庾，如坻如京”，坻为高地，京为高丘，形容谷物如山。

⑭戺（shì）：即堂廉，殿堂的侧边。

⑮粲：精米。

⑯“阿难”句：阿难即阿难陀，斛饭王之子，佛之从弟，亦为释迦牟尼十大弟子之一。此句张岱以阿难与如来的关系来代指自己与具和尚，以示对具和尚的尊敬。

张祐《灵隐寺》诗⑰：

峰峦开一掌，朱槛几环延。佛地花分界，僧房竹引泉。
五更楼下月，十里郭中烟。后塔耸亭后，前山横阁前。
溪沙涵水静，洞石点苔鲜。好是呼猿父，西岩深响连。

贾岛《灵隐寺》诗[18]：

峰前峰后寺新秋，绝顶高窗见沃洲。

人在定中闻蟋蟀，鹤于栖处挂猕猴。

山钟夜度空江水，汀月寒生古石楼。

心欲悬帆身未逸，谢公此地昔曾游[19]。

周诗《灵隐寺》诗：

灵隐何年寺，青山向此开。涧流原不断，峰石自飞来。

树覆空王苑，花藏大士台。探冥有玄度[20]，莫遣夕阳催。

【注释】

⑰张祐（792?—853?）：其名当作“祜”，字承吉，南阳人，著有《张承吉文集》。

⑱贾岛（779—843）：字浪仙，幽都（今北京）人，早岁为僧，后得韩愈赏识，还俗应举，然终身未第。著有《长江集》。

⑲谢公：指谢灵运（385—433），浙江会稽人，东晋名将谢玄之孙，小名“客”，人称谢客。又以袭封康乐公，称谢康公、谢康乐，著名山水诗人。

⑳玄度：指月亮。

【简评】

王评：

“五百担米，顷刻上廪”句：真怪事，吾辈即讙讙诉饥，数米而与者不可得矣。蝶庵记其盛，吾记其怪。

“黄金大地破悭贪，聚米成丘粟若山”句：浩浩落落，旁若无人，想游天际，读此诗如识雷鼓而□洪钟，便令陡然起悟。

“五更楼下月，十里郭中烟”句：五、六妙画。

“山钟夜度空江水，汀月寒生古石楼”句：山钟一联，享得阆仙之名。

龙评：

此亦一传一诗也。灵隐为西湖名刹，数建数毁，然释家愿力之大，有不可思议者，尽可有水旱洊饥、天灾人祸，而慷慨之施主仍所在多有，广施布舍以建宏丽之伽蓝，此亦可沉思者。具德和尚被蝶庵引为“禅学知己”，然其人生平则晦而不彰，至有人误以为张有誉者。

北高峰

北高峰在灵隐寺后，石磴数百级，曲折三十六湾。上有华光庙，以祀五圣。山半有马明王庙[①]，春日祈蚕者咸往焉[②]。峰顶浮屠七级[③]，唐天宝中建，会昌中毁[④]；钱武肃王修复之，宋咸淳七年复毁[⑤]。此地群山屏绕，湖水镜涵，由上视下，歌舫渔舟，若鸥凫出没烟波，远而益微，仅觌其影。西望罗刹江[⑥]，若匹练新濯，遥接海色，茫茫无际。张公亮有句“江气白分海气合，吴山青尽越山来”，诗中有画。郡城正值江潮之间，委蛇曲折，左右映带，屋宇鳞次，竹木云蓊，郁郁葱葱，凤舞龙盘，真有王气蓬勃。山麓有无著禅师塔[⑦]。师名文喜，唐肃宗时人也[⑧]，瘗骨于此。韩侂胄取为葬地[⑨]，启其塔，有陶龛焉。容色如生，发垂至肩，指爪盘屈绕身，舍利数百粒[⑩]，三日不坏，竟荼毗之[⑪]。

苏轼《游灵隐高峰塔》诗：

言游高峰塔，蓐食始野装[⑫]。火云秋未衰，及此初旦凉。
雾霏岩谷暗，日出草木香。嘉我同来人，又便云水乡。
相劝小举足，前路高且长。古松攀龙蛇，怪石坐牛羊。
渐闻钟磬音，飞鸟皆下翔。入门空无有，云海浩茫茫。
惟见聋道人，老病时绝粮。问年笑不答，但指穴梨床[⑬]。

心知不复来，欲归更彷徨。赠别留匹布，今岁天早霜。

【注释】

①马明王：蚕神，即马头。清翟灏《通俗编·神鬼》："《七修类稿》所谓马头娘，本《荀子·蚕赋》'身女好而头马首'一语附会，俗称马明王。"

②祈蚕者：向蚕神祈求丰收的人。

③浮屠：亦作浮图，佛教语，指佛塔。

④天宝：唐玄宗第三个年号（742—755）。会昌，唐武宗年号（841—846）。

⑤咸淳：宋度宗年号（1265—1274）。

⑥罗刹江：陶宗仪《南村辍耕录》载："浙江一名钱唐江，一名罗刹江。所谓罗刹者，江心有石，即秦望山脚，横截波涛中。商旅船到此，多值风涛所困而倾覆，遂呼云。"

⑦无著（821—900）：名文喜，永嘉人，七岁出家，宣宗初，参访京师，咸通中参仰山禅师，顿悟心要。

⑧唐肃宗：即李亨，年号分别为至德、乾元、上元（756—761）。

⑨韩侂（tuō）胄：字节夫（1151—1207），河南安阳人，以其为宁宗韩皇后族祖，把持朝政十余年，并贸然主持了开禧北伐，仓猝开战，兵败后被宁宗所斩。

⑩舍利：释迦既卒，弟子阿难等焚其身，有骨子如五色珠，光莹坚固，名曰舍利子，因造塔以藏之。后泛指得道高僧火化后的遗骸。

⑪荼毗：梵语音译，意为焚烧，指僧人死后将尸体火化。

⑫蓐（rù）食：《左传·文公七年》："训卒，利兵，秣马，蓐食，潜师夜起。"指在床席上吃早饭。

⑬穴梨床：庾信《小园赋》有"管宁藜床，虽穿而可坐"，用《高士传》管宁之典"（管宁）常坐一木榻，积五十余年未尝箕股，其榻上当膝处皆穿"。

【简评】

王评：

“由上视下，歌舫渔舟，若鸥凫出没烟波”句：写得缥缈。

龙评：

此篇载无著禅师，云“唐肃宗时人也，而卷五之《胜果寺》则云“乾宁间”人，未知何据，亦未知何是。据《五灯会元》载：“杭州无著文喜禅师，嘉禾语溪人也，姓朱氏。”又及“大中初”及“咸通三年”，后“钱王奏赐紫衣，署无著禅师”，后“塔于灵隐山之西坞”，与肃宗时悬隔百年。《宋高僧传》则另有“无著”，在大历前后，与此篇所载年代相及，然其在五台山华严寺挂锡，未闻之杭也。故知蝶庵误淆二人。然此误非始于蝶庵，实源于释典，上举二书载此二人，均有五台山遇文殊留“前三三与后三三”公案事，知必有一误也。

韬光庵

韬光庵在灵隐寺右之半山，韬光禅师建。师，蜀人，唐太宗时[①]，辞其师出游，师嘱之曰：“遇天可留，逢巢即止。”师游灵隐山巢沟坞，值白乐天守郡，悟曰：“吾师命之矣。”遂卓锡焉[②]。乐天闻之，遂与为友，题其堂曰“法安”。内有金莲池、烹茗井，壁间有赵阅道、苏子瞻题名。庵之右为吕纯阳殿[③]，万历十二年建，参政郭子章为之记[④]。骆宾王亡命为僧[⑤]，匿迹寺中。宋之问自谪所还至江南[⑥]，偶宿于此。夜月极明，之问在长廊索句，吟曰“鹫岭郁岧峣，龙宫锁寂寥”，后句未属，思索良苦。有老僧点长明灯，问曰：“少年夜不寐，而吟讽甚苦，何耶？”之问曰：

“适欲题此寺，得上联而下句不属。”僧请吟上句，宋诵之。老僧曰：“何不云‘楼观沧海日，门对浙江潮’？”之问愕然，讶其遒丽，遂续终篇。迟明访之，老僧不复见矣。有知者曰：此骆宾王也。

【注释】

①唐太宗：即李世民，年号为贞观（627—649）。下文提及白居易（772—846），时代了不相及，不过传言而已。

②卓锡：僧人外出多带锡杖，因谓僧人居留为卓锡。卓，植立。

③吕纯阳：即道教传说中的八仙之吕洞宾。

④郭子章（1543—1618）：字相奎，号青螺，江西泰和人，隆庆五年（1571）进士，曾任浙江参政。

⑤骆宾王（627？—684?）：字观光，浙江义乌人，七岁能诗，“初唐四杰”之一。徐敬业起兵讨伐武则天时他起草了著名的《讨武氏檄》，徐氏兵败，或云被杀，或云落发为僧。

⑥宋之问（656？—712?）：唐代著名诗人，一名少连，字延清，山西汾阳人，上元二年（675）进士，后因附张易之兄弟而被贬，逃回又以告密之功而授官，后赐死。他为人有才而无德，但对唐代律诗定型颇有影响。下文所引诗句及“扪萝”等语皆出自其《灵隐寺》诗。

袁宏道《韬光庵小记》：

韬光在山之腰，出灵隐后二三里，路径甚可爱。古木婆娑，草香泉渍，淙淙之声，四分五络，达于山厨。庵内望钱塘江，浪纹可数。余始入灵隐，疑宋之问诗不似，意古人取景，或亦如近代词客捃拾帮凑。及登韬光，始知“沧海”“浙江”“扪萝”“刳木”数语，字字入画，古人真不可及已。宿韬光之次日，余与石篑、子公同登北高峰，绝顶而下。

张京元《韬光庵小记》：

韬光庵在灵鹫后，鸟道蛇盘，一步一喘。至庵，入坐一小室，峭壁如削，泉出石罅，汇为池，蓄金鱼数头。低窗曲槛，相向啜茗，真有武陵世外之想⑦。

萧士玮《韬光庵小记》⑧：

初二，雨中上韬光庵。雾树相引，风烟披薄，木末飞流，江悬海挂。倦时踞石而坐，倚竹而息。大都山之姿态，得树而妍；山之骨格，得石而苍；山之营卫，得水而活：惟韬光道中能全有之。初至灵隐，求所谓“楼观沧海日，门对浙江潮”，竟无所有。至韬光，了了在吾目中矣。白太傅碑可读，雨中泉可听，恨僧少可语耳。枕上沸波，竟夜不息，视听幽独，喧极反寂。益信声无哀乐也⑨。

【注释】

⑦武陵世外之想：即隐居世外的想法。武陵，用陶渊明《桃花源记》意。

⑧萧士玮（1585—1651）：字伯玉，江西泰和人，万历四十四年(1616) 进士，官至光禄少卿，著有《春浮园诗集》等。

⑨声无哀乐：嵇康著有《声无哀乐论》，核心意思是说音乐本身在无哀乐之分，“或闻哭而欢，或听歌而戚”的效果在于人的感发。

姚肇和《自韬光登北高峰》诗⑩：

高峰千仞玉嶙峋，石磴攀跻翠蔼分。
一路松风长带雨，半空岚气自成云。
上方楼阁参差见，下界笙歌远近闻。
谁似当年苏内翰，登临处处有遗文。

【注释】

⑩姚肇和：生平不详。按：光绪本为“受肇和”，当误。

白居易《招韬光禅师》诗：

白屋炊香饭，荤膻不入家。滤泉澄葛粉，洗手摘藤花。
青菜除黄叶，红姜带紫芽。命师相伴食，斋罢一瓯茶。

韬光禅师《答白太守》诗：

山僧野性爱林泉，每向岩阿倚石眠。
不解栽松陪玉勒，惟能引水种青莲。
白云乍可来青嶂，明月难教下碧天。
城市不能飞锡至，恐妨莺啭翠楼前。

杨蟠《韬光庵》诗[11]：

寂寂阶前草，春深鹿自耕。老僧垂白发，山下不知名。

【注释】

⑪杨蟠：字公济，章安（今浙江临海）人，庆历六年（1046）进士，曾任杭州通判。

王思任《韬光庵》诗：

云老天穷结数楹，涛呼万壑尽松声。
鸟来佛座施花去，泉入僧厨漉菜行。
一捺断山流海气，半株残塔插湖明。
灵峰占绝杭州妙，输与韬光得隐名。

又《韬光涧道》诗：

灵隐入孤峰，庵庵叠翠重。僧泉交竹驿，仙屋破云封。
绿暗天俱贵，幽寒月不浓。涧桥秋倚处，忽一响山钟。

【简评】

王评：

袁宏道《韬光庵小记》：后来诗之入妙者，非身至其地，与论其世，即极口称赏，终昧作者之志与所咏之质也。

萧士玮《韬光庵小记》“视听幽独，喧极反寂”句：伯玉先生得南华之神，此记字字从此中烹炼出来，即“视听”二句，已有子休全部。

白居易《招韬光禅师》诗：疏疏多致。

龙评：

于韬光庵，蝶庵注目于文人轶闻，故抄录宋之问吟诗事（《本事诗》已载），反于风景未置一词。而所录袁中郎、萧伯玉二记则极有韵致，尤妙者在于袁、萧二人均以宋之问诗与韬光景致比附，诗与境融，令人神往。中郎谓“近代词客捃拾帮凑”，道出明以后人凑诗之态；伯玉“三得”、“二可”足为韬光之灵秀传神，然云“恨僧少可语”，知僧与诗同，至明以后，韬光、辨才已不可得，所遇多为“捃拾帮凑”者耳。

岣嵝山房

李芰号岣嵝，武林人，住灵隐韬光山下。造山房数楹，尽驾回溪绝壑之上。溪声淙淙出阁下，高厓插天，古木蓊蔚，大有幽致。山人居此，孑然一身，好诗，与天池徐渭友善。客至，则呼僮驾小舫，荡桨于西泠、断桥之间，笑咏竟日。以山石自磊生圹[①]，死即埋之[②]。所著有《岣嵝山人诗集》四卷。天启甲子，余与赵介臣[③]、陈章侯[④]、颜叙伯[⑤]、卓珂月[⑥]、余弟平子读书其中[⑦]。主僧自超，园蔬山蔌，淡薄凄清。但恨名利之心未净，未免唐突山灵，至今犹有愧色。

【注释】

①生圹：生前预造的坟墓。

②死即埋之：《世说语》刘孝标注引《名士传》曰：“（刘伶）常乘鹿车，携一壶酒，使人荷锸随之，云‘死便掘地以埋’。”另据王雨谦评

“从杜元凯遗令得力”知其以此用杜晋朝名将杜预之典故，据《晋书·杜预传》云其向家人交代后事时说：“用洛水圆石，开遂道南向，仪制取法于郑大夫，欲以俭自完耳。棺器小敛之事，皆当称此。”知王评亦当，然此有“死即埋之”一语，则仍当以《世说新语》所载刘伶事为典源。

③赵介臣：即赵继抃，字介臣，一字崖仙，诸生。清初起义被获，不屈而死。

④陈章侯：即陈洪绶（1598—1652），字章侯，号老莲，浙江诸暨人，明末著名画家。

⑤颜叙伯：明遗民，入清后隐居，与黄宗羲有交往。

⑥卓珂月：即卓人月（1606—1636），字珂月，号蕊渊，别署江南月中人，浙江仁和人，崇祯八年（1635）贡生，富才情，诗文词曲兼擅。

⑦余弟平子：即作者胞弟张平子，失其名，与张岱同学琴、同读书，长于度曲。

张岱《岣嵝山房小记》[8]：

岣嵝山房，逼山、逼溪、逼韬光路，故无径不梁，无屋不阁。门外苍松傲睨，蓊以杂木，冷绿万顷，人面俱失。石桥低磴，可坐十人。寺僧刳竹引泉，桥下交交牙牙，皆为竹节。天启甲子，余键户其中者七阅月，耳饱溪声，目饱清樾。山上下多西栗、鞭笋，甘芳无比。邻人以山房为市，蓏果、羽族日致之，而独无鱼。乃潴溪为壑，系巨鱼数十头。有客至，辄取鱼给鲜。日晡必出，步冷泉亭、包园、飞来峰。一日，缘溪走看佛像，口口骂杨髡。见一波斯胡坐龙象，蛮女四五献花果，皆裸形，勒石志之，乃真伽像也。余椎落其首，并碎诸蛮女，置溺溲处以报之。寺僧以余为椎佛也，咄咄怪事，及知为杨髡，皆欢喜赞叹。

徐渭《访李岣嵝山人》诗：

岣嵝诗客学全真，半日深山说鬼神。

送到涧声无响处，归来明月满前津。

七年火宅三车客[⑨]，十里荷花两桨人。

两岸鸥凫仍似昨，就中应有旧相亲。

王思任《岣嵝僧舍》诗：

乱苔膏古荫，惨绿蔽新芊。鸟语皆番异，泉心即佛禅。

买山应较尺，赊月敢辞钱。多少清凉界，幽僧抱竹眠。

【注释】

⑧岣嵝山房小记：此文为张岱选自其《陶庵梦忆》之文，原名为《岣嵝山房》。

⑨“七年”句：袁宏道《徐文长小传》载徐渭：“卒以疑杀其继室，下狱论死，张太史元汴力解乃得出。”此即指其事。另按，张元汴即张岱之曾祖。

【简评】

王评：

“以山石自磊生圹，死即埋之”句：从杜元凯遗令得力。

“人面俱失”句：“人面俱失”，“失”字妙用，“碧”便下矣。

徐渭《访李岣嵝山人》诗：写相得处在语言之外。

龙评：

在蝶庵目中，岣嵝山房并非胜迹，而为故园，故不但于《陶庵梦忆》中写之，于此书复写之，且再引前文于下，悔恨之情，溢于言表。记中“苍松傲睨，蓊以杂木，冷绿万顷，人面俱失”数句真为作手，读此数字，即恍然入于其境矣，然当出自王季重游记《南明》“苍松傲睨，大枫数十章，蓊以他树，万顷冷绿，人面俱失”之语，此非蝶庵窃谑庵，实激赏之也。

青莲山房

青莲山房，为涵所包公之别墅也[①]。山房多修竹古梅，倚莲花峰，跨曲涧，深岩峭壁，掩映林麓间。公有泉石之癖，日涉成趣。台榭之美，冠绝一时。外以石屑砌坛墙，柴根编户，富贵之中，又着草野。政如小李将军作丹青界画[②]，楼台细画，虽竹篱茅舍，无非金碧辉煌也。曲房密室，皆储倩美人[③]，行其中者，至今犹有香艳。当时皆珠翠团簇，锦绣堆成。一室之中，宛转曲折，环绕盘旋，不能即出。主人于此精思巧构，大类迷楼[④]。而后人欲如包公之声伎满前，则亦两浙荐绅先生所绝无者也。今虽数易其主，而过其门者必曰“包氏北庄”。

陈继儒《青莲山房》诗：

造园华丽极，反欲学村庄。编户留柴叶，磊墙带石霜。
梅根常塞路，溪水直穿房。觅主无从入，裴回走曲廊。

主人无俗态，筑圃见文心。竹暗常疑雨，松梵自带琴。
牢骚寄声伎，经济储山林。久已无常主，包庄说到今。

【注释】

①涵所包公：即包应登，字涵所，钱塘人，万历十四年（1586）进士，官至福建提学副使，后归卧西湖，以声色自娱。

②小李将军：即李昭道，唐宗室，彭国公李思训之子，甘肃天水人，官至太子中舍人。思训父子二人均擅长青绿山水，其父曾任武卫大将军，人称大李将军，故称李昭道为小李将军。

③储偫（zhì）：储备。

④迷楼：隋炀帝所建楼名，宋代《古今诗话》载："隋炀帝时浙人项升进新宫图，帝爱之，令扬州依图营建。既成，幸之曰：'使真仙游此，亦当自迷。'乃名迷楼。"

【简评】

王评：

"富贵之中又著草野"句：此真富贵，相宁第草野处见真富贵，其绮丽到兹头处，乃真富贵。世俗尽富贵者，无此也。

"觅主无从入"句：牢骚句，是英雄最不得已处，五字道破。

龙评：

蝶庵为历过大繁华者，故亦为知真繁华者。欧阳永叔《归田录》引晏元献语云："'老觉金腰重，慵便玉枕凉'未是富贵语，不如'笙歌归院落，灯火下楼台'，此善言富贵者。"以此例之，可称包氏为"善用富贵者"、蝶庵为"善赏富贵者"矣。

又包氏别墅"外以石屑砌坛墙，柴根编户，富贵之中，又着草野"，与《红楼梦》大观园之稻香村颇类，以是知贫富亦合物极必反之铁律——富贵之人或常有田园之思，何代不然？

呼猿洞

呼猿洞在武林山。晋慧理禅师常畜黑白二猿，每于灵隐寺月明长啸，二猿隔岫应之，其声清皦[①]。后六朝宋时，有僧智一仿

旧迹而畜数猿于山[2]，临涧长啸，则群猿毕集，谓之猿父。好事者施食以斋之，因建饭猿堂。今黑白二猿尚在。有高僧住持，则或见黑猿，或见白猿。具德和尚到山，则黑白皆见。余于方丈作一对送之："生公说法，雨堕天花，莫论飞去飞来，顽皮石也会点头；慧理参禅，月明长啸，不问是黑是白，野心猿都能答应。"具和尚在灵隐，声名大著。后以径山佛地谓历代祖师多出于此[3]，徙往径山。事多格迕，为时无几，遂致涅盘[4]。方知盛名难居，虽在缁流[5]，亦不可多取。

陈洪绶《呼猿洞》诗：

慧理是同乡，白猿供使令。以此后来人，十呼十不应。

明月在空山，长啸是何意。呼山山自来，麾猿猿不去。

痛恨遇真伽，斧斤残怪石。山亦悔飞来，与猿相对泣。

洞黑复幽深，恨无巨灵力。余欲锤碎之，白猿当自出。

张岱《呼猿洞》对：

洞里白猿呼不出；崖前残石悔飞来。

【注释】

①皦（jiǎo）：分明，清晰。

②智一：居钱塘灵隐寺，擅长啸，听者悲凉，谓之哀松梵。

③径山：在浙江余杭县西北，有东西二径盘旋而上，即以径山为名。历代高僧多居于此。

④涅盘：佛教语，梵语的音译，意译"灭""圆寂"等，是佛教全部修习所要达到的最高理想。本文即指死亡。

⑤缁流：佛教用语。僧多穿黑衣，即缁衣，故谓之缁流或缁徒。

【简评】

龙评：

释家常有异迹，如慧远送客之有虎号（见卷四之《风篁岭》），慧理长啸则有猿应。且此二猿隐然已为住持僧人道行之标杆，或见黑、或见白，具德均见，是以蝶庵有“盛名难居”之叹。

三生石

三生石在下天竺寺后。东坡《圆泽传》曰：“洛师惠林寺，故光禄卿李憕居第[①]。禄山陷东都[②]，憕以居守死之。子源，少时以贵游子豪侈善歌闻于时。及憕死，悲愤自誓，不仕、不娶、不食肉。居寺中五十余年。寺有僧圆泽，富而知音，源与之游甚密，促膝交语竟日，人莫能测。一日相约游蜀青城峨嵋山，源欲自荆州溯峡，泽欲取长安斜谷路。源不可，曰：‘吾以绝世事，岂可复到京师哉！’泽默然久之，曰：‘行止固不由人。’遂自荆州路。舟次南浦，见妇人锦裆负罂而汲者，泽望而叹曰：‘吾不欲由此者，为是也。’源惊问之。泽曰：‘妇人姓王氏，吾当为之子。孕三岁矣，吾不来，故不得乳。今既见，无可逃之。公当以符咒助吾速生。三日浴儿时，愿公临我，以笑为信。后十三年中秋月夜，杭州天竺寺外，当与公相见。’源悲悔，而为具沐浴易服。至暮，泽亡而妇乳。三日，往观之，儿见源果笑。具以语王氏，出家财葬泽山下。源遂不果行。返寺中，问其徒，则既有治命矣。后十三年，自洛还吴，赴其约。至所约，闻葛洪川畔有牧童扣角而歌之曰：'三生石上旧精魂，赏月吟风不要论。惭愧情人远相访，此身虽异性长存。'呼问：'泽公健否？'答曰：'李公真信士，然俗缘未尽，慎弗相近，惟勤修不堕，乃复相见。'又歌曰：'身前身后事茫茫，欲话因缘恐断肠。吴越山川寻已遍，却回烟棹上瞿唐。'遂去不知所之。后二年，李德裕奏源忠臣子[3]，笃孝，拜谏议大夫。不就，竟死寺中，年八十一。"

【注释】

①李憕（？—755）：并州文水人，天宝初为清河太守，改尚书右丞、京兆尹，转光禄卿、东都留守，迁礼部尚书。安禄山陷长安，遇害。赠司徒，谥忠烈。

②禄山：即安禄山（703—757），营州（今辽宁朝阳）人，本姓康，名阿荦山（一作轧荦山），后冒姓安氏，名禄山。安史之乱的始作俑者。后被其子谋杀。东都：唐代以洛阳为东都。

③李德裕（787—850）：字文饶，赵郡赞皇（今属河北）人，与其父李吉甫均为晚唐名相。著有《会昌一品集》。

王元章《送僧归中竺》诗[4]：

天香阁上风如水，千岁岩前云似苔。
明月不期穿树出，老夫曾此听猿来。
相逢五载无书寄，却忆三生有梦回。
乡曲故人凭问讯，孤山梅树几番开。

苏轼《赠下天竺惠净师》诗：

予去杭十六年而复来，留二年而去。平生自觉出处老少，粗似乐天，虽才名相远，而安分寡求亦庶几焉。三月六日，来别南北山诸道人，而下天竺惠净师以丑石赠，作三绝句：

当年衫鬓两青青，强说重来慰别情。
衰鬓只今无可白，故应相对说来生。

出处依希似乐天，敢将衰朽较前贤。
便从洛社休官去，犹有闲居二十年[⑤]。

在郡依前六百日[⑥]，山中不记几回来。
还将天竺一峰去，欲把云根到处栽[⑦]。

【注释】

④王元章：即王冕（？—1359），字符章，别号梅花屋主，绍兴诸暨人，出身贫寒，但自幼好学，终成通儒。著有《竹斋诗集》。

⑤“便从”句：白居易晚年休官闲居东都，文酒娱乐二十年。此欲仿效之耳。

⑥“在郡”句：所谓依前指白居易《留题天竺灵隐两寺》诗之“在郡六百日，入山十二回”句。

⑦云根：道院僧寺。为云游僧歇脚之处，故称。

【简评】

王评：

“见妇人锦裆负罂而汲者”句：方知人世业缘，无逃于天地之间。

龙评：

三生石事，实出唐人袁郊传奇集《甘泽谣》，其书所记之僧名“圆观”，东坡删改此记，然改僧名为“圆泽”，未知何故，或因“甘泽谣”之“泽”而误。然此名亦随东坡而声价自高、流“泽”甚广，后世诗文、稗官引及者均以“泽”名。此事虽流播众口，却当以《玄怪录·李沈》及《独异志·李源》二传牵合而成者。

上天竺

上天竺，晋天福间，僧道翊结茅庵于此。一夕，见毫光发于前涧，晚视之，得一奇木，刻画观音大士像。后汉乾祐间[①]，有僧从勋自洛阳持古佛舍利来，置顶上，妙相庄严，端正殊好，昼放白光，士民崇信。钱武肃王常梦白衣人求葺其居，寤而有感，遂建天竺观音看经院。宋咸平中[②]，浙西久旱，郡守张去华率僚属具幡幢华盖迎请下山[③]，而澍雨沾足。自是有祷辄应，而雨每滂薄不休，世传烂稻龙王焉。南渡时，施舍珍宝，有日月珠、鬼谷珠、猫睛等，虽大内亦所罕见。嘉祐中[④]，沈文通治郡[⑤]，谓观音以声闻宣佛力，非禅那所居[⑥]，乃以教易禅，令僧元净号辨才者主之。凿山筑室，几至万础。治平中，郡守蔡襄奏赐“灵感观音”殿额[⑦]。辨才乃益凿前山，辟地二十有五寻，殿加重檐。建炎四年[⑧]，兀术入临安，高宗航海。兀术至天竺，见观音像喜之，乃载后车，与《大藏经》并徙而北[⑨]。时有比丘知完者[⑩]，率其徒以从。至燕，舍于都城之西南五里，曰玉河乡，建寺奉之。天竺僧乃重以他木刻肖前像，诡曰：“藏之井中，今方出现”，其实并非前像也。乾道三年[⑪]，建十六观堂，七年，改院为寺，门扁皆御书。庆元三年[⑫]，改天台教寺。元至元三年毁。五年，僧庆思重建，仍改天竺教寺。元末毁。明洪武初重建，万历二十七年重修。崇祯末年又毁，清初又建。时普陀路绝，天下进香者皆近就天竺，香火之盛，当甲东南。二月十九日，男女宿山之多，殿内外无下足处，与南海潮音寺正等。

【注释】

①乾祐：五代后汉高祖年号（948—950）。

②咸平：宋真宗第一个年号（998—1003）。

③张去华（938—1006）：字信臣，开封人，建隆二年（961）中状元，拜秘书郎，入值史馆，景德元年（1004），以工部侍郎身份致仕。

④嘉祐：宋仁宗第九个年号（1056—1063）。

⑤沈文通：即沈遘（1025—1067），字文通，钱塘人，皇祐元年（1049）第二人进士及第，曾知杭州。

⑥禅那：佛教用语之音译，义译为思维修，静虑（即禅定）。

⑦蔡襄（1012—1067）：字君谟，原籍福建仙游，后迁居莆田，天圣八年（1030）进士，曾知杭州府事，卒赠礼部侍郎，谥号忠。著有《蔡襄集》。为宋代著名诗人与书法家。

⑧建咸：当为“建咸”，宋高宗第一个年号（1127—1130）。

⑨大藏经：大藏经为佛教经典的总集，简称为藏经，又称为一切经。

⑩比丘：亦作“比邱”，梵语的音译，意译“乞士”，以上从诸佛乞法，下就俗人乞食得名，为佛教出家“五众”之一，俗称和尚。

⑪乾道：宋孝宗第二个年号（1165—1173）。

⑫庆元：宋宁宗第一个年号（1195—1200）。

张京元《上天竺小记》：

天竺两山相夹，回合若迷。山石俱骨立，石间更绕松篁。过下竺，诸僧鸣钟肃客，寺荒落不堪入。中竺如之。至上竺，山峦环抱，风气甚固，望之亦幽致。

萧士玮《上天竺小记》：

上天竺，叠嶂四周，中忽平旷，巡览迎眺，惊无归路。余知身之入而不知其所由入也。从天竺抵龙井，曲涧茂林，处处有之。一片云、神运石，风气遒逸，神明刻露。选石得此，亦娶妻得姜矣[13]。泉色绀碧，味淡远，与他泉迥矣。

苏轼《记天竺诗引》：

轼年十二，先君自虔州归，谓予言："近城山中天竺寺，有乐天亲书诗云：'一山门作两山门，两寺原从一寺分。东涧水流西涧水，南山云起北山云。前台花发后台见，上界钟鸣下界闻。遥想吾师行道处，天香桂子落纷纷。'笔势奇逸，墨迹如新。"今四十七年，予来访之，则诗已亡，有刻石在耳。感涕不已，而作是诗。

又《赠上天竺辨才禅师》诗：

南北一山门，上下两天竺。中有老法师，瘦长如鹳鹄。
不知修何行，碧眼照山谷。见之自清凉，洗尽烦恼毒。
坐令一都会，方丈礼白足[14]。我有长头儿[15]，角颊峙犀玉。
四岁不知行，抱负烦背腹。师来为摩顶，起走趁奔鹿[16]。
乃知戒律中，妙用谢羁束。何必言法华，佯狂啖鱼肉。

张岱《天竺柱对》：

佛亦爱临安，法像自北朝留住；
山皆学灵鹫，洛伽从南海飞来。

【注释】

⑬娶妻得姜：《诗经·陈风·衡门》："岂其取妻，必齐之姜"，原意谓娶妻未必非齐国之姜姓不可，此句之意则颇有意外之喜。

⑭白足：南朝梁慧皎《高僧传》："（释昙始）足白于面，虽跣足泥水，未尝沾湿，天下咸称白足和尚。"后指高僧。

⑮长头儿：《后汉书·贾逵传》称贾逵："自为儿童常在太学，不通人间事，身长八尺二寸，诸儒为之语曰'问事不休贾长头'。"

⑯“四岁”四句：苏辙《龙井辩才法师塔碑》：“予兄子瞻中子迨生，三年不能行，请师为落发摩顶祝之，不数日能行如它儿。”

【简评】

王评：

“天竺僧乃重以他木刻肖前像”句：恐毫光夜发，亦似此像。

萧士玮《上天竺小记》：“惊无归路”妙写，乃知作记不在多辞。

龙评：

“烂稻龙王”之语甚新，遍考文献而未见载录者。然细绎此处亦颇趣，以龙司雨本之民俗，道家亦或用之，而佛家不与，此则祷雨于观音，而归功于龙王，真张冠李戴者也。然此亦寻常，民间只问灵验与否，并无释道之成见亘于胸中也。然灵验与否，实由崇信使然，即俗语所云“信则灵”，人有此心，则枯木亦“有祷辄应”。金兀术劫掠此返北，未知仍如此灵验否！

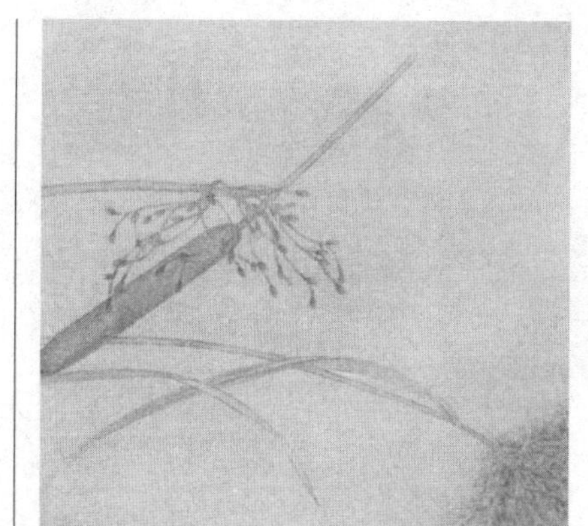

卷四 西湖中路

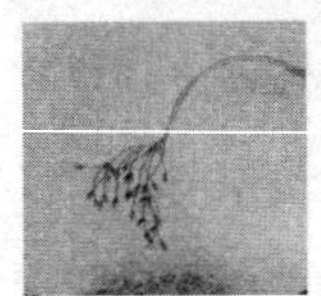

秦楼

秦楼初名水明楼，东坡建，常携朝云至此游览[①]。壁上有三诗，为坡公手迹。过楼数百武[②]，为镜湖楼，白乐天建。宋时宦杭者，行春则集柳洲亭，竞渡则集玉莲亭，登高则集天然图画阁，看雪则集孤山寺，寻常宴客则集镜湖楼。兵燹之后，其楼已废，变为民居。

苏轼《水明楼》诗：

黑云翻墨未遮山，白雨跳珠乱入船。
卷地风来忽吹散，望湖楼下水连天。

放生鱼鸟逐人来，无主荷花到处开。
水浪能令山俯仰，风帆似与月裴回。

未成大隐成中隐[③]，可得长闲胜暂闲。
我本无家更焉往，故乡无此好湖山。

【注释】

①朝云（1062—1095）：苏轼之妾，字子霞，钱塘人。

②武：六尺为步，半步为武。

③“未成”句：晋人王康琚《反招隐》诗“小隐隐陵薮，大隐隐朝

市”，后白居易生发出“中隐”的概念，他有《中隐》诗云：“大隐住朝市，小隐入丘樊。丘樊太冷落，朝市太嚣喧。不如作中隐，隐在留司官。”

【简评】

龙评：

“宋时宦杭者，行春则集柳洲亭，竞渡则集玉莲亭，登高则集天然图画阁，看雪则集孤山寺，寻常宴客则集镜湖楼。”读此数语，觉其承平气象仿佛与湖山同久，孰知世事一场大梦，而梦醒之速，直使人不忍计其日月——东坡去世不过二十五年便有靖康之变、南渡偏安并至于蒙元入主，天水一朝之文明竟就此凋零，能不使人感慨系之乎！

片石居

由昭庆缘湖而西，为餐秀阁，今名片石居。閟阁精庐，皆韵人别墅。其临湖一带，则酒楼茶馆，轩爽面湖，非惟心胸开涤，亦觉日月清朗。张谓“昼行不厌湖上山，夜坐不厌湖上月”[①]，则尽之矣。再去则桃花港，其上为石函桥，唐刺史李邺侯所建，有水闸泄湖水以入古荡。沿东西马塍、羊角埂，至归锦桥，凡四派焉。白乐天记云：“北有石函，南有笕，决湖水一寸，可溉田五十余顷。”闸下皆石骨磷磷，出水甚急。

徐渭《八月十六片石居夜泛》词[②]：

月倍此宵多。杨柳芙蓉夜色蹉。鸥鹭不眠如昼里，舟过。向前惊换几汀莎。　　筒酒觅稀荷。唱尽塘栖《白苎歌》。天为红妆重展镜，如磨。渐照胭脂奈褪何。

【注释】

①张谓（？—777）：字正言，河内（今河南泌阳县）人，天宝二年（743）登进士第，官至礼部侍郎。所引之诗为其《湖上对酒行》之首联。

②徐渭《八月十六片石居夜泛》词：此词徐渭集原未署词牌，依律当为《南乡子》。

【简评】

王评：

“非惟心胸开涤，亦觉日月清朗”句：何处着脂粉，令人益思古人。

“白乐天记云”句：观白公留意处岂只在游湖。

龙评：

临湖而居，为人生至乐，以其有面水之明净清朗，却无邻水之洪涝潮汐，故不止唐宋，西湖四邻之居所至今仍为万人竞逐之地。然所谓“韵人别墅”，实多为有力者所据，何代不然！

十锦塘

十锦塘，一名孙堤，在断桥下。司礼太监孙隆于万历十七年修筑。堤阔二丈，遍植桃柳，一如苏堤。岁月既多，树皆合抱。行其下者，枝叶扶苏，漏下月光，碎如残雪。意向言“断桥残雪”，或言月影也。苏堤离城远，为清波孔道，行旅甚稀。孙堤直达西泠，车马游人，往来如织。兼以两湖光艳，十里荷香，如入山阴道上，使人应接不暇。湖船小者，可入里湖，大者缘堤倚徙，由锦带桥循至望湖亭，亭在十锦塘之尽，渐近孤山，湖面宽广。孙东瀛修葺华丽，增筑露台，可风可月，兼可肆筵设席。笙歌剧戏，无日无之。今改作龙王堂，旁缀数楹，咽塞离披，旧景尽失。再去，则孙太监生祠，背山面湖，颇极壮丽。近为卢太监舍以供佛，改名卢舍庵，而以孙东瀛像置之佛龛之后。孙太监以数十万金钱装塑西湖，其功不在苏学士之下，乃使其遗像不得一见湖光山色，幽囚面壁，见之大为鲠闷。

袁宏道《断桥望湖亭小记》：

湖上由断桥至苏堤一带，绿烟红雾，弥漫二十余里。歌吹为风，粉汗为雨，罗纨之盛，多于堤畔之草，艳冶极矣。然杭人游湖，止午、未、申三时[①]，其实湖光染翠之工，山岚设色之妙，全在朝日始出、夕舂未下[②]，始极其浓媚。月景尤不可言，花态柳情，山容水意，别是一种趣味。此乐留与山僧游客受用，安可为俗士道哉！

望湖亭即断桥一带，堤甚工致，比苏堤犹美。夹道种绯桃、垂柳、芙蓉、山茶之属二十余种。堤边白石砌如玉，布地皆软沙如茵。杭人曰："此内使孙公所修饰也。"此公大是西湖功德主。自昭庆、天竺、净慈、龙井及山中庵院之属，所施不下数十万。余谓白、苏二公，西湖开山古佛，此公异日伽蓝也。"腐儒，几败乃公事"[③]！可厌！可厌！

【注释】

①午、未、申三时：古人以十二地支计时，此三时大致相当于中午十一点到下午五点。

②夕舂：旧习日落时舂米，故以此代指夕阳。

③"腐儒，几败乃公事"：语出《史记·留侯世家》"竖儒，几败而公事"。

张京元《断桥小记》：

西湖之胜，在近；湖之易穷，亦在近。朝车暮舫，徒行缓步，人人可游，时时可游。而酒多于水，肉高于山，春时肩摩趾错，男女杂沓，以挨簇为乐。无论意不在山水，即桃容柳眼，自与东风相倚，游者何曾一着眸子也。

李流芳《断桥春望图题词》：

往时至湖上，从断桥一望，便魂消欲死。还谓所知，湖之潋滟熹微，大约如晨光之着树、明月之入庐。盖山水映发，他处即有澄波巨浸，不及也。壬子正月，以访旧重至湖上，辄独往断桥，裴回终日，翌日为杨谶西题扇云[④]："十里西湖意，都来到断桥。寒生梅萼小，春入柳丝娇。乍见应疑梦，重来不待招。故人知我否，吟望正萧条。"又明日作此图。小春四日[⑤]，同孟旸、子与夜话[⑥]，题此。

【注释】

④杨谶西：生平不详，天启三年（1623）曾怂恿韩敬刻《刘须溪先生记钞》，知为明末人。

⑤小春：指夏历十月。宋陈元靓《岁时广记》卷三七引《初学记》："冬月之阳，万物归之。以其温暖如春，故谓之小春，亦云小阳春。"

⑥子与：子与，即闻启（1589—1618），释德清《憨山老人梦游集》卷十六《闻仲子小传》："仲子姓闻氏，名□□，字子与。浙之钱塘人，孝廉启祥之弟也。"据萧士玮《春浮园集》文集卷下《云栖两沙弥塔铭》："归西子，法名大瞰，姓闻名启，初字子与。母梦日轮照腹而生，时为万历己丑。"知其生于万历十七年。又云："戊午病笃，于时诸师咸集薙发受具戒，引镜自照其面曰：'迟我十年作沙弥，吾今死不恨矣。'法侣胜朋互相搜引，朝梵夕呗，助其归资。卒之前二日曰：'吾十五往矣！'又前子将语之：'死当葬我云栖之侧。'久之异香满室，望日疾革。"知其卒于万历四十六年，寿四十岁。其人字子与，钱塘人，后入佛

门，号归西子，法号大畹，死后葬于云栖寺。

谭元春《湖霜草序》⑦：

予以己未九月五日至西湖，不寓楼阁，不舍庵刹，而以琴尊书札，托一小舟。而舟居之妙，在五善焉：舟人无酬答，一善也；昏晓不爽其候，二善也；访客登山，恣意所如，三善也；入断桥，出西泠，午眠夕兴，四善也；残客可避，时时移棹，五善也。挟此五善，以长于湖。僧上凫下，觞止茗生，篙楫因风，渔茭聚火⑧。盖以朝山夕水，临涧对松，岸柳池莲，藏身接友，早放孤山，晚依宝石，足了吾生，足济吾事矣。

王叔杲《十锦塘》诗⑨：

横截平湖十里天，锦桥春接六桥烟。

芳林花发霞千树，断岸光分月两川。

几度觞飞堤外景，一清棹发镜中船。

奇观妆点知谁力，应有歌声被管弦。

白居易《望湖楼》诗：

尽日湖亭卧，心闲事亦稀。起因残醉醒，坐待晚凉归。

松雨飘苏帽，江风透葛衣。柳堤行不厌，沙软絮霏霏。

徐渭《望湖亭》诗：

亭上望湖水，晶光澹不流。镜宽万影落，玉湛一矶浮。

寒入沙芦断，烟生野鹜投。若从湖上望，翻羡此亭幽。

【注释】

⑦谭元春（1586—1637）：字友夏，号鹄湾，别号蓑翁，湖广竟陵人，天启七年（1627）乡试第一。与同乡钟惺同为竟陵派的代表人物。

⑧渔茭：渔人与刈者。

⑨王叔杲（1517—1600）：字阳德，旸谷，永嘉人，嘉靖四十一年

(1562) 进士，著有《玉介园存稿》。

张岱《西湖七月半》记[10]：

西湖七月半，一无可看，止可看看七月半之人。以五类看之。其一，楼船箫鼓，峨冠盛筵，灯火优傒[11]，声光相乱，名为看月而实不见月者，看之。其一，亦船亦楼，名娃闺秀，携及童娈，笑啼杂之，环坐露台，左右盼望，身在月下而实不看月者，看之。其一，亦船亦声歌，名妓闲僧，浅斟低唱，弱管轻丝，竹肉相发[12]，亦在月下，亦看月，而欲人看其看月者，看之。其一，不舟不车，不衫不帻，酒醉饭饱，呼群三五，挤入人丛，昭庆、断桥，嘄呼嘈杂，装假醉，唱无腔曲，月亦看，看月者亦看，不看月者亦看，而实无一看者，看之。其一，小船轻幌，净几暖炉，茶铛旋煮，素瓷静递，好友佳人，邀月同坐，或匿影树下，或逃嚣里湖，看月而人不见其看月之态，亦不作意看月者，看之。

杭人游湖，巳出酉归，避月如避仇。是夕好名，逐队争出，多犒门军酒钱，轿夫擎燎，列俟岸上。一入舟，速舟子急放断桥，赶入胜会。以故二鼓以前，人声鼓吹，如沸如撼，如魇如呓，如聋如哑，大船小船一齐凑岸，一无所见，止见篙击篙，舟触舟，肩摩肩，面看面而已。少刻兴尽，官府席散，皂隶喝道去，轿夫叫船上人，怖以关门，灯笼火把如列星，一一簇拥而去。岸上人亦逐队赶门，渐稀渐薄，顷刻散尽矣。

吾辈始舣舟近岸，断桥石磴始凉，席其上，呼客纵饮。此时，月如镜新磨，山复整妆，湖复颒面[13]。向之浅斟低唱者出，匿影树下者亦出，吾辈往通声气，拉与同坐。韵友来，妙妓至，杯箸安，竹肉发。月色苍凉，东方将白，客方散去。吾辈纵舟，酣睡于十里荷花之中，香气扑人，清梦甚惬。

【注释】

⑩《西湖七月半》：此篇为张岱选自其《陶庵梦忆》者。

⑪优傒：歌伎和婢仆。

⑫竹肉：《世说新语·识鉴》刘孝标注引《孟嘉别传》载桓温“问：‘听伎，丝不如竹，竹不如肉，何也?’答曰：‘渐近自然。’”丝为弦乐，竹为管乐，肉即歌喉，后以“竹肉”泛指器乐与歌唱。

⑬颒（huì）：洗脸。

【简评】

王评：

“十锦塘一句孙堤”句：人曷可以无韵，一孙堤便与端明并垂。

“枝叶扶苏，漏下月光，碎如残雪”句：妙境。

袁宏道《断桥望湖亭小记》：即此记，以杭人未见西湖亦可。

“妙有五善”句：亦一善论。

张岱《西湖七月半》记：说尽月下一班俗子，谁为携动清虚之府，捭□下界，有深得月意者如吾蝶庵，莫令嫦娥笑人。

“吾辈始舣舟近岸”句：是许飞觞醉月。

龙评：

蝶庵以枝叶漏月为残雪，其想甚韵；于孙隆，前虽已论，此或以中郎许其“异日伽蓝”而宥之（观其与中郎同用“数十万”可知），复悯其“幽囚面壁”之遇也，实后世偶有齿及孙堤之名者，其数十万装塑已不枉矣。然此篇最著者，乃所附之数篇小记，均为描摹西湖之神品也：中郎状其“歌吹为风，粉汗为雨”之盛，实为揭出极冷之真面；张京元之言“酒多于水，肉高于山”亦于“游者何曾一着眸子”放出不屑；友夏“五善”及长蘅“魂消”，均在朝山夕水之冷中显出文人之趣。然此数篇珠玉文字仍被蝶庵《西湖七月半》一笔勾销，故此篇虽原为《陶庵梦忆》文字，却与《明圣二湖》同为《西湖梦寻》之魂魄也。

《十锦塘》一篇实写孙堤，然并不以“孙堤”为名者，或以其不似白、苏二堤名传遐迩。然揆诸现实，则似名声俯首权势，其文云：“苏堤离城远，为清波孔道，行旅甚稀；孙堤直达西泠，车马游人，往来如织，兼以两湖光艳，十里荷香，如入山阴道上，使人应接不暇。”孙隆以权、钱为堤，抢占地利，喧嚣即来。然人与景此消彼长，难以揣度，孙氏虽得一时之荣，颇凌东坡而上之，然其后却得“幽囚面壁”之殊遇，孙堤之名，亦渐黯淡；反观苏堤，即使湖涸堤溃，其名仍不可磨灭，其风流仍播于万民之口。又可知权势与文采之辨矣。

《西湖七月半》实为天地之至文，其名为“西湖七月半”，然首句却云“西湖七月半，一无可看”，将题目一笔抹杀，此种破题之笔，古来曾见否？其后笔锋再转，“止可看看七月半之人”，反是此文正题。而看人亦分五类，刻划入骨，穷形尽相，如“名为看月而实不见月者”“身在月下而实不看月者”“亦在月下，亦看月，而欲人看其看月者”“月亦看，看月者亦看，不看月者亦看，而实无一看者”，直是西湖百态图！未知今日俗云“上车睡觉，下车拍照”者读此，可会心一笑否！

孤　山

《水经注》曰：水黑曰卢，不流曰奴；山不连陵曰孤。梅花屿介于两湖之间，四面岩峦，一无所丽[①]，故曰孤也。是地水望澄明，皦焉冲照，亭观绣峙，两湖反景，若三山之倒水下。山麓多梅，为林和靖放鹤之地。林逋隐居孤山，宋真宗征之不就，赐号和靖处士。常畜双鹤，豢之樊中。逋每泛小艇，游湖中诸寺，有客来，童子开樊放鹤，纵入云霄，盘旋良久，逋必棹艇遄归，盖以鹤起为客至之验也。临终留绝句曰：“湖外青山对结庐，坟前修竹亦萧疏。茂陵他日求遗稿，犹喜曾无封禅书。”绍兴十六年建四圣延祥观，尽徙诸院刹及士民之墓，独逋墓诏留之，弗徙。至元，杨连真伽发其墓，唯端砚一、玉簪一。明成化十年，郡守李端修复之[②]。天启间，有王道士欲于此地种梅千树。云间张侗初太史补《孤山种梅序》[③]。

【注释】

①丽：附着，依附。

②李端：字宗正，兴宁（今湖南资兴）人，天顺元年（1457）进士，先后任固安知县、滦州知州，累迁至杭州知府。

③张侗初：即张鼐（？—1629），字世调，号侗初，松江华亭人，万历三十二年（1604）进士，官至南京礼部右侍郎，著有《宝日堂初集》。

袁宏道《孤山小记》：

孤山处士，妻梅子鹤，是世间第一种便宜人。我辈只为有了妻子，便惹许多闲事，撇之不得，傍之可厌，如衣败絮行荆棘中，步步牵挂。近日雷峰下有虞僧儒，亦无妻室，殆是孤山后身。所著《溪上落花诗》，虽不知于和靖如何，然一夜得百五十首，可谓迅捷之极。至于食淡参禅，则又加孤山一等矣，何代无奇人哉！

张京元《孤山小记》：

孤山东麓，有亭翼然。和靖故址，今悉编篱插棘。诸巨家规种桑养鱼之利，然亦赖其稍葺亭榭，点缀山容。楚人之弓[④]，何问官与民也。

又《萧照画壁》[⑤]：

西湖凉堂，绍兴间所构。高宗将临观之。有素壁四堵，高二丈，中贵人促萧照往绘山水。照受命，即乞尚方酒四斗，夜出孤山，每一鼓即饮一斗，尽一斗则一堵已成，而照亦沉醉。上至，览之叹赏，宣赐金帛。

【注释】

④楚人之弓：《孔子家语·好生》：“楚王出游亡弓，左右请求之，王曰：‘止，楚王失弓，楚人得之，又何求之？’孔子闻之，惜乎其不大也，不曰‘人遗弓，人得之’而已，何必楚也。”

⑤萧照：宋代画家，山西阳城人，字东生，早年曾为盗，遇著名画家李唐，从之学画。高宗时任画院待诏。

沈守正《孤山种梅疏》[6]：

西湖之上，葱蒨亲人，亦爽朗易尽。独孤山盘郁重湖之间，水石草木皆有幽色。唐时楼阁参差，诗歌点缀，冠于两湖。读“不雨山常润，无云水自阴”之句，犹可想见当时。道孤山者，不径西泠，必沿湖水，不似今从望湖折阛阓而入也。此地尚有古梅偃蹇，云是和靖故居。

李流芳《题孤山夜月图》：

曾与印持诸兄弟醉后泛小艇[7]，从孤山而归。时月初上新堤，柳枝皆倒影湖中，空明摩荡，如镜中，复如画中。久怀此胸臆，壬子在小筑，忽为孟旸写出，真画中矣。

【注释】

⑥沈守正（1572—1623）：字无回，钱塘人，万历三十一年（1603）中举，曾黄岩教谕，国子监博士。

⑦印持：即严调御（1578—?），字印持，浙江余杭人，博雅好古，善书能琴。所谓“印持诸兄弟”，盖指严调御及其弟严武顺（字忍公）与严敕（字无敕），三人相师为学，海内号称“三严”。

苏轼《书林逋诗后》：

吴侬生长湖山曲，呼吸湖光饮山渌。
不论世外隐君子，佣儿贩妇皆冰玉。
先生可是绝俗人，神清骨冷无由俗。
我不识见曾梦见，瞳子了然光可烛。
遗篇妙字处处有，步绕西湖看不足。
诗如东野不言寒⑧，书似西台差少肉⑨。
平生高节已难继，将死微言犹可录。
自言不作封禅书，更肯悲吟白头曲⑩。
我笑吴人不好事，好作祠堂傍修竹。
不然配食水仙王，一盏寒泉荐秋菊。

【注释】

⑧东野：指孟郊（751—814），字东野，湖州武康（今浙江德清）人，贞元十二年（796）登进士第，任溧阳尉，有《孟东野诗集》传世。其人一生贫困潦倒，诗亦“清奇僻苦”，苏轼将其与贾岛并称为“郊寒岛瘦”。

⑨西台：即李建中（945—1013），字得中，京兆（今陕西西安）人，任至西京留司御史台，人称“李西台”，宋初书法家。宋魏泰《东轩笔录》载：“唐初字书得晋宋之风，故以劲健相尚……开元天宝已后变为肥厚……唐末五代字学大坏，无可观者。其间杨凝式至国初李建中妙绝一时，而行笔结字亦主于肥厚。”苏轼在其《仇池笔记》中亦表达了相似的意见：“杨凝式笔迹雄强往往与颜柳相上下，今世多称李建中宋宣献，此二人书仆所不解，宋寒而李俗，殆是浪得名耳。”

⑩“平生”四句：林逋临终前作诗云：“湖上青山对结庐，坟前修竹亦萧疏。茂陵他日求遗稿，犹喜曾无封禅书。”反用汉代司马相如为武帝作封禅书之典以明自己隐居之从一而终；而苏诗又益以“更肯悲吟白头曲”一句再用司马相如欲聘茂陵女子、其妻卓文君作《白头吟》以自绝之典，凸显林逋“梅妻鹤子”的清操。

张祐《孤山》诗：

楼台耸碧岑，一径入湖心。不雨山常润，无云水自阴。
断桥荒藓合，空院落花深。犹忆西窗月，钟声出北林。

徐渭《孤山玩月》诗：

湖水澹秋空，练色澄初静。倚棹激中流，幽然适吾性。
举酒忽见月，光与波相映。西子拂淡妆，遥岚挂孤镜。
座客本玉姿，照耀几筵莹。忧时吐高怀，四座尽倾听。
却言处士疏，徒抱梅花咏。如以径寸鱼，蹄涔即成泳[11]。
论久兴弥洽，返棹堤逾迥。自顾纵清谈，何嫌麈麈柄[12]。

【注释】

⑪蹄涔：《淮南子·泛论训》："夫牛蹄之涔，不能生鳣鲔。"高诱注："涔，雨水也。"

⑫麈柄：指麈尾，即拂尘之类，魏晋清谈之士常执此清谈。

卓敬《孤山种梅》诗[13]：

风流东阁题诗客[14]，潇洒西湖处士家。
雪冷江深无梦到，自锄明月种梅花。

王稺登《赠林纯卿卜居孤山》诗[15]：

藏书湖上屋三间，松映轩窗竹映关。
引鹤过桥看雪去，送僧归寺带云还。
轻红荔子家千里，疏影梅花水一湾。
和靖高风今已远，后人犹得住孤山。

陈鹤《题孤山林隐君祠》诗[16]：

孤山春欲半，犹及见梅花。笑踏王孙草，闲寻处士家。
尘心莹水镜，野服映山霞。岩壑长如此，荣名岂足夸。

【注释】

⑬卓敬（？—1402）：字惟恭，瑞安卓岙人，洪武二十一年（1388）进士，廷对第二，授户科给事中，靖难之役后被杀。

⑭“风流”句：杜甫诗有“东阁官梅动诗兴，还如何逊在扬州”之语，故此以“风流东阁题诗客”代指何逊。

⑮王穉登（1535—1612）：字百谷，江阴人，移居吴门，布衣，能诗善书，为一代之名士，有《王百谷集》二十一种。林纯卿：福建福清人，晚明诗人林章之从兄，在西湖建有孤山精舍，隐居其间。

⑯陈鹤（？—1560）：字鸣野，一作鸣轩，一字九皋，号海樵，一作海鹤，又作水樵生，山阴（今浙江绍兴）人，诗书画皆长。

王思任《孤山》诗：

淡水浓山画里开，无船不署好楼台。
春当花月人如戏，烟入湖灯声乱催。
万事贤愚同一醉，百年修短未须哀。
只怜逋老栖孤鹤，寂寞寒篱几树梅。

张岱《补孤山种梅叙》：

盖闻地有高人，品格与山川并重；亭遗古迹，梅花与姓氏俱香。名流虽以代迁，胜事自须人补。在昔西泠逸老，高洁韵同秋水，孤清操比寒梅。疏影横斜，远映西湖清浅；暗香浮动，长陪夜月黄昏[17]。今乃人去山空，依然水流花放。瑶葩洒雪，乱飘冢上苔痕；玉树迷烟，恍堕林间鹤羽。兹来韵友，欲步前贤，补种千梅，重修孤屿。凌寒三友，早连九里松篁；破腊一枝[18]，远谢六桥桃柳。伫想水边半树，点缀冰花；待将雪后横枝，低昂铁干。美人来自林下，高士卧于山中[19]。白石苍崖，拟筑草亭招放鹤；浓山淡水，闲锄明月种梅花。有志竟成，无约不践。将与罗浮争艳，还期庾岭分香[20]。实为林处士之功臣，亦是苏长公之胜友。吾辈常劳梦想，应有宿缘。哦曲江诗（曲江张九龄有《庭梅吟》）[21]，便见孤芳风韵；读广平赋[22]，尚思铁石心肠。共策灞水之驴[23]，且向断桥踏雪；遥瞻漆园之蝶[24]，群来林墓寻梅。莫负佳期，用追芳躅。

张岱《林和靖墓柱铭》：

云出无心，谁放林间双鹤；月明有意，即思冢上孤梅。

【注释】

⑰“疏影”二句：化自林逋《山园小梅》之名句“疏影横斜水清浅，暗香浮动月黄昏”。

⑱破腊一枝：指梅花，杂用杜甫“梅蕊腊前破”及齐己“前村深雪里，昨夜一枝开”句意。

⑲“美人”二句：高启《梅花》诗云“雪满山中高士卧，月明林下美人来”，前句用袁安卧雪的典故（《后汉书·袁安传》李贤注引晋周斐《汝南先贤传》云：“时大雪积地丈余。洛阳令身出案行，见人家皆除雪出，有乞食者。至袁安门，无有行路，谓安已死。令人除雪入户，见安僵卧。问何以不出。安曰‘大雪人皆饿，不宜干人。’令以为贤，举为孝廉。”）；后句用赵师雄的典故（见下注）。

⑳罗浮、庾岭：二地皆有关于梅花之典故。柳宗元《龙城录》载：“隋开皇中，赵师雄迁罗浮……见一女人，淡妆素服，出迓师雄……因与之扣酒家门，得数杯相与饮，少顷，有一绿衣童来笑歌戏舞，亦自可观。顷醉寝，师雄亦懵然，但觉风寒相袭。久之，时东方已白，师雄起视，乃在大梅花树下，上有翠羽啾嘈相顾，月落参横，但惆怅而已。”

㉑曲江：即张九龄（678—740），一名博物，字子寿，曲江（今广东韶关）人，长安二年（702）中进士，官至宰相，为开元名相，著有《曲江集》。文中所言之《庭梅吟》即其集中之《庭梅咏》。

㉒广平赋：指唐代贤相宋璟（663—737），祖籍广平（今河北鸡泽），举进士，曾封广平郡公，世称宋广平，为一代名相。其少时曾作

《梅花赋》献苏味道，知名于时。

㉓“共策”句：《唐诗纪事》引《古今诗话》载相国郑綮善诗：“或曰：‘相国近为新诗否?’对曰：‘诗思在灞桥风雪中、驴子上，此处何以得之。’”

㉔漆园之蝶：庄子曾为漆园吏，此指庄周梦蝶的典故。

【简评】

王评：

《孤山》：有和靖而孤山不孤，有蝶庵之记而孤山之和靖又不孤，山川重人乎？人重山川乎？

“一夜得百五十首”句：一百五十首何难，有一首为难耳，安得唐突和靖。

“每一鼓即饮一斗”句：好兴致。

张祐《孤山》诗：诗甚清远。

卓敬《孤山种梅》诗：想见卓侍郎孤高万仞。

“美人来自林下，高士卧于山中”句：字字带冰雪气。

张岱《林和靖墓柱铭》：讽乎仙矣，林和靖不得此对。

龙评：

西湖三贤之中，白、苏二公已多及之，唯和靖尚未与焉。痴于情者其名不彰，又何怪乎！然西湖之景几无专属，白堤、苏堤虽以姓名之，亦有更革出入，唯孤山则岿然姓林也，此为造物之酬乎！梅妻鹤子，众人皆遥想其孤身隐孤山之逸境，中郎却以“撇之不得，傍之可厌”八字考语悬拟其孤身一人之“便宜”，中郎实是可人！然明代文人由此角度遥想和靖之生活，则亦可知晚明文人溺于利欲之深矣。

关王庙

北山两关王庙。其近岳坟者，万历十五年为杭民施如忠所建。如忠客燕，涉潞河，飓风作，舟将覆，恍惚见王率诸河神拯救获免，归即造庙祀之，并祀诸河神。冢宰张瀚记之①。其近孤山者，旧祠卑隘。万历四十二年，金中丞为导首鼎新之②。太史董其昌手书碑石记之，其词曰：

西湖列刹相望，梵宫之外，其合于祭法者，岳鄂王、于少保与关神而三尔。甲寅秋，神宗皇帝梦感圣母中夜传诏，封神为伏魔帝君，易兜鍪而衮冕，易大纛而九斿③。五帝同尊，万灵受职。视操、懿、莽、温偶奸大物④，生称贼臣，死堕下鬼，何啻天渊。顾旧祠湫隘，不称诏书播告之意。金中丞父子爰议鼎新，时维导首，得孤山寺旧址，度材垒土，勒墙墉，庄像设，先后三载而落成。中丞以余实倡议，属余记之。

【注释】

①张瀚（1510—1593）：字子文，仁和人，嘉靖十四年（1535）进士，官至工部、吏部尚书，卒赠太子少保，谥恭懿。冢宰，即指吏部尚书。

②金中丞：金中丞，当即金学曾。厉鹗《东城杂记》卷上有《金中丞别业》一条，云："金学曾，字子鲁，号省吾，仁和人。隆庆戊辰进士，初授工曹，旋擢楚学使。时江陵夺情起视事，言者且得罪，公致书

政府，中有‘不顾纲常、废斥正人’之语，辞指激切。江陵子入试，公置不录。既而分守湖南道，摄臬篆岁。方大饥，公赈恤多方，兼封大户仓平价以粜民，赖以活者甚众。直指某希。江陵意疏，劾公镌三级，遂罢归，结孤山吟社，有终焉之志。江陵殁，起用，抚八闽数年。以老乞休，年七十九卒。”《杭州府志》卷一百二十四更进一步说他是“天启中卒，年七十九”。可确定其卒于1621—1627之间，则其生年当在1543—1549年之间。据上知其字子鲁，钱塘人，隆庆二年（1568）进士，授工部主事，历任礼部主事、右佥都御史，并巡抚福建。他在福建时，曾大力推广种植从吕宋引进的番薯以度饥荒。

③“易兜鍪”二句：兜鍪（móu）为武将的头盔，大纛则为行军所用之大旗；衮冕为帝王的礼服，九斿（liú）为帝王冠上的垂饰：以后易前，即以帝（伏魔帝君）易将。

④操、懿、莽、温：即曹操（155—220）、司马懿（179—251）、王莽（前45—23）、桓温（312—373）四人。曹操名为汉相、实为汉贼，后其子篡汉自立；司马懿以曹魏托孤之臣却有不臣之心，弑主专政，后以晋代魏；王莽为汉室外戚，即暗藏野心，终以新代汉；桓温则欲废晋帝自立，未果而死。

余考孤山寺，且名永福寺。唐长庆四年[5]，有僧刻《法华》于石壁。会元微之以守越州[6]，道出杭，而杭守白乐天为作记。有九诸侯率钱助工，其盛如此。成毁有数，金石可磨，越数百年而祠帝君。以释典言之，则旧寺非所谓现天大将军身，而今祠非所谓现帝释身者耶？至人舍其生而生在，杀其身而身存，孔曰成仁，孟曰取义[7]，与《法华》一大事之旨何异也[8]。彼谓忠臣义士犹待坐蒲团、修观行而后了生死者，妄矣。然则石壁岿然，而石经初未泐也。顷者四川歼叛，神为助力，事达宸聪[9]，非同语怪。惟辽西黠卤尚缓天诛[10]，帝君能报曹而有不报神宗者乎？左挟鄂王，右挟少保，驱雷部，掷火铃，昭陵之铁马嘶风，蒋庙之塑兵濡露，谅荡魔皆如蜀道矣。先是金中丞抚闽，藉神之告，屡歼倭夷，上功盟府，故建祠之费，视众差巨，盖有夙意云。

【注释】

⑤长庆：唐穆宗年号（821—824）。

⑥元微之：即元稹（779—831），字微之，洛阳人，唐代著名诗人，与白居易并称“元白”，著有《元氏长庆集》。

⑦“至人”四句：《论语·卫灵公》云：“志士仁人，无求生以害仁，有杀生而成仁。”《孟子·告子上》云：“生，我所欲也；义，亦我所欲也，二者不可兼，舍生而取义者也。”

⑧《法华》一大事之旨：《法华经·方便品》曰：“诸佛世尊，唯以一大事因缘故出现于世。”“一大事之因缘”亦称为“大事”，即转迷开悟、往生极乐也。

⑨宸聪：皇帝的听闻。

⑩辽西黠卤：指关外的后金政权，即后来入关的清人。

寺中规制精雅，庙貌庄严，兼之碑碣清华，柱联工确，一以文理为之，较之施庙，其雅俗真隔霄壤。

董其昌《孤山关王庙柱铭》[11]：

忠能择主，鼎足分汉室君臣；

德必有邻，把臂呼岳家父子。

宋兆禴《关帝庙柱联》：

从真英雄起家，直参圣贤之位；

以大将军得度，再现帝王之身。

张岱《关帝庙柱对》：

统系让偏安，当代天王归汉室；

春秋明大义，后来夫子属关公。

【注释】

⑪董其昌《孤山关王庙柱铭》：此联作者文献载录不同，清梁绍壬《两般秋雨庵随笔》及梁章钜《楹联丛话》以其出缪昌期手；王岱《了庵诗文集》及梁诗正《西湖志纂》又以之为陈继儒所作，未知谁是。以时代论，自以张岱之语最为可信。

【简评】

王评：

“梦感圣母中夜传诏，封神为伏魔帝君”句：正论，亦快论。

“孔曰成仁，孟曰取义，与《法华》一大事之旨何异也”句：透顶之论。

董其昌《孤山关王庙柱铭》：堂堂。

龙评：

关帝遗烈，世所罕有，直尊为武圣，与孔子并誉，乡野群氓中，有甚于夫子者。然关帝本与西湖无涉，以其神迹而得祀湖山间，亦西湖之幸也。至此，西湖得关帝、武穆及少保鼎足而三，遂使文人雅韵与英雄忠烈相映生辉。

苏小小墓

苏小小者，南齐时钱塘名妓也。貌绝青楼，才空士类，当时莫不艳称。以年少早卒，葬于西泠之坞。芳魂不殁，往往花间出现。宋时有司马槱者[①]，字才仲，在洛下梦一美人搴帷而歌，问其名，曰：“西陵苏小小也。”问歌何曲？曰：“《黄金缕》。”后五年，才仲以东坡荐举，为秦少章幕下官[②]，因道其事。少章异之，曰：“苏小之墓，今在西泠，何不酹酒吊之。”才仲往寻其墓拜之。是夜，梦与同寝，曰：“妾愿酬矣！”自是幽昏三载，才仲亦卒于杭，葬小小墓侧。

西陵苏小小诗：

妾乘油壁车，郎跨青骢马。何处结同心，西陵松柏下。

又词[3]：

妾本钱塘江上住，花落花开，不管流年度。燕子衔将春色去，纱窗几阵黄霉雨。　　斜插玉梳云半吐，檀板轻敲，唱彻《黄金缕》。梦断彩云无觅处，夜凉明月生南浦。

李贺《苏小小》诗[4]：

幽兰露，如啼眼。无物结同心，烟花不堪剪。草如茵，松如盖。风为裳，水为佩。油壁车，久相待。冷翠烛，劳光彩。西陵下，风吹雨。

沈原理《苏小小歌》[5]：

歌声引回波，舞衣散秋影。梦断别青楼，千秋香骨冷。青铜镜里双飞鸾，饥乌吊月啼勾栏。风吹野火火不灭，山妖笑入狐狸穴。西陵墓下钱塘潮，潮来潮去夕复朝。墓前杨柳不堪折，春风自绾同心结。

元遗山《题苏小像》[6]：

槐荫庭院宜清昼。帘卷香风透。美人图画阿谁留。宣和名笔，内家收。　　莺莺燕燕分飞后。粉浅梨花瘦。只除苏小不风流。斜插一枝萱草，凤钗头。

徐渭《苏小小墓》诗：

一抔苏小是耶非，绣口花腮烂舞衣。
自古佳人难再得，从今比翼罢双飞。
薤边露眼啼痕浅，松下同心结带稀。
恨不颠狂如大阮，欠将一曲恸兵闺[7]。

【注释】

①司马槱（yǒu）：字才仲，陕州夏县人，司马光侄孙，元祐六年（1091）以苏轼荐，应贤良方正能直言极谏科，赐同进士出身，工诗词。

②秦少章：即秦觏，字少章，高邮人，为著名词人秦观之弟，元祐六年（1091）进士，调临安仁和主簿。

③又词：此词调名《蝶恋花》，亦即上文提及的《黄金缕》。据张耒《书司马槱事》一文载，此词下片为槱所续，而宋人何薳《春渚纪闻》则云下片为秦觏所续。

④李贺（790—816）：字长吉，福昌人，为唐宗室，曾以诗谒韩愈，深受韩愈器重，是中唐到晚唐诗风转变期的重要人物。然仕途坎坷，贫困交迫，英年早逝。

⑤沈原理：沈理，字原礼，元朝人，此诗见于元人赖良所编《大雅集》。

⑥元遗山：即元好问（1190—1257），字裕之，号遗山，世称遗山先生，山西秀容（今山西忻州）人，兴定五年（1221）进士，金亡不仕。工诗文，为金元时期著名诗人，著有《遗山先生文集》等。

⑦“恨不”二句：用晋代诗人阮籍典故。《晋书·阮籍传》载：“兵家女有才色，未嫁而死。籍不识其父兄，径往哭之，尽哀而还。其外坦荡而内淳至，皆此类也。”

【简评】

王评：

西陵苏小小诗：妙绝风韵，司马才仲故宜以一身殉之。

沈原理《苏小小歌》：何其酷似李贺。

龙评：

前云西湖如名妓，可无名妓为之着色哉！虽苏小小事不过《搜神》《博物》之幽婚旧套，然所牵率者皆实有其人，文人不以稗说目之，故得艳称风传，而况其演于西湖者哉！

陆宣公祠

孤山何以祠陆宣公也[①]？盖自陆少保炳为世宗乳母之子[②]，揽权怙宠，自谓系出宣公，创祠祀之。规制宏厂，吞吐湖山。台榭之盛，概湖无比。炳以势焰，见有美产，即思攫夺。旁有故锦衣王佐别墅壮丽[③]，其孽子不肖，炳乃罗织其罪，勒以献产。捕及其母，故佐妾也。对簿时，子强辩。母膝行前，道其子罪甚详。子泣，谓母忍陷其死也。母叱之曰："死即死，尚何说！"指炳座顾曰："而父坐此非一日，作此等事亦非一日，而生汝不肖子，天道也，汝死犹晚！"炳颊发赤，趣遣之出，弗终夺。炳物故，祠没入官，以名贤得不废。

【注释】

①陆宣公：即陆贽（754—805），字敬舆，嘉兴人，大历八年（773）进士，中博学宏辞、书判拔萃科，官至宰相，卒后谥号宣，著有《陆宣公翰苑集》。

②陆少保炳：即陆炳（1510—1560），字文明，平湖人，举嘉靖八年（1529）武会试，授锦衣副千户，后掌锦衣卫事，权势熏天。

③王佐：曾掌锦衣卫事，与陆炳之父陆松为挚友，甚是器重陆炳。

隆庆间，御史谢廷杰以其祠后增祀两浙名贤[④]，益以严光[⑤]、林逋、赵忭、王十朋[⑥]、吕祖谦[⑦]、张九成[⑧]、杨简[⑨]、宋濂[⑩]、王琦[11]、章懋[12]、陈选[13]。会稽进士陶允宜以其父陶大临自制牌版[14]，令人匿之怀中，窃置其旁。时人笑其痴孝。

【注释】

④谢廷杰：字宗圣，号虬峰，江西新建人，嘉靖三十八年（1559）进士，隆庆间巡抚浙江除修陆宣公祠外，还曾修王阳明祠，并编王氏文集。

⑤严光：本姓庄，后人避汉明帝刘庄讳改其姓，一名遵，字子陵，余姚人。少有高名，与刘秀同游学，后刘秀为帝，严光即隐居。

⑥王十朋（1112—1171）：字龟龄，号梅溪，乐清人，绍兴二十七年（1157）状元，他以名节闻名于世。

⑦吕祖谦（1137—1181）：字伯恭，婺州（金华）人，隆兴元年（1163）进士，著有《东莱集》。

⑧张九成（1092—1159）：字子韶，自号横浦居士，钱塘人，绍兴二年（1132）被宋高宗亲选为状元，官至礼部、刑部侍郎，著有《横浦集》。

⑨杨简（1141—1226）：字敬仲，世称慈湖先生，慈溪人，乾道五年（1169）进士，为南宋著名学者。

⑩宋濂（1310—1381）：字景濂，号潜溪，别号玄真子，浦江（今浙江义乌）人，元末明初文学家，曾被明太祖朱元璋誉为“开国文臣之首”，有《宋学士全集》传世。

⑪王琦：字文琎，浙江仁和人，永乐十二年（1414）乡试礼部副榜，正统三年（1438）以监察御史升山西佥事，后乞致仕，因为官清介自持，后竟饥寒而死，杭州守胡浚闻，为祀之于杭学乡贤祠。

⑫章懋（1436—1521），字德懋，号闇然翁，兰溪人，成化二年（1466）状元，卒赠太子太保，谥文懿，其人道德文章为世推重，世称枫山先生。

⑬陈选（1429—1486）：字士贤，临海人，天顺四年（1460）进士，授御史，巡按江西，官至广东布政使，著有《丹崖集》。

⑭陶允宜：字懋中，会稽人，万历二年（1574）进士，著有《镜心堂草》。陶大临（1526—1574），字虞臣，号念斋，嘉靖三十五年（1556）榜眼，授翰林编修，终官吏部侍郎，为官清正。

祁彪佳《陆宣公祠》诗：

东坡佩服宣公疏，俎豆西泠蘋藻香。
泉石苍凉存意气，山川开涤见文章。
画工界画增金碧，庙貌巍峨见裔皇。
陆炳湖头夸势焰，崇韬乃敢认汾阳⑮。

【注释】

⑮“崇韬”句：《新五代史·郭崇韬传》载：“当崇韬用事，自宰相豆卢革、韦悦等皆倾附之……以其姓郭，因以为子仪之后，崇韬遂以为然，其伐蜀也，过子仪墓，下马号恸而去，闻者颇以为笑。然崇韬尽忠国家，有大略。”汾阳，指唐代中兴名将郭子仪（697—781），华州郑县（今陕西华县）人，先后平定安史之乱及怀恩叛乱，戎马一生，屡建奇功，封汾阳郡王，故称郭汾阳。郭崇韬（？—926），字安时，代州雁门（今山西代县）人，五代时名将。

【简评】

王评：

“其母故佐妾也”句：此妪洵滑稽之雄，亦是最上棒喝。

“以名贤得不废”句：人可不以名贤自待。

龙评：

陆宣公雄文藻思，榷古扬今，其文深切著明，昭然与金石不朽，故于西湖祠之，谁曰不宜！只是权臣攀附令人齿冷耳。然权臣自权臣，宣公自宣公，权势烟消火灭之时，宣公仍“以名贤得不废”，则此番作为，不过留下一番渔樵闲话而已！陶允宜之冒祀虽可笑，然其父识沉守介，即列位名贤，又何可轻非，故陶氏之举胜陆炳万万也！

六一泉

六一泉在孤山之南，一名竹阁，一名勤公讲堂。宋元祐六年，东坡先生与惠勤上人同哭欧阳公处也[①]。勤上人讲堂初构，阙地得泉，东坡为作泉铭。以两人皆列欧公门下，此泉方出，适哭公讣，名以“六一”，犹见公也。其徒作石屋覆泉，且刻铭其上。南渡高宗为康王时，常使金，夜行，见四巨人执殳前驱[②]。登位后，问方士，乃言紫薇垣有四大将[③]，曰：天蓬、天猷、翊圣、真武。帝思报之，遂废竹阁，改延祥观，以祀四巨人。至元初，世祖又废观为帝师祠。泉没于二氏之居二百余年[④]。元季兵火，泉眼复见，但石屋已圮，而泉铭亦为邻僧舁去。洪武初，有僧名行升者，锄荒涤垢，图复旧观。仍树石屋，且求泉铭，复于故处。乃欲建祠堂，以奉祀东坡、勤上人，以参寥故事，力有未逮。教授徐一夔为作疏曰[⑤]：“睠兹胜地，实在名邦。勤上人于此幽栖，苏长公因之数至。迹分缁素[⑥]，同登欧子之门；谊重死生，会哭孤山之下。惟精诚有感通之理，故山岳出迎劳之泉。名聿表于怀贤，忱式昭于荐菊。虽存古迹，必肇新祠。此举非为福田，实欲共成胜事。儒冠僧衲，请恢雅量以相成；山色湖光，行与高峰而共远。愿言乐助，毋诮滥竽。”

【注释】

①惠勤上人：余杭人，北宋诗僧。元祐，宋哲宗第一个年号

(1086—1094)。

②执殳（shū）前驱：《诗经·卫风·伯兮》："伯也执殳，为王前驱"。殳，以竹或木制成的兵器，多用作仪仗。

③紫薇垣：即紫微垣，古人将周天之星分为三垣二十八宿，《晋书·天文志上》："紫宫垣十五星，其西蕃七，东蕃八，在北斗北。一曰紫微，大帝之座也，天子之常居也。"

④二氏：指佛道二家。

⑤徐一夔（1319—1398）：字惟精，又字大章，号始丰，天台人，博学善属文，擅名于时。元末隐居，明初任杭州府学教授，著有《始丰稿》等。

⑥缁素：指僧俗，僧徒衣缁，俗众服素，故以此代称。

苏轼《六一泉铭》：

欧阳文忠公将老，自谓六一居士。予昔通守钱塘，别公于汝阴而南。公曰："西湖僧惠勤甚文而长于诗。吾昔为《山中乐》三章以赠之。子闲于民事，求人于湖山间而不可得，则往从勤乎？"予到官三日，访勤于孤山之下，抵掌而论人物，曰："六一公，天人也。人见其暂寓人间，而不知其乘云驭风、历五岳而跨沧海也。此邦之人，以公不一来为恨。公麾斥八极，何所不至。虽江山之胜，莫适为主，而奇丽秀绝之气，常为能文者用。故吾以为西湖盖公几案间一物耳。"勤语虽怪幻，而理有实然者。明年公薨，予哭于勤舍。又十八年，予为钱塘守，则勤亦化去久矣。访其旧居，则弟子二仲在焉。画公与勤像，事之如生。舍下旧无泉，予未至数月，泉出讲堂之后、孤山之趾，汪然溢流，甚白而甘。即其地凿岩架石为室。二仲谓："师闻公来，出泉以相劳苦，公可无言乎？"乃取勤旧语，推本其意，名之曰"六一泉"。且铭之曰："泉之出也，去公数千里，后公之没十八年，而名之曰‘六一’，不几于诞乎？曰：君子之泽，岂独五世而已，盖得其人，则可至于百传。常试与子登孤山而望吴越，歌山中之乐而饮此水，则公之遗风余烈，亦或见于此泉也。”

白居易《竹阁》诗：

晚坐松檐下，宵眠竹阁间。清虚当服药，幽独抵归山。

巧未能胜拙，忙应不及闲。无劳事修炼，只此是玄关。

【简评】

龙评：

欧阳永叔之巨笔亦曾濡染西湖胜景，惜其为颍州西湖，而非杭之西湖也，故湖上数贤，醉翁不与，湖光山色与文采风流交臂失之，“此邦之人，以公不一来为恨”，造物或同有此憾，故使西湖之“开山古佛”东坡而为之介，遂至西湖名胜，亦见“六一”之名，实山水之幸，亦欧公之幸也。

葛　岭

葛岭者，葛仙翁稚川修仙地也。仙翁名洪，号抱朴子，句容人也。从祖葛玄，学道得仙术，传其弟子郑隐[①]。洪从隐学，尽得其秘。上党鲍玄妻以女[②]。咸和初，司徒导招补主簿[③]，干宝荐为大著作[④]，皆同辞。闻交趾出丹砂[⑤]，独求为勾漏令[⑥]。行至广州，刺史郑岳留之，乃炼丹于罗浮山中。如是者积年。一日，遗书岳曰：“当远游京师，克期便发。”岳得书，狼狈往别，而洪坐至日中，兀然若睡，卒，年八十一。举尸入棺，轻如蝉蜕，世以为尸解仙去。

【注释】

①郑隐：字思远，早年为儒生，后拜葛玄为师，太安元年（302），

预知将有兵祸，率弟子数人隐居霍山。

②鲍玄：东晋南海太守，好道。

③司徒导：指当时的司徒王导（276—339），字茂弘，琅琊临沂人，身历要职，是东晋政权的奠基者之一。

④干宝（？—336）：字令升，新蔡人，官至散骑常侍，为著名史学家与小说家，著有编年体史书《晋纪》及志怪小说集《搜神记》。

⑤交趾：汉武帝所置十三刺史部之一，辖境相当今广东、广西大部和越南的北部、中部。丹砂，道家炼丹之物。葛洪《抱朴子·金丹》云："丹砂烧之成水银，积变又还成丹砂。"

⑥勾漏：即今广西北流县。

智果寺西南为初阳台，在锦坞上，仙翁修炼于此。台下有投丹井，今在马氏园。宣德间大旱，马氏甃井得石匣一，石瓶四。匣固不可启。瓶中有丸药若芡实者，啖之，绝无气味，乃弃之。施渔翁独啖一枚，后年百有六岁。浚井后，水遂淤恶不可食，以石匣投之，清洌如故。

祁豸佳《葛岭》诗⑦：

抱朴游仙去有年，如何姓氏至今传。
钓台千古高风在，汉鼎虽迁尚姓严⑧。

勾漏灵砂世所稀，携来烹炼作刀圭⑨。
若非渔子年登百，几使还丹变井泥。

平章甲第半湖边，日日笙歌入画船。
循州一去如烟散，葛岭依然还稚川⑩。

葛岭孤山隔一丘，昔年放鹤此山头。

高飞莫出西山缺，岭外无人勿久留。

【注释】

⑦祁豸佳（1595—1670）：字止祥，号雪瓢，山阴人，祁彪佳之兄，天启七年（1627）举人，明亡后隐居。

⑧钓台：相传为东汉严光垂钓之处，故云“汉鼎虽迁尚姓严”。

⑨刀圭：本为中药的量器名，葛洪《抱朴子·金丹》云：“服之三刀圭，三尸九虫皆即消坏，百病皆愈也。”后亦指药物。

⑩“平章”四句：此指权相贾似道，其人后势败，被发配循州安置。

【简评】

龙评：

古来山川之胜，多为佛道二家秋色平分，然即西湖论，则僧多道少，道家所据，不过火德庙、三茅观、紫阳庵等处，直可以鸡肋视之，幸有葛岭卓然在焉，使仙家尚不至全军尽墨也。

苏公堤

杭州有西湖，颍上亦有西湖，皆为名胜，而东坡连守二郡。其初得颍，颍人云：“内翰只消游湖中，便可以了公事。”秦太虚因作一绝云[①]：“十里荷花菡萏初，我公身至有西湖。欲将公事湖中了，见说官闲事亦无。”后东坡到颍，有谢执政启云：“入参两禁，每玷北扉之荣[②]；出典二邦，迭为西湖之长。”故其在杭，请浚西湖，聚葑泥，筑长堤，自南之北，横截湖中，遂名苏公堤。夹植桃柳，中为六桥。

【注释】

①秦太虚：即秦观（1049—1100），字少游，一字太虚，号淮海居士，别号邗沟居士，扬州高邮人，“苏门四学士”之一，北宋著名词人。

②北扉之荣：《旧唐书·文苑传》载：“朝廷疑议及百司表疏，皆密令万顷等参决，以分宰相之权，时人谓之‘北门学士’。”唐制官衙在宫城之南，院在银台之北，其他官员从南门出入，元万顷等则从北门出入。

南渡之后，鼓吹楼船，颇极华丽。后以湖水漱啮，堤渐凌夷。入明，成化以前，里湖尽为民业，六桥水流如线。正德三年，郡守杨孟瑛辟之，西抵北新堤为界，增益苏堤，高二丈，阔五丈三尺，增建里湖六桥，列种万柳，顿复旧观。久之，柳败而稀，堤亦就圮。嘉靖十二年，县令王釴令犯罪轻者种桃柳为赎[3]，红紫灿烂，错杂如锦。后以兵火，砍伐殆尽。万历二年，盐运使朱炳如复植杨柳[4]，又复灿然。迨至崇祯初年，堤上树皆合抱。太守刘梦谦与士夫陈生甫辈时至。二月，作胜会于苏堤。城中括羊角灯、纱灯几万盏，遍挂桃柳树上，下以红毡铺地，冶童名妓，纵饮高歌。夜来万蜡齐烧，光明如昼。湖中遥望堤上万蜡，湖影倍之。箫管笙歌，沉沉昧旦[5]。传之京师，太守镌级[6]。

【注释】

③王釴：字公仪，福建侯官人，嘉靖十一年（1532）进士，任钱塘令，后以南户部主事左迁瑞金令。

④朱炳如（1513—?）：字稚文，又字仲南，别号白野，湖广衡阳县人，嘉靖三十八年（1559）进士，历官行人、御史、泉州知府、两浙盐运使、浙江按察使、陕西布政使，以不附张居正罢官，为官清廉谨慎，著有《温陵留墨》。

⑤昧旦：《诗·郑风·女曰鸡鸣》：“女曰鸡鸣，士曰昧旦。”昧旦指破晓之时。

⑥镌级：降级。

因想东坡守杭之日，春时每遇休暇，必约客湖上，早食于山水佳处。饭毕，每客一舟，令队长一人，各领数妓，任其所之。晡后鸣锣集之，复会望湖亭或竹阁，极欢而罢。至一、二鼓，夜市犹未散，列烛以归，城中士女夹道云集而观之。此真旷古风流，熙世乐事，不可复追也已。

张京元《苏堤小记》：

苏堤度六桥，堤两旁尽种桃柳，萧萧摇落。想二三月，柳叶桃花，游人阗塞，不若此时自为清胜。

李流芳《题两峰罢雾图》：

三桥龙王堂，望西湖诸山，颇尽其胜。烟林雾障，映带层叠；淡描浓抹，顷刻百态。非董、巨妙笔[⑦]，不足以发其气韵。余在小筑时，呼小舟桨至堤上，纵步看山，领略最多。然动笔便不似甚矣，气韵之难言也。予友程孟旸《湖上题画》诗云[⑧]："风堤露塔欲分明，阁雨萦阴两未成。我试画君团扇上，船窗含墨信风行。"此景此诗，此人此画，俱属可想。癸丑八月清晖阁题。

【注释】

⑦董、巨：即董源与巨然。巨然，五代、宋初画家，僧人，江苏南京人，善以淡墨画江南烟岚景致，成为江南山水画的代表人物，与董源并称"董巨"，影响很大。

⑧程孟旸：即嘉定四先生之一的程嘉燧（1565—1643），字孟阳，号松圆、偈庵，休宁人，流寓嘉定。有《偈庵集》等。

苏轼《筑堤》诗：

六桥横截天汉上，北山始与南屏通。
忽惊二十五万丈，老葑席卷苍烟空。

昔日珠楼拥翠钿，女墙犹在草芊芊。
东风第六桥边柳，不见黄鹂见杜鹃。

又诗（惠勤、惠思皆居孤山。苏子倅郡，以腊日访之，作诗云）：

天欲雪时云满湖，楼台明灭山有无。
水清石出鱼可数，林深无人鸟相呼。
腊月不归对妻孥，名寻道人实自娱。
道人之居在何许，宝云山前路盘纡。
孤山孤绝谁肯庐，道人有道山不孤。
纸窗竹屋深自暖，拥褐坐睡依团蒲。
天寒路远愁仆夫，整驾催归及未晡。
出山回望云水合，但见野鹤盘浮屠。
兹游澹泊欢有余，到家恍如梦蘧蘧。
作诗火急追亡逋，清景一失后难摹。

王世贞《泛湖度六桥堤》诗：

拂幰莺啼出谷频，长堤夭矫跨苍旻。
六桥天阔争虹影，五马飙开散曲尘[⑨]。
碧水乍摇如转盼，青山初沐竞舒颦。
莫轻杨柳无情思，谁是风流白舍人？

李鉴龙《西湖》诗[⑩]：

花柳曾闻暗六桥，近来游舫甚萧条。
折残画阁堤边失，倒入山光波上摇。

秋水湖心眸一点，夜潭塔影黛双描。

兰亭感慨今移此，痴对雷峰话寂寥。

【注释】

⑨五马：《汉官仪》：“四马载车，此常礼也。惟太守出，则增一马，故称五马。”后此以此为太守的代称。

⑩李鉴龙：生平不详。

【简评】

王评：

“东坡连守二郡”句：以两西湖，供一东坡，故属风韵征召。

“笙歌沉沉”句：西湖如西子，如夫差便受享西子不得。

“纵步看山，领略最多。然动笔便不似甚矣”句：神悟兼理。

“莫轻杨柳无情思，谁是风流白舍人”句：柳眼亦不易青，落句笑倒一伙俗人。

龙评：

东坡为永叔弟子，殿试后永叔尝云：“老夫当避此人，放出一头地。”余尝戏言，就西湖之游论，东坡亦青出于蓝矣，乃师仅至于颍，东坡则“身至有西湖”，“迭为西湖之长”，若谓颍之西湖属欧，杭之西湖属苏，观二湖之消长即可为永叔前言之证。然此为谑语，若正论之，则永叔仅此十一字已百世莫及矣。而东坡之文采风流深契西湖，当慧业文人与灵秀山水猝然相遇之时，吾辈直欲拜谢使东坡迭经贬谪之党争与诬陷，以其玉成文人之“西湖”与自然西湖之定交，一瞬万载！

若以西湖比西子，则太守刘梦谦无乃夫差乎，一笑！

湖心亭

湖心亭旧为湖心寺，湖中三塔，此其一也。明弘治间，按察司佥事阴子淑秉宪甚厉[①]，寺僧怙镇守中官，杜门不纳官长，阴廉其奸事[②]，毁之，并去其塔。嘉靖三十一年，太守孙孟寻遗迹[③]，建亭其上。露台亩许，周以石栏，湖山胜概，一览无遗。数年寻圮。万历四年，佥事徐廷祼重建[④]。二十八年，司礼监孙东瀛改为清喜阁，金碧辉煌，规模壮丽，游人望之如海市蜃楼。烟云吞吐，恐滕王阁、岳阳楼俱无其伟观也。春时，山景、睺罗[⑤]、书画、骨董，盈砌盈阶，喧阗扰嚷，声息不辨。夜月登此，阒寂凄凉，如入鲛宫海藏。月光晶沁，水气滃之，人稀地僻，不可久留。

【注释】

①阴子淑：字宗孟，四川内江人，成化八年（1472）进士，官至浙江按察使。

②廉：通“覸”，考察，查访。

③孙孟：字端夫，滁州人，嘉靖十七年（1538）进士，累官杭州知府。

④徐廷祼：字士敏，昆山人，嘉靖二十八（1549）年进士，曾任按察司佥事。

⑤睺（hóu）罗：即摩睺罗。宋元习俗，七夕供一土偶，名摩睺罗，也作磨喝乐、魔合罗（此名来自佛教摩睺罗伽神）。吴自牧《梦粱录》

卷四记载其形制云："悉以土木雕塑，更以造彩装襕座，用碧纱罩笼之，下以桌面架之，用青绿销金桌衣围护，或以金玉珠翠装饰尤佳。"

张京元《湖心亭小记》：

湖心亭雄丽空阔。时晚照在山，倒射水面，新月挂东，所不满者半规，金盘玉饼，与夕阳彩翠重轮交网，不觉狂叫欲绝。恨亭中四字匾、隔句对联，填楣盈栋，安得借咸阳一炬⑥，了此业障。

张岱《湖心亭小记》⑦：

崇祯五年十二月，余住西湖。大雪三日，湖中人鸟声俱绝。是日更定矣，余拿一小舟，拥毳衣炉火⑧，独往湖心亭看雪。雾凇沆砀⑨，天与云、与山、与水，上下一白。湖上影子，惟长堤一痕，湖心亭一点，与余舟一芥，舟中人两三粒而已。到亭上，有两人铺毡对坐，一童子烧酒，炉正沸。见余大惊喜，曰："湖中焉得更有此人！"拉与同饮。余强饮三大白而别⑩。问其姓氏，是金陵人，客此。及下船，舟子喃喃曰："莫说相公痴，更有痴似相公者。"

【注释】

⑥咸阳一炬：《史记·项羽本纪》载："项羽引兵西屠咸阳，杀秦降王子婴，烧秦宫室，火三月不灭。"杜牧《阿房宫赋》云："戍卒叫，函谷举，楚人一炬，可怜焦土。"

⑦《湖心亭小记》：此文为张岱选自其《陶庵梦忆》，原名为《湖心亭看雪》。

⑧毳（cuì）衣：以鸟兽毛皮所制之衣。

⑨雾凇沆砀：雾凇，即树挂；沆砀，白气弥漫貌。

⑩大白：大酒杯。刘向《说苑·善说》："魏文侯与大夫饮酒，使公乘不仁为觞政，曰：'饮不釂者，浮以大白。'"

胡来朝《湖心亭柱铭》[11]：

四季笙歌，尚有穷民悲夜月；六桥花柳，深无隙地种桑麻。

郑烨《湖心亭柱铭》[12]：

亭立湖心，俨西子载扁舟，雅称雨奇晴好；

席开水面，恍东坡游赤壁，偏宜月白风清[13]。

张岱《清喜阁柱对》：

如月当空，偶以微云点河汉；在人为目，且将秋水剪瞳神。

【注释】

⑪胡来朝（1561—1627），字杼丹，别号光六，赞皇人，万历二十六年（1598）进士，官至都察院右佥都御史。

⑫郑烨：字文光，钱塘人，嘉靖三十一年（1552）举人，官安庆府丞，以母老弃官归乡。

⑬郑烨联：此联合用苏轼《饮湖上初晴后雨》“湖光潋滟晴方好，山色空濛雨亦奇。欲把西湖比西子，淡妆浓抹总相宜”句及《后赤壁赋》“月白风清，如此良夜何”句意。

【简评】

王评：

“余拿一小舟，拥毳衣炉火，独往湖心亭看雪”句：此老兴复不浅。

“湖上影子，惟长堤一痕，湖心亭一点，与余舟一芥，舟中人两三粒而已”句：叙得妙。

“有两人铺毡对坐”句：爱风雪自当具耐寒骨力。

胡来朝《湖心亭柱铭》：古者令太史陈诗以观民风，如此一柱铭，安得不采。

张岱《清喜阁柱对》：此与郑作第以见到胜，让胡一尘。

龙评：

若蝶庵，始可谓西湖知音矣，今若重定西湖诸贤，仅以其《湖心亭小记》一篇亦可与白、苏二公及和靖同列。惜未知亭上另二人为谁，若可考，亦可与前贤配飨矣。然文献不足，只可阙疑。若目其为白、苏二公之灵，岂非千古佳话！

《湖心亭看雪》较《西湖七月半》迥然不同。一者，不同于《西湖七月半》似写景又无景，此篇则笼雪中西湖于笔端，“雾凇沆砀，天与云、与山、与水，上下一白。湖上影子，惟长堤一痕，湖心亭一点，与余舟一芥，舟中人两三粒而已。”虽仅四十二字，已关千古登临之口；一者，此文非如《西湖七月半》关注他人如何，茫茫大千，似仅余作者一人，此境界绝非实历即可形于笔端者，定当有心之体悟方许有此文字。另，文中尚有二位看雪者，“炉正沸”亦温而欣，然二人之设，并未打破作者块然于世之孤处，反有佐成之功。此文极类东坡《记承天寺夜游》，则其为蝶庵于五百五十载后致敬东坡之作乎！

放生池

宋时有放生碑，在宝石山下。盖天禧四年，王钦若请以西湖为放生池[①]，禁民网捕，郡守王随为之立碑也[②]。今之放生池，在湖心亭之南。外有重堤，朱栏屈曲，桥跨如虹，草树蓊翳，尤更岑寂。古云“三潭印月”，即其地也。春时游舫如鹜，至其地者，百不得一。其中佛舍甚精，复阁重楼，迷禽暗日，威仪肃洁，器钵无声。但恨鱼牢幽闭，涨腻不流，刿鬐缺鳞，头大尾瘠，鱼若能言，其苦万状。以理揆之，孰若纵壑开樊，听其游泳，则物性自遂，深恨俗僧难与解释耳。昔年余到云栖，见鸡鹅豚羖共牢饥饿[③]，日夕挨挤，堕水死者不计其数。余向莲池师再四疏说，亦谓未能免俗，聊复尔尔。后见兔鹿猢狲亦受禁锁，余曰：“鸡凫豚羖，皆藉食于人，若兔鹿猢狲，放之山林，皆能自食，何苦锁禁，待以胥縻[④]。”莲师大笑，悉为撤禁，听其所之，见者大快。

【注释】

①王钦若（962—1025）：字定国，临江军新喻（今江西新余）人，淳化三年（992）进士，官至宰相，敏于政事，富于文辞，曾奉旨编《册府元龟》一千卷。

②王随（975—1033）：字子正，河阳（河南孟县）人，真宗时，以给事中知杭州。

③共牢：古婚礼时，夫妇共食一牲。牢，祭祀用的牺牲。此即共食之意。

④胥縻：即胥靡，古代服劳役的奴隶或刑徒。

陶望龄《放生池》诗：

介卢晓牛鸣[⑤]，冶长识雀哕[⑥]。吾愿天耳通，达此音声类。
群鱼泣妻妾，鸡鹜呼弟妹。不独死可哀，生离亦可慨。
闽语既嘤咿，吴听了难会。宁闻闽人肉，忍作吴人脍。
可怜登陆鱼，噞喁向人诉[⑦]。人曰鱼口喑，鱼言人耳背。
何当破网罗，施之以无畏。

昔有二勇者，操刀相与酤。曰子我肉也，奚更求食乎。
互割还互啖，彼尽我亦屠。食彼同自食，举世嗤其愚[⑧]。
还语血食人[⑨]，有以异此无？

吴越王钱镠于西湖上税渔，名"使宅鱼"。一日，罗隐入谒，壁有磻溪垂钓图[⑩]，王命题之。题云："吕望当年展庙谟，直钩钓国又何如。假令身住西湖上，也是应供使宅鱼。"王即罢渔税。

【注释】

⑤介卢：即介葛卢，春秋时介国的君主，相传其懂兽语。据《左传·僖公二十九年》载："介葛卢闻牛鸣，曰：'是生三牺，皆用之矣，

其音云。' 问之而信。"

⑥冶长：即公冶长（前519—前470），名长，字子长，春秋时齐国人，亦说鲁国人，为孔子弟子、七十二贤之一，孔子以女妻之。据《论语集解义疏》卷三之《论释》载，公冶长善听鸟语，反因之入狱，后亦因此而被放。哕（huì），鸟鸣。

⑦噞喁（yǎn yóng）：鱼口开合貌。

⑧"昔有"八句：典出《吕氏春秋·当务》："齐之好勇者，其一人居东郭，其一人居西郭，卒然相遇于途，曰："姑相饮乎？"觞数行，曰："姑求肉乎？"一人曰："子，肉也；我，肉也，尚胡革求肉而为？"于是具染而已，因抽刀而相啖，至死而止。勇若此，不若无勇。"

⑨血食人：指吃荤者。

⑩磻溪垂钓：据《史记·齐太公世家》载，"吕尚盖尝穷困年老矣，以鱼钓奸周西伯。西伯将出猎，卜之曰："所获非龙非彲，非虎非罴，所获霸王之辅。"于是周西伯猎，果遇太公于渭之阳。"

放生池柱对：

天地一网罟，欲度众生谁解脱；

飞潜皆性命，但存此念即菩提。

【简评】

王评：

"鱼若能言，其苦万状"句：观放生池之鱼，正以不得即死为苦，而乃人人以为功德。

陶望龄《放生池》诗：语语为鱼所欲言，读此何用念佛。

"吴越王钱镠于西湖上税渔"：此为有用文章。

放生池柱对：了了度人。

龙评：

放生之慈悲，本为佛家应有之义，然"鱼牢幽闭，涨腻不流，刿鬐缺鳞，头大尾瘠”却正为佛舍之景，奈何！俗僧过多，即莲池大师亦所不免乎！蝶庵以“鸡凫豚羖皆藉食于人”为云栖碰壁之遁词，孰不知此语大误，盖当云“人皆藉食于鸡凫豚羖”也！

醉白楼

杭州刺史白乐天啸傲湖山时，有野客赵羽者，湖楼最畅，乐天常过其家，痛饮竟日，绝不分官民体。羽得与乐天通往来，索其题楼。乐天即颜之曰“醉白”。在茅家埠，今改吴庄。一松苍翠，飞带如虬，大有古色，真数百年物。当日白公，想定盘礴其下[①]。

倪元璐《醉白楼》诗：

金沙深处白公堤，太守行春信马蹄。
冶艳桃花供祇应[②]，迷离烟柳藉提携。
闲时风月为常主，到处鸥凫是小傒。
野老偶然同一醉，山楼何必更留题。

【注释】

①盘礴：箕坐，即伸腿席地的坐姿，也是表示不拘礼节的意思。

②祇（zhī）应：恭敬地伺候。

【简评】

王评：

“当日白公，想定盘礴其下”句：已见白公。

“闲时风月为常主，到处鸥凫是小傒”句：先生诗多钩棘，此又以平易致奇。

龙评：

乐天此事未见他书所载，若无蝶庵此文，白公轶事便少一则也（此事《唐人轶事汇编》未收）。野客赵羽无可考，然亦有心人也，“绝不分官民体”，于乐天则易至，于野客则难为，故赵羽亦为可人。

小青佛舍

小青，广陵人。十岁时遇老尼，口授《心经》[①]，一过成诵。尼曰：“是儿早慧福薄，乞付我作弟子。”母不许。长好读书，解音律，善奕棋。误落武林富人，为其小妇。大妇奇妒，凌逼万状。一日携小青往天竺，大妇曰：“西方佛无量，乃世独礼大士[②]，何耶？”小青曰：“以慈悲故耳。”大妇笑曰：“我亦慈悲若。”乃匿之孤山佛舍，令一尼与俱。小青无事，辄临池自照，好与影语，絮絮如问答，人见辄止。故其诗有“瘦影自临春水照，卿须怜我我怜卿”之句。后病瘵绝粒，日饮梨汁少许，奄奄待尽。乃呼画师写照，更换再三，都不谓似。后画师注视良久，匠意妖纤。乃曰：“是矣。”以梨酒供之榻前，连呼：“小青！小青！”一恸而绝，年仅十八。遗诗一帙。大妇闻其死，立至佛舍，索其图并诗焚之，遽去。

小青《拜慈云阁》诗：

稽首慈云大士前，莫生西土莫生天。
愿将一滴杨枝水，洒作人间并蒂莲。

又《拜苏小小墓》诗：

西泠芳草绮粼粼，内信传来唤踏青。

杯酒自浇苏小墓，可知妾是意中人。

【注释】

①心经：《般若波罗蜜多心经》之略称，说大般若精要诸法皆空之理。

②大士：本为菩萨之通称，世俗多以指观音菩萨。

【简评】

王评：

“大妇奇妒，凌逼万状”句：此大妇鼻能吸醋五斗。

“小青无事，辄临池自照，好与影语”句：此际只合与影相语，正亦牢骚之极。

“大妇闻其死，立至佛舍，索其图并诗焚之”句：焚图犹可，焚及诗，则吾谓富人初不爱诗，何必及此。

小青《拜慈云阁》诗：如此人那可使读《牡丹亭》。

龙评：

西湖虽得比西子，然以一女子而为湖山增色者并不多见，除西子以容光仿佛而外，前有小小之惝恍迷离，中间银瓶之义勇贞烈，后殿小青之红颜薄命也。

卷五 西湖南路

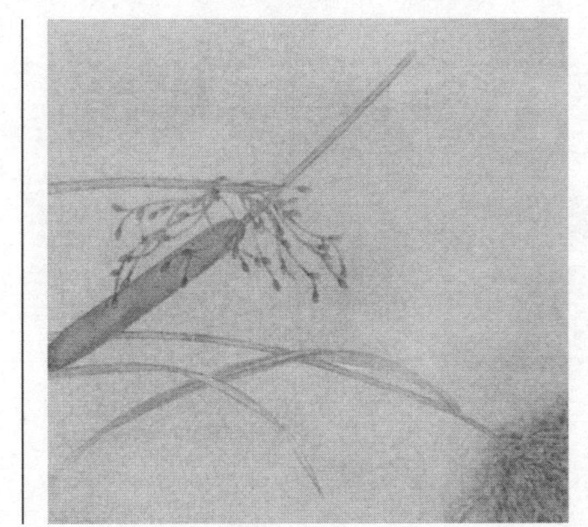

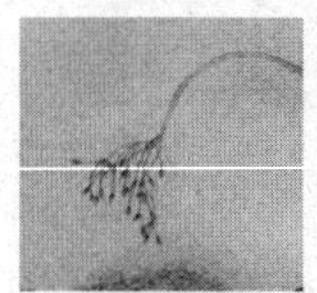

柳洲亭

柳洲亭，宋初为丰乐楼。高宗移汴民居杭地嘉、湖诸郡，时岁丰稔，建此楼以与民同乐，故名。门以左，孙东瀛建问水亭。高柳长堤，楼船画舫会合亭前，雁次相缀。朝则解维，暮则收缆。车马喧阗，驺从嘈杂，一派人声，扰嚷不已。堤之东尽为三义庙。过小桥折而北，则吾大父之寄园、铨部戴斐君之别墅①。折而南，则钱麟武阁学②、商等轩冢宰③、祁世培柱史、余武贞殿撰④、陈襄范掌科各家园亭⑤，鳞集于此。过此，则孝廉黄元辰之池上轩⑥、富春周中翰之芙蓉园⑦，比间皆是。今当兵燹之后，半椽不剩，瓦砾齐肩，蓬蒿满目。李文叔作《洛阳名园记》⑧，谓以名园之兴废，卜洛阳之盛衰；以洛阳之盛衰，卜天下之治乱。诚哉言也！余于甲午年偶涉于此，故宫离黍⑨，荆棘铜驼⑩，感慨悲伤，几效桑苎翁之游苕溪⑪，夜必恸哭而返。

【注释】

①戴斐君：即戴澳，字斐君，一字有斐，奉天人，万历四十一年（1613）进士，官至顺天府丞，著有《杜曲集》。

②钱麟武：即钱象坤（1569—1640），字弘载，号麟武，会稽人，万历二十九年（1601）进士，改庶吉士，官至礼部尚书，崇祯二年入阁。阁学即内阁大学士。

③商等轩：即商周祚，字明兼，号等轩，会稽人，万历二十九年

(1601) 进士，官至兵部尚书、都察院右佥都御史等。

④余武贞：即余煌，字武贞，会稽人，曾授翰林院修撰。甲申之变后，鲁王以之为兵部尚书。顺治三年，清兵直逼绍兴，鲁王渡海而逃，余煌见大势已去，果断下令，大开城门，放军民出城避难。城空之后他赋绝命诗一首，独自出东门赴水殉国而死。

⑤陈襄范：李应升《落落斋遗集》卷七有《与陈襄范》文有“以年兄之如金如玉，粹然中和”之语，知与李应升为同年。张岱《石匮书》云：“李应升，江阴人，万历丙辰进士。”又据《明清进士题名碑录索引》，本年中进士之陈姓者共有十人，分别为陈圣典、陈大对、陈熙昌、陈士章、陈美道、陈奇瑜、陈学章、陈正蒙、陈朝辅、陈闇然。掌科为给事中，此十人中曾为给事中者仅陈熙昌，故此人或当为陈熙昌。张弘道《皇明三元考》卷十四：“广东陈熙昌，南海人，字当时，号杲庵，治易。选贡生，年三十，丙辰进士，授平湖知县。”知其人生于万历十五年 (1587)。《(道光) 广东通志》卷二百八十三：“天启四年，子子壮典浙江乡试，发策刺阉竖。魏忠贤怒假他事，削子壮及其父给事中熙昌籍。熙昌时亦疏劾魏忠贤、崔呈秀，权珰盘踞，忌之，逆崔入淮商，贿夺粤行盐，乃力争之。魏、崔益谋荼毒。崇正改元，起吏科，寻卒。赠太常寺少卿，祀平湖名宦郡乡贤。”知其当卒于崇祯元年 (1628)。

⑥黄元辰：生平不详。

⑦周中翰：生平不详。

⑧李文叔：即李格非，字文叔，济南章丘人，李清照之父，熙宁九年 (1076) 进士，以文章受知于苏轼，为“后四学士”之一。

⑨故宫离黍：《诗经·王风·黍离》之序云：“《黍离》，闵宗周也。周大夫行役至于宗周，过故宗庙宫室，尽为禾黍，闵周室之颠覆，彷徨不忍去，而作是诗也。”后遂以“离黍”为慨叹亡国之典。

⑩荆棘铜驼：《晋书·索靖传》载：“靖有先识远量，知天下将乱，指洛阳宫门铜驼叹曰：‘会见汝在荆棘中耳！’”后因以“铜驼荆棘”指山河残破。

⑪桑苎翁：指唐代茶圣陆羽（733—804），字鸿渐，复州竟陵（今湖北天门）人，一生嗜茶，精于茶道，著世界第一部茶叶专著《茶经》闻名于世。《新唐书·陆羽传》载："上元初，更隐苕溪，自称桑苎翁，阖门著书。或独行野中，诵诗击木，裴回不得意，或恸哭而归，故时谓今接舆也。"

张杰《柳洲亭》诗⑫：

谁为鸿濛凿此陂，涌金门外即瑶池。

平沙水月三千顷，画舫笙歌十二时。

今古有诗难绝唱，乾坤无地可争奇。

溶溶漾漾年年绿，销尽黄金总不知。

王思任《问水亭》诗：

我来一清步，犹未拾寒烟。灯外兼星外，沙边更槛边。

孤山供好月，高雁语空天。辛苦西湖水，人还即熟眠。

赵汝愚《丰乐楼》（柳梢青）词⑬：

水月光中，烟霞影里，涌出楼台。空外笙箫，云间笑语，人在蓬莱。　天香暗逐风回，正十里荷花盛开。买个小舟，山南游遍，山北归来。

【注释】

⑫张杰：字子兴，号平洲生，仁和人，正德五年（1510）乡荐，自幼颖敏，有学识，诗清新俊逸，然平生尚气节，不肯媚人，为是官止教谕。

⑬赵汝愚（1140—1196），字子直，饶州余干人，乾道二年（1166）擢进士第一，官至宰相，受韩侂胄排挤而被贬，暴卒于途，死后十余年侂胄被诛，党禁渐解，方尽复原官，赐谥忠定，进封周王，有《赵忠定集》。

【简评】

王评：

“钱麟武阁学、商等轩冢宰、祁世培柱史、余武贞殿撰、陈襄范掌科各家园亭”句：书爵书号，正寓后来一段废兴之感，作者煞有深意，吾最怕读此等文。

“孤山供好月，高雁语空天”句：五、六妙如落句，即巧便伤大雅。

赵汝愚《丰乐楼》（柳梢青）词：词亦潇疏磊落。

龙评：

此篇所载各家园亭实亦如自序所提及者，正为蝶庵“梦寻”之物耳，“兵燹之后，半椽不剩，瓦砾齐肩，蓬蒿满目”，物已非而人犹是，宁不痛乎！况蝶庵所谓甲午，已为顺治十一年也，甲申之变已过十载，历史沧桑，倏忽抹去，世事如常，然名园兴废却仍在目前，以为故宫离黍、荆棘铜驼之印证耳。

灵芝寺

灵芝寺，钱武肃王之故苑也。地产灵芝，舍以为寺。至宋而规制寖宏[①]，高、孝两朝四临幸焉。内有浮碧轩、依光堂，为新进士题名之所。元末毁，明永乐初僧竺源再造，万历二十二年重修。余幼时至其中看牡丹，干高丈余，而花蕊烂熳，开至数千余朵，湖中夸为盛事。

寺畔有显应观，高宗以祀崔府君也。崔名子玉，唐贞观间为磁州滏阳令，有异政，民生祠之，既卒，为神[②]。高宗为康王时，避金兵，走巨鹿，马毙，冒雨独行，路值三岐，莫知所往。忽有白马在道，鞚驭乘之，驰至崔祠，马忽不见。但见祠马赭汗如雨，遂避宿祠中。梦神以杖击地，促其行。趋出门，马复在户，乘至斜桥，会耿仲南来迎[③]，策马过涧，见水即化。视之，乃崔府君祠中泥马也。及即位，立祠报德，累朝崇奉异常。六月六日是其生辰，游人阗塞。

张岱《灵芝寺》诗：

项羽曾悲骓不逝[④]，活马犹然如泥塑。
焉有泥马去如飞，等闲直至黄河渡。
一堆龙骨蜕厓前，迢递芒砀迷云路。
茕茕一介走亡人，身陷柏人脱然过[⑤]。
建炎尚是小朝廷，百灵亦复加呵护。

【注释】

①寖（jìn）：逐渐。

②崔子玉：高承《事物纪原》载："相传唐滏阳令没为神，主幽冥，本庙在磁州……至道二年晋国石氏祈有应，以事闻，诏赐名护国，景祐二年七月，封护国显应公。"

③耿仲南：当为耿南仲（？—1129），字希道，开封（今属河南）人，元丰五年（1082）进士，官至宰辅，却力主割地求和，北宋之覆，他难辞其咎。高宗即位，即罢黜之。

④"项羽"句：《史记·项羽本纪》载项羽兵败垓下时歌曰："力拔山兮气盖世，时不利兮骓不逝。骓不逝兮可奈何，虞兮虞兮奈若何！"

⑤柏人：《史记·张耳陈馀列传》："汉八年，上从东垣还，过赵，贯高等乃壁人柏人，要之置厕。上过欲宿，心动，问曰：'县名为何？'曰：'柏人。''柏人者，迫于人也！'不宿而去。"后遂用为皇帝行止戒备的典故。

【简评】

王评：

“忽有白马在道，鞚驭乘之”：只一小朝廷皇帝，即便驱策泥马，今乃知皇帝之贵。

龙评：

王雨谦所云：“只一小朝廷皇帝，即便驱乘泥马，今乃知皇帝之贵。”初观似同嚼蜡，复观蝶庵《灵芝寺》诗落句“建炎尚是小朝廷，百灵亦复加呵护”方恍然有悟，赵构及其群臣之所以未成遗民，原因竟在崔子玉之泥马，蝶庵等人却无此幸矣。

钱王祠

钱镠，临安石鉴乡人，骁勇有谋略。壮而微，贩盐自活。唐僖宗时[①]，平浙寇王仙芝[②]，拒黄巢[③]，灭董昌[④]，积功自显。梁开平元年[⑤]，封镠为吴越王。有讽镠拒梁命者，镠笑曰：“吾岂失一孙仲谋耶[⑥]！”遂受之。改其乡为临安县，军为锦衣军。是年，省茔垄，延故老，旌钺鼓吹，振耀山谷。自昔游钓之所，尽蒙以锦绣，或树石至有封官爵者，旧贸盐担，亦裁锦韬之。一邻媪九十余，携壶泉迎于道左，镠下车亟拜。媪抚其背，以小字呼之曰：“钱婆留，喜汝长成。”盖初生时，光怪满室，父惧，将沉于了溪，此媪苦留之，遂字焉。为牛酒大陈以饮乡人，别张蜀锦为广幄以饮乡妇。年上八十者饮金爵，百岁者饮玉爵。镠起劝酒，自唱还乡歌以娱宾，曰：“三节还乡兮挂锦衣[⑦]，父老远近来相随。斗牛光起天无欺，吴越一王驷马归。”时将筑宫殿，望气者言："因故府大之不过百年；填西湖之半，可得千年。"武肃笑曰："焉有千年而其中不出真主者乎？奈何困吾民为！"遂弗改造。宋熙宁间[8]，苏子瞻守郡，请以龙山废祠妙音院者，改为表忠观以祀之，今废。明嘉靖三十九年，督抚胡宗宪建祠于灵芝寺址[9]，塑三世五王像[10]，春秋致祭，令其十九世孙德洪者守之[11]。郡守陈柯重镌《表忠观碑记》于祠[12]。

【注释】

①唐僖宗：唐朝皇帝李儇，874—888年在位。

②王仙芝（？—878）：唐末农民义军领袖，濮州人，贩私盐出身，后揭竿而起。

③黄巢（？884）：曹州冤句人，出身盐商之家，粗通史传，屡举进士不第，后聚数千人起义以响应王仙芝。

④董昌（？—896）：临安人，唐末任义胜军节度使，割据两浙，后自称大越罗平国皇帝，被钱镠所灭。

⑤开平：后梁太祖朱温第一个年号（907—911）。

⑥孙仲谋：即孙权（182—252），字仲谋，吴郡富春人，三国时期吴国的开国皇帝（229—252）。当时孙权虽接受曹操代汉而发的封号，但实际上仍割据称王。

⑦三节：三镇节度使。清王鸣盛《十七史商榷》："三节者，镠在唐已领镇海、镇东两军节度，入梁又兼淮南也。"

⑧熙宁：宋神宗第一个年号（1068—1077）。

⑨胡宗宪（1512—1565年）：字汝贞，号默林，徽州绩溪人，嘉靖十七年（1538）进士，曾任浙江巡按御史，以御倭寇有功，晋兵部尚书，并加少保，然后因列名严党而入狱并瘐死狱中。

⑩三世五王：吴越传国三代、历五帝，分别为钱镠、钱元瓘、钱弘佐、钱弘倧、钱弘俶。

⑪德洪：即钱德洪（1496—1574），名宽，号绪山，浙江余姚人，嘉

靖十一年（1532）进士。明朝中后期哲学家，是王阳明之后儒家心学的重要代表人物之一。

⑫陈柯：字君则，闽县人，嘉靖二十九年（1550）进士，由户部郎转杭州知府。

苏轼《表忠观碑记》：

熙宁十年十月戊子，资政殿大学士、右谏议大夫、知杭州军事臣抃言："故越国王钱氏坟庙，及其父、祖、妃、夫人、子孙之坟，在钱塘者二十有六，在临安者十有一，皆芜秽不治，父老过之，有流涕者。谨按：故武肃王镠，始以乡兵破走黄巢，名闻江淮。复以八都兵讨刘汉宏[13]，并越州以奉董昌，而自居于杭。及昌以越叛，则诛昌而并越，尽有浙东西之地，传其子文穆王元瓘。至其孙忠献王仁佐，遂破李景兵而取福州[14]。而仁佐之弟忠懿王俶又大出兵攻景，以迎周世宗之师[15]，其后，卒以国入觐。三世四王，与五代相为终始。天下大乱，豪杰蜂起，方是时，以数州之地盗名字者不可胜数[16]，既覆其族，延及于无辜之民，罔有孑遗。而吴越地方千里，带甲十万，铸山煮海[17]，象犀珠玉之富，甲于天下，然终不失臣节，贡献相望于道。是以其民至于老死不识兵革，四时嬉游，歌舞之声相闻，至于今不废。其有德于斯民甚厚。皇帝受命，四方僭乱，以次削平。西蜀江南，负其险远，兵至城下，力屈势穷，然后束手。而河东刘氏百战守死，以抗王师，积骸为城，洒血为池，竭天下之力，仅乃克之。独吴越不待告命，封府库，籍郡县，请吏于朝，视去国如传舍，其有功于朝廷甚大。昔窦融以河西归汉[18]，光武诏右扶风修其父祖坟茔，祀以太牢。今钱氏功德殆过于融，而未及百年，坟庙不治，行道伤嗟，甚非所以劝奖忠臣、慰答民心之义也。臣愿以龙山废佛寺曰妙音院者为观，使钱氏之孙为道士曰自然者居之。凡坟庙之在钱塘者，以付自然；其在临安者，以付其县之净土寺僧曰道微。岁各度其徒一人，使世掌之。籍其地之所入，以时修其祠宇，封植其草木。有不治者，县令亟察之，甚者，易其人，庶几永终不堕，以称朝廷待钱氏之意。臣昧死以闻。"制曰：可。其妙音院赐改名表忠观。

【注释】

⑬刘汉宏（？—886）：山东兖州人，唐末义胜军节度使，曾与董昌交战，为钱镠所杀。

⑭李景：即南唐中主李璟（916—961），初名景通，改名瑶，又改为璟，因避周讳再改为景，字伯玉，徐州人。

⑮周世宗：即柴荣（921—959），后周第二代皇帝，为周太祖郭威的内侄与养子，继郭威为帝，被称为五代第一明君。

⑯盗名字者：指僭越称帝的人。

⑰铸山煮海：《史记·吴王濞列传》："吴有豫章郡铜山，濞则招致天下亡命者盗铸钱，煮海水为盐。"后用"铸山煮海"比喻善于开发自然资源。

⑱窦融（前16—62）：字周公，扶风平陵人，新莽时据境自保、割据河西，后归汉武帝。

铭曰：天目之山，苕水出焉。龙飞凤舞，萃于临安⑲。笃生异人，绝类离群。奋挺大呼，从者如云。仰天誓江，月星晦蒙。强弩射潮⑳，江海为东。杀宏诛昌，奄有吴越。金券玉册㉑，虎符龙节㉒。大城其居，包络山川。左江右湖，控引岛蛮。岁时归休，以燕父老。晔如神人，玉带球马㉓。四十一年，寅畏小心㉔。厥篚相望，大贝南金。五胡昏乱，罔堪托国。三王相承，以符有德。既获所归，弗谋弗咨。先王之志，我维行之。天祚忠孝，世有爵邑。允文允武，子孙千亿。帝谓守臣，治其祠坟。毋俾樵牧，愧其后昆。龙山之阳，岿焉斯宫。匪私于钱，惟以劝忠。非忠无君，非孝无亲。凡百有位，视此刻文。

张岱《钱王祠》诗：

扼定东南十四州，五王并不事兜鍪。

英雄球马朝天子，带砺山河拥冕旒㉕。

大树千株被锦绂，钱塘万弩射潮头。

五胡纷扰中华地，歌舞西湖近百秋。

【注释】

⑲“天目”四句：宋人郎晔注云“晋郭璞《杭州歌》云：‘天目山前两乳长，龙飞凤舞到钱塘。’其末句云‘五百年生异姓王’，自东晋迄五代钱镠时，适当五百年。”田汝成《西湖游览志余》载：“旧传谶记有云‘天目山垂两乳长，龙飞凤舞到钱塘。海门一点巽峰起，五百年间出帝王。’或云晋郭璞作。钱氏有国时，不欲其语闻之中国，更其末句云‘异姓王’，苏子瞻作《表忠观碑》特表其事，首曰‘天目之山，苕水出焉。龙飞凤舞，萃于临安。’盖全用谶语也。”

⑳《宋史·河渠志》：“浙江通大海，日受两潮。梁开平中，钱武肃王始筑捍海塘，在候潮门外。潮水昼夜冲激，版筑不就，因命强弩数百以射潮头，又致祷胥山祠。既而潮避钱塘，东击西陵，遂造竹器，积巨石，植以大木。堤岸既固，民居乃奠。”

㉑金券玉册：《新五代史·吴越世家》载：“拜镠镇海、镇东军节度使，加检校太尉、中书令，赐铁券，恕九死。”“唐庄宗入洛，镠遣使贡献，求玉册。庄宗下其议于有司，群臣皆以谓‘非天子不得用玉册’，郭崇韬尤为不可。既而许之，乃赐镠玉册金印，镠因以镇海等军节度授其子元瓘，自称吴越国王。”

㉒虎符龙节：帝王授予臣下兵权和调拨军队的信物，虎形，背有铭文，剖两半，各执其一为信。龙节，龙形符节，《周礼·地官·掌节》：

"凡邦国之使节，山国用虎节，土国用人节，泽国用龙节。"

㉓玉带球马：《新五代史》："（梁）太祖尝问吴越进奏吏曰：'钱镠平生有所好乎？'吏曰：'好玉带、名马。'太祖笑曰：'真英雄也！'乃以玉带一匣、打球御马十匹赐之。"

㉔寅畏：敬畏，恭敬戒惧。

㉕带砺山河：《汉书》："封爵之誓曰：'使黄河如带，泰山若厉。国以永存，爰及苗裔。'"后以此指天子与大臣之盟誓。

又《钱王祠柱铭》：

力能分土，提乡兵杀宏诛昌，一十四州，鸡犬桑麻，撑住东南半壁；

志在顺天，求真主迎周归宋，九十八年，象犀筐篚，混同吴越一家。

【简评】

王评：

"自昔游钓之所，尽蒙以锦绣"句：千古豪气，不可不为写记。

"此媪苦留之，遂字焉"句：想此时华艳之色，盖溢山川，钱婆留，真足千古。

"焉有千年而其中不出真主者乎"句：吴越卓见仁心，能不夺于望气者，谄伪之说已都付一笑中，此正是其束身归宋之根。

苏轼《表忠观碑记》：读表忠观碑，千古知有武肃王，而千古知有苏学士。立功立言，并有天地，而立功者更赖文章以华之，吾辈故是有权。

"仰天誓江，月星晦蒙。强弩射潮，江海为东"句：读"仰天"四语，至今钱王屹立。

苏轼《表忠观碑铭》：铭语落笔有声。吾辈为人作文，即甚多才，必其人足以用吾才，乃始生色，如行走已是泉下人，为虚辞则声亦不起，得吴越王而子瞻之才得其质矣，故宜有此鸿章。

张岱《钱王祠》诗及《柱铭》：一诗一柱铭，雄奇深沉，遂与髯苏分鼎。

龙评：

中郎许白、苏二人为西湖开山古佛，乃着眼于西湖之韵也，若以史观之，此号实非钱镠莫属，或称其为西湖大功德主亦可，蝶庵“五胡纷扰中华地，歌舞西湖近百秋”之句，真史笔也。实东坡之奏请修建表忠观，亦同此意，故荆公极表之，《潘子真诗话》载云：“东坡作《表忠观碑》，荆公寘坐隅，叶致远、杨德逢二人在座。有客问曰：‘相公亦喜斯人之作也？’公曰：‘斯作绝似西汉。’坐客叹誉不已。公笑曰：‘西汉谁人可拟？’德逢对曰：‘王褒。’盖易之也。公曰：‘不可草草。’德逢复曰：‘司马相如、扬雄之流乎？’公曰：‘……未见其叙事典赡若此也。直须与子长驰骋上下。’坐客又从而赞之。公曰：‘毕竟似子长何语？’坐客悚然。公徐曰：‘《楚汉以来诸侯王年表》也。’”荆公此论洵为超卓之见，许他如此作态。

又，此篇直是一篇钱镠列传。其平王仙芝、拒黄巢、灭董昌，实不世之豪杰；受梁之封王，又可见英雄识势之气度；省茔垄，延故老，旌钺鼓吹，振耀山谷，行衣锦还乡之荣；下车拜媪，大款乡人，类韩信之谢漂母；唱还乡歌以娱宾，亦展英雄之风流；不以望气者之语而害民，其仁德可配天地：凡此种种，均卓异挺出，故西湖设钱王祠，为山川增色，实为相宜。苏学士《表忠观碑记》所云亦为此意，蝶庵《钱王祠柱铭》概括亦精，唯末句云“九十八年”，或疑其误，若自钱镠受封吴越王至钱俶降宋，实七十二年；若自钱镠为唐镇海节度使至降宋，亦不过八十六年。然柱铭“力能分土，提乡兵杀宏诛昌”与“混同吴越一家”实甚清晰，其初始当自广明元年为临安副都将继而迁杭州都知兵马使起，恰九十八年，蝶庵史家，必不误算也。

净慈寺

净慈寺，周显德元年钱王俶建[①]，号慧日永明院，迎衢州道潜禅师居之[②]。潜尝欲向王求金铸十八阿罗汉，未白也。王忽夜梦十八巨人随行。翌日，道潜以请，王异而许之，始作罗汉堂。宋建隆初[③]，禅师延寿以佛祖大意[④]，经纶正宗，撰《宗镜录》一百卷，遂作宗镜堂。熙宁中，郡守陈襄延僧宗本居之[⑤]。岁旱，湖水尽涸。寺西隅甘泉出，有金色鳗鱼游焉，因凿井，寺僧千余人饮之不竭，名曰圆照井。南渡时，毁而复建，僧道容鸠工五岁始成[⑥]。塑五百阿罗汉，以田字殿贮之。绍兴九年，改赐"净慈报恩光化寺"额。复毁。孝宗时，一僧募缘修殿，日餍酒肉而返，寺僧问其所募钱几何，曰："尽饱腹中矣。"募化三年，簿上布施金钱，一一开载明白。一日，大喊街头曰："吾造殿矣。"复置酒肴，大醉市中，握喉大呕，撒地皆成黄金，众缘自是毕集，而寺遂落成。僧名济颠[⑦]。识者曰："是即永明后身也。"嘉泰间复毁[⑧]，再建于嘉定三年。寺故闳大，甲于湖山。翰林程珌记之[⑨]，有"湿红映地，飞翠侵霄。檐转鸾翎，阶排雁齿。星垂蛛网，宝殿洞乎琉璃；日耀璇题，金椽耸乎玳瑁"之语。时宰官建议，以京辅佛寺推次甲乙，尊表五山，为诸刹纲领，而净慈与焉[⑩]。先是，寺僧艰汲，担水湖滨。绍定四年[⑪]，僧法薰以锡杖扣殿前地[⑫]，出泉二派，锹为双井，水得无缺。淳祐十年，建千佛阁，理宗书“华严法界正偏知阁”八字赐之。元季，湖寺尽毁，而兹寺独存。明洪武间毁，僧法净重建。正统间复毁，僧宗妙复建⑬。万历二十年，司礼监孙隆重修，铸铁鼎，葺钟楼，构井亭，架棹楔⑭。永乐间，建文帝隐遁于此⑮，寺中有其遗像，状貌魁伟，迥异常人。

袁宏道《莲花洞小记》：

莲花洞之前为居然亭。亭轩豁可望，每一登览，则湖光献碧，须眉形影，如落镜中。六桥杨柳，一路牵风引浪，萧疏可爱。晴雨烟月，风景互异，净慈之绝胜处也。洞石玲珑若生，巧逾雕镂。余常谓吴山南屏一派皆石骨土肤，中空四达，愈搜愈出。近若宋氏园亭，皆搜得者。又紫阳宫石，为孙内使搜出者甚多。噫，安得五丁神将⑯，挽钱塘江水，将尘泥洗尽，出其奇奥，当何如哉！

王思任《净慈寺》诗：

净寺何年出，西湖长翠微。佛雄香较细，云饱绿交肥。

岩竹支僧阁，泉花蹴客衣。酒家莲叶上，鸥鹭往来飞。

【注释】

①显德：周世宗柴荣年号（954—960）。

②道潜：（？—961），五代后周僧。蒲津武氏，隐于衢州古寺，钱王俶召入，署慈化定慧禅师。

③建隆：宋太祖第一个年号（960—963）。

④延寿（904—975）：字冲玄，号抱一子，余杭王氏，少为华亭镇将，归心佛乘，迁杭州灵隐，移永明，世尊称永明大师，卒，号智觉禅师，后追谥宗照。

⑤陈襄（1017—1080）：字述古，又称古灵先生，侯官古灵（今福建福州）人，庆历（1042）年进士，曾知杭州，著有《古灵先生集》。宗

本（1020—1099）：字无喆，无锡管氏，曾主苏之瑞光，后迁杭之净慈，著有《归元指真集》等。

⑥鸠工：聚集工匠。

⑦济颠：即济公（1130—1209），原名李修元，台州人，初在杭州灵隐寺出家，后住净慈寺。是民间传诵的活佛。

⑧嘉泰：宋宁宗第二个年号（1201—1204）。

⑨程珌（1164—1242）：字怀古，休宁人，以先世居洺州，自号洺水遗民，绍熙四年（1193）进士，官至礼部尚书，著有《洺水集》。文中所引，见其《净慈山重建报恩光孝禅寺记》一文。

⑩“五山”句：田汝成《西湖游览志余》载：“嘉定间品第江南诸寺，以余杭径山寺、钱塘灵隐寺、净慈寺、宁波天童寺、育王寺为禅院五山。”

⑪绍定：宋理宗第二个年号（1228—1233）。

⑫法薰（1170—1245）：字石田，眉山彭氏，端平二年驻灵隐，著有《石田法薰禅师语录》。

⑬宗妙（1369—1443）：字觉庵，别号堆云叟，钱塘赵氏，曾主持杭之万寿报国寺，末住净慈。

⑭棹楔：门旁表宅树坊的木柱。

⑮建文帝：即朱允炆，建文为其年号（1399—1422），后燕王朱棣率靖难军攻入南京，建文帝下落不明，民间有各种揣测，此处所载亦为传说之一。

⑯五丁：神话传说中的五个力士。

【简评】

王评：

“日餍酒肉而返”句：为僧而尽得祭颠菩，许其饮酒食肉、募缘修殿矣，不则无若毁之为快。

“建文帝隐遁于此”句：又记此一段公案，此是史公手眼。

“一路牵风引浪，萧疏可爱”句：要识此，乃不错过。

“又紫阳宫石，为孙内使搜出者甚多”句：得无犯七日之凿，为造物忌。

“佛雄香较细”句：佛雄句妙香触鼻。

龙评：

前言吴越王于西湖有护持之功，而西湖风物亦有钱氏之烙印，钱氏信佛，故伽蓝甚众，天下名刹，以此为多。按：此文大部出《西湖游览志》，唯未及孙隆，为蝶庵特意表出者；而至于建文帝之下落，则仅见于此，蝶庵以一史家而传此无可稽考之乡谈，恐亦有深意存焉，王雨谦评云“又记此一段公案，此是史公手眼”，已揭之矣。

西湖之美，或脂光粉艳，或文采风流，或忠肝义胆，或佛踪道影，实造物所钟，众美所萃。然又益之以济颠，则于前述众美之外，又以诙谐爽朗为添颊上三毫。

小蓬莱

小蓬莱在雷峰塔右，宋内侍甘升园也[①]。奇峰如云，古木蓊蔚，理宗常临幸。有御爱松，盖数百年物也。自古称为小蓬莱。石上有宋刻“青云岩”、“鳌峰”等字。今为黄贞父先生读书之地[②]，改名“寓林”，题其石为“奔云”。余谓“奔云”得其情[③]，未得其理。石如滇茶一朵，风雨落之，半入泥土，花瓣棱棱，三四层折。人走其中，如蝶入花心，无须不缀。色黝黑如英石，而苔藓之古，如商彝周鼎入土千年，青绿彻骨也。

贞父先生为文章宗匠，门人数百人。一时知名士，无不出其门下者。余幼时从大父访先生。先生面黧黑，多髭须，毛颊，河目海口，眉棱鼻梁，张口多笑。交际酬酢，八面应之。耳聆客言，目睹来牍，手答回札，口嘱傒奴，杂沓于前，未尝少错。客至，无贵贱，便肉、便饭食之，夜与同榻。余一书记往，颇秽恶，先生寝食之无异也。天启丙寅，余至寓林，亭榭倾圮，堂中窀先生遗蜕[4]，不胜人琴之感[5]。今当丁酉[6]，再至其地，墙围俱倒，竟成瓦砾之场。余欲筑室于此，以为东坡先生专祠，往鬻其地，而主人不肯。但林木俱无，苔藓尽剥。“奔云”一石，亦残缺失次，十去其五。数年之后，必鞠为茂草[7]，荡为冷烟矣。菊水、桃源[8]，付之一想。

张岱《小蓬莱奔云石》诗：

滇茶初着花，忽为风雨落。簇簇起波棱，层层界轮廓。
如蝶缀花心，步步堪咀嚼。薜萝杂松楸，阴翳罩轻幕。
色同黑漆古，苔斑解竹箨。土绣鼎彝文，翡翠兼丹雘。
雕琢真鬼工，仍然归浑朴。须得十年许，解衣恣盘礴。
况遇主人贤，胸中有丘壑。此石是寒山，吾语尔能诺[9]。

【注释】

①甘升：当为甘昪（biàn），内侍省押班甘泽之子，后亦为内侍押班，孝宗极为宠幸，用事二十年，招权纳贿，无所不为，后罪发而死。

②黄贞父：即黄汝亨（1558—1626），字贞父，号寓庸，钱塘人，万历二十六年（1598）进士，官至江西布政司参议，著有《寓林集》。

③自此句至“人琴之感”，为《陶庵梦忆》之文，原名即《奔云石》。

④窀（zhūn）：坟墓，此指掩埋。

⑤人琴之感：刘义庆《世说新语·伤逝》：“王子猷、子敬俱病笃，而子敬先亡。子猷问左右何以都不闻消息，此已丧矣。语时了不悲，便索舆来奔丧，都不哭。子敬素好琴，便径入坐灵床上，取子敬琴弹。弦既不调，掷地云：‘子敬，子敬，人琴俱亡！’恸绝良久，月余亦卒。”

后以此为睹物思人、痛悼亡友之典。

⑥丁酉：指顺治十四年（1657）。

⑦鞠为茂草：《诗经·小雅·小弁》："踧踧周道，鞫为茂草。"鞫通鞠，穷尽之意。

⑧菊水、桃源：均指隐居之乐土。菊水，郦道元《水经注·湍水》："湍水之南，菊水注之。水出西北石涧山芳菊溪，亦言出析谷，盖溪涧之异名也。源旁悉生菊草，潭涧滋液，极成甘美。云此谷之水土，餐挹长年。"桃源：陶渊明《桃花源记》，谓有渔人从桃花源入一山洞，见秦时避乱者的后裔居其间，"土地平旷，屋舍俨然。有良田、美池、桑竹之属。阡陌交通，鸡犬相闻。其中往来种作，男女衣着悉如外人。黄发垂髫，并怡然自乐。"

⑨"此石"二句：参卷一《明圣二湖》篇注。另据《玉泉子》云："庾信自南朝至北方，惟爱温子升所作《寒山寺碑》，或问信：'北方何如？'曰：'唯寒山寺一片石堪共语，余若驴鸣狗吠。'"

【简评】

王评：

"自古称为小蓬莱"句：子渊陋巷，康节安乐窝。吾辈自有蓬莱，何必至蓬莱而始言蓬莱，必求至蓬莱，将匍匐归耳。然至寓林已、蓬莱已。吾安见彼蓬莱之为大，寓林之为小也。

"天启丙寅，余至寓林，亭榭倾圮，堂中窀先生遗蜕"句：写贞父先生，询亦当代刘穆之岂不为寓林生色。读至堂中遗蜕，令人不能为乐，亦令人不得不乐。作者详记始末，呼人深矣。

张岱《小蓬莱奔云石》诗：予每谓作诗文亦须从雕琢复朴，乃推尔皇评，山水至此，蝶庵发以文心评之。

龙评：

蝶庵此书名为"梦寻"，故凡蝶庵旧游之处，皆有妙文，他则或有账簿之嫌。此篇之述黄贞父，貌神皆取，"面黧黑，多髭须，毛颊，河目海口，眉棱鼻梁，张口多笑。交际酬酢，八面应之。耳聆客言，目睹来牍，手答回札，口嘱傒奴，杂沓于前，未尝少错”，恍然便似蝶庵所状之“奔云”，“如滇茶一朵，风雨落之，半入泥土，花瓣棱棱，三四层折。人走其中，如蝶入花心，无须不缀。色黝黑如英石，而苔藓之古，如商彝周鼎入土千年，青绿彻骨”，写石乎，写人乎？

蝶庵后欲以此地祠髯苏，亦绝妙之思，惜其不成哉，恨恨！

雷峰塔

雷峰者，南屏山之支麓也。穹窿回映，旧名中峰，亦名回峰。宋有雷就者居之，故名雷峰。吴越王于此建塔，始以十三级为准，拟高千尺。后财力不敷，止建七级。古称王妃塔。元末失火，仅存塔心。雷峰夕照，遂为西湖十景之一。曾见李长蘅题画有云：

吾友闻子将尝言[①]：“湖上两浮屠，保俶如美人，雷峰如老衲。”予极赏之。辛亥在小筑，与沈方回池上看荷花[②]，辄作一诗，中有句云“雷峰倚天如醉翁”。严印持见之，跃然曰：“子将‘老衲’不如子‘醉翁’，尤得其情态也。”盖余在湖上山楼，朝夕与雷峰相对，而暮山紫气，此翁颓然其间，尤为醉心。然予诗落句云：“此翁情淡如烟水。”则未尝不以子将“老衲”之言为宗耳。癸丑十月醉后题。

林逋《雷峰》诗：

中峰一径分，盘折上幽云。夕照前林见，秋涛隔岸闻。
长松标古翠，疏竹动微薰。自爱苏门啸[③]，怀贤事不群。

张岱《雷峰塔》诗：

闻子状雷峰，老僧挂偏裻[④]。日日看西湖，一生看不足。

时有薰风至，西湖是酒床。醉翁潦倒立，一口吸西江。

惨澹一雷峰，如何擅夕照。遍体是烟霞，掀髯复长啸。

怪石集南屏，寓林为其窟。岂是米襄阳，端严具袍笏[⑤]。

【注释】

①闻子将：即闻启祥，此人《明人传记资料索引》有传，然未署生卒年。《牧斋初学集》卷五十四《闻子将墓志铭》："子将姓闻氏，讳启祥，杭州之钱塘人也。"并云其"卒时年五十有八"。而明人刘城《峄桐诗集》卷十《追昔游口号》："严渡才名继废翁，忽为散吏玉楼中。箭桥烟月西湖雨，定向闻家说异同。"下注云："丁丑秋，武林闻子将卒，严印持先生即继逝。乃子岸亦以今夏亡也。"丁丑即崇祯十年（1637）。则上推可知闻子将生于万历八年（1580）。则其人字子将，杭州人，闻子与之兄，万历四十年（1612）举人。据载曾与李流芳同入京，已及国门，忽意不自得，趣车径返，后屡以荐征，悉辞不赴。

②沈方回：此人在李流芳《檀园集》卷十一《雷峰暝色图》原文中为"方回"，疑张岱援引时将其误认为沈无回（即沈守正），故加"沈"字。然此处实当指邹方回，因为李流芳《檀园集》中三十一次提及"方回"，凡能确考者皆为提到邹方回。其为钱塘人，邹之峄弟，著有《清晖阁草》。

③苏门啸：《世说新语·栖逸》篇刘孝标注引《魏氏春秋》载："阮籍常率意独驾，不由径路，车迹所穷，辄恸哭而反。尝游苏门山，有隐者莫知姓名，有竹实数斛，杵臼而已。籍闻而从之，谈太古无为之道，论五帝三王之义，苏门先生翛然曾不眄之。籍乃嘐然长啸，韵响寥亮。

苏门先生乃攸尔而笑。籍既降，先生喟然高啸，有如凤音。”

④偏裻（dú）：即偏衣。裻，衣背缝。以衣背缝为界，衣服两半的颜色不同。

⑤“岂是”二句：用米芾典故，参见卷二《飞来峰》篇注。

【简评】

王评：

“雷峰倚天如醉翁”句：七字三毛，雷峰活活。

“此翁情淡如烟水”句：“淡如烟水”，妙远。

龙评：

以世俗观之，雷峰塔实西湖诸景之一大关键也，以有白娘子、许仙之传说也，然蝶庵以史笔为寻梦之书，故弃此诞说，仅作实录；实录无趣，再以子将、长蘅妙语救之，观其置长蘅小品于文中而非通例之附录即知。子将之言非深谙西湖者不能道，长蘅之喻，虽如印持所评，颇得其情态，然余仍激赏闻子将之“老衲”二字，尤得其神韵也。鲁迅先生或未知此妙喻，若知“湖上两浮屠，宝俶如美人，雷峰如老衲”，断不至在《论雷峰塔的倒掉》一文中，将“美人”与“老衲”混而为一。

包衙庄[①]

西湖之船有楼，实包副使涵所创为之。大小三号：头号置歌筵，储歌童；次载书画；再次侍美人。涵老以声伎非侍妾比，仿石季伦[②]、宋子京家法[③]，都令见客。常靓妆走马，媻姗勃窣[④]，穿柳过之，以为笑乐。明槛绮疏[⑤]，曼讴其下，擫籥弹筝[⑥]，声如莺试。客至，则歌童演剧，队舞鼓吹，无不绝伦。乘兴一出，住必浃旬，观者相逐，问其所之。南园在雷峰塔下，北园在飞来峰下。两地皆石薮，积牒磊砢[7]，无非奇峭。但亦借作溪涧桥梁，不于山上叠山，大有文理。大厅以拱斗抬梁，偷其中间四柱，队舞狮子甚畅。北园作八卦房，园亭如规，分作八格，形如扇面。当其狭处，横亘一床，帐前后开合，下里帐则床向外，下外帐则床向内。涵老居其中，扃上开明窗，焚香倚枕，则八床面面皆出。穷奢极欲，老于西湖者二十年。金谷[8]、郿坞[9]，着一毫寒俭不得，索性繁华到底，亦杭州人所谓“左右是左右”也。西湖大家，何所不有，西子有时亦贮金屋[10]。咄咄书空[11]，则穷措大耳。

【注释】

①包衙庄：本篇为张岱选自其《陶庵梦忆》者，原文名为《包涵所》。包涵所，即包应登，参卷二《青莲山房》篇注。

②石季伦：即石崇（249—300），字季伦，小名齐奴，渤海人，累迁散骑常侍、侍中，为“二十四友”之一，后被赵王伦所杀。石崇是古代有名的豪富之人，《晋书》多载其争靡斗富之事。

③宋子京：即宋祁（998—1061），字子京，开封人，天圣二年（1024）与其兄同中进士，奏名第一，章献太后以为弟不可先兄，乃擢其兄为第一，置祁第十，时号“大小宋”。

④媻（pán）姗勃窣（sū）：行走艰难貌。

⑤绮疏：指雕刻成空心花纹的窗户。《文选》李善注云：“薛综《西京赋》注曰：‘疏，刻穿之也。’刻为绮文，谓之绮疏也。”

⑥擫（yè）籥：用手指按压。籥，古管乐器，似为排箫之前身。

⑦积牒磊砢（luǒ）：牒，即叠。磊砢，众多委积貌。

⑧金谷：指石崇的金谷园。石崇有别业在洛阳城南金谷涧，石崇与文士昼夜游宴赋诗，不能者罚酒三斗，后集为《金谷集》。

⑨郿坞：东汉初平三年，董卓筑坞于郿，高厚七丈，与长安城相埒，号曰万岁坞，世称“郿坞”，坞中广聚珍宝，积谷为三十年储。

⑩贮金屋：即金屋藏娇之典故。《汉武故事》："年四岁，立为胶东王。数岁，长公主嫖抱置膝上，问曰：'儿欲得妇不？'胶东王曰：'欲得妇。'长主指左右长御百余人，皆云不用。末指其女问曰：'阿娇好不？'于是乃笑对曰：'好！若得阿娇作妇，当作金屋贮之也。'"

⑪咄咄书空：《世说新语·黜免》："殷中军被废，在信安，终日恒书空作字。扬州吏民寻义逐之，窃视，唯作'咄咄怪事'四字而已。"

陈函辉《南屏包庄》诗[12]：

独创楼船水上行，一天夜气识金银[13]。
歌喉裂石惊鱼鸟，灯火分光入藻蘋。
潇洒西园出声伎[14]，豪华金谷集文人。
自来寂寞皆唐突，虽是逋仙亦恨贫。

【注释】

⑫陈函辉（1590—1646）：原名炜，字木叔，号小寒山子，临海人，崇祯七年（1634）进士，后归鲁王，进东阁大学士兼礼、兵二部尚书，鲁王败，自缢身死。

⑬"一天"句：古人以为，地下埋有金银，地上便会有征兆。《地镜图》云："黄金之气赤黄，千万斤以上，光大如镜盘；金气发大，上赤下青也。"

⑭西园：北宋驸马都尉王诜之第，为文人墨客雅集之所，元丰初，王诜曾邀苏轼、苏辙、黄庭坚、米芾等十六人游园，米芾为记，李公麟作图，史称"西园雅集"。

【简评】

王评：

"涵老以声伎非侍妾比，仿石季伦、宋子京家法，都令见客"句：如此风流，遇杨处道、郭汾阳自当把臂入林。

"大厅以拱斗抬梁，偷其中间四柱"句：包公以慧心成此艳庄，张子以奇笔写尽慧心，皆人物之尤也。

“自来寂寞皆唐突，虽是逋仙亦恨贫”句：予尝云人世如梦，然与其做恶梦，何如做好梦，正亦为逋仙恨贫之意。

龙评：

前之《青莲山房》即载包应登之别墅，此则为包氏庄院，二者截然不同：前以草野著富贵，此则“穷奢极欲”，“索性繁华到底”，唯奢侈之中亦有文人雅趣，非“富措大”所可办耳。蝶庵亦好繁华，其《自为墓志铭》云：“少为纨绔子弟，极爱繁华，好精舍，好美婢，好娈童，好鲜衣，好美食，好骏马，好华灯，好烟火，好梨园，好鼓吹，好古董，好花鸟。”然著《梦寻》时已历甲申之变，已“为败子，为废物，为顽民，为钝秀才，为瞌睡汉，为死老魅”矣，然于繁华仍不改初好。王雨谦评此云：“包公以慧心成此艳庄，张子以奇笔写尽慧心，皆人物之尤也。”实当曰“皆豪贵公子之尤也”！

南高峰

南高峰，在南北诸山之界，羊肠佶屈，松篁葱蒨，非芒鞋布袜，努策支筇，不可陟也。塔居峰顶，晋天福间建，崇宁、乾道两度重修[①]。元季毁。旧七级，今存三级。塔中四望，则东瞰平芜，烟销日出，尽湖中之景；南俯大江，波涛洄洑，舟楫隐见杳霭间；西接岩窦，怪石翔舞，洞穴邃密，其侧有瑞应像，巧若鬼工；北瞩陵阜，陂陀曼延，箭栃丛出，麰麦连云，山椒巨石屹如峨冠者，名先照坛，相传道者镇魔处。峰顶有钵盂潭、颖川泉，大旱不涸，大雨不盈。潭侧有白龙洞。

金堡《南高峰》诗：

南北高峰两郁葱，朝朝滃浡海烟封。
极颠螺髻飞云栈，半岭峨冠怪石供。
三级浮屠巢老鹘，一泓清水豢痴龙。
倘思济胜烦携具，布袜芒鞋策短筇。

【注释】

①崇宁：宋徽宗第二年年号（1102—1106）。

【简评】

王评：

“大旱不涸，大雨不盈”句：不涸，泉之才也；不盈，进乎才矣。不涸常有，不盈不常有，士君子居才则斯泉也，吾师乎！吾师乎！

龙评：

此篇全袭《西湖游览志》，蝶庵于此等处，以求全之故，聊备一格耳，故未用力。然此篇所附金堡之诗则似专为此作（其集未收）。《西湖游览志》云塔“今存五级”，蝶庵改为“三级”，金堡诗亦云“三级”，或至其时，距叔禾又近百年，塔又去二层矣。

烟霞石屋

由太子湾南折而上为石屋岭。过岭为大仁禅寺，寺左为烟霞石屋。屋高厂虚明，行迤二丈六尺①，状如轩榭，可布几筵。洞上周镌罗汉五百十六身。其底邃窄通幽，阴翳杳霭。侧有蝙蝠洞，蝙蝠大者如鸦，挂搭连牵，互衔其尾。粪作奇臭，古庙高梁，多受其累。会稽禹庙亦然。由山椒右旋为新庵，王予安亹②、陈章侯洪绶尝读书其中。余往访之，见石如飞来峰，初经洗出，洁不去肤，隽不伤骨，一洗杨髡凿佛之惨。峭壁奇峰，忽露生面，为之大快。建炎间，里人避兵其内，数千人皆获免。岭下有水乐洞，嘉泰间为杨郡王别圃[③]。垒石筑亭，结构精雅。年久芜秽不治，水乐绝响。贾秋壑以厚直得之，命寺僧深求水乐所以兴废者，不得其说。一日，秋壑往游，俯睨旁听，悠然有会，曰：“谷虚而后能应，水激而后能响，今水潴其中，土壅其外，欲其发响，得乎？”亟命疏壅导潴，有声从洞涧出，节奏自然。二百年胜概，一日始复。乃筑亭，以所得东坡真迹，刻置其上。

【注释】

①行迤：当为“衍迤”，延伸之意。

②王予安亹（wěi）：王亹（1587—1667），字予安，会稽人，崇祯六年（1633）举人，著有《妙远堂诗三集》。屈大均《翁山文外》卷十五有《王予安先生哀辞》，其序云：“庚子之冬，予谒禹陵于会稽。有王予安先生者，延予馆其家。时先生年七十有四，予三十有一……嗟夫！予今三十有八矣！别先生七年而先生遂死。”庚子为顺治十七年（1660），知其生于万历十五年（1587），卒于康熙六年（1667）。

③杨郡王：即杨存中（1102—1166），本名沂中，赐名存中，字正甫，山西原平人，为北宋名将杨业后人，一生抗金，官殿前都指挥使、太师等，曾封同安郡王，卒谥武恭，追封和王。

苏轼《水乐洞小记》：

钱塘东南有水乐洞，泉流岩中，皆自然宫商。又自灵隐、下天竺而上，至上天竺，溪行两山间，巨石磊磊如牛羊，其声空砻然，真若钟鼓，乃知庄生所谓天籁[④]，盖无在不有也。

袁宏道《烟霞洞小记》：

烟霞洞，亦古亦幽，凉沁入骨，乳汁涔涔下。石屋虚明开朗，如一片云，欹侧而立，又如轩榭，可布几筵。余凡两过石屋，为佣奴所据，嘈杂若市，俱不得意而归。

张京元《石屋小记》：

石屋寺，寺卑下无可观。岩下石龛，方广十笏，遂以屋称。屋内，好事者置一石榻，可坐。四旁刻石像如傀儡，殊不雅驯。想以幽僻得名耳。出石屋西，上下山坡夹道皆丛桂，秋时着花，香闻数十里，堪称金粟世界。

又《烟霞寺小记》：

烟霞寺在山上，亦荒落，系中贵孙隆易创，颇新整。殿后开宕取土，石骨尽出，巉峭可观。由殿右稍上两三盘，经象鼻峰东折数十武，为烟霞洞。洞外小亭踞之，望钱塘如带。

李流芳《题烟霞春洞画》：

从烟霞寺山门下眺，林壑窈窕，非复人境。李花时尤奇，真琼林瑶岛也。犹记与闲孟[⑤]、无际[⑥]，自法相寺至烟霞洞，小憩亭子，渴甚，无从得酒。见两伧父携榼至，闲孟口流涎，遽从乞饮，伧父不顾。予辈大怪。偶见梁间恶诗书一板，上乃抉而掷之。伧父踉跄而走。念此辄喷饭不已也。

【注释】

④庄生所谓天籁：《庄子·齐物论》："（南郭子綦云）'汝闻人籁而未闻地籁，汝闻地籁而未闻天籁。'子游曰：'地籁则众窍是已，人籁则比竹是已。敢问天籁？'子綦曰：'夫天籁者，吹万不同，而使其自已也，咸其自取，怒者其谁耶？'"

⑤闲孟：即郑允骥（？—1625），《（嘉庆）直隶太仓州志》卷三十七："字闲孟，博闻强记，诗长于五言古，所交皆知名士，尤与李流芳善，时以李郑并称，为诸生，不得志，纵酒自放而没。"程嘉燧《松圆偈庵集》卷下有《祭郑闲孟文》，注为"乙丑夏"，知其卒于天启五年（1625）。

⑥无际：即汪明际（？—1637），字无际，号雷庵，余姚人，万历四十六年（1618）举人，少孤力学，精易数，旁通诗画，升工部主事，晋员外郎，后以同官误工，廷杖以死。《(嘉庆）直隶太仓州志》卷三十七："汪明际，字无际，少力学。事母以孝闻，抚弟妹友爱。年弱冠，名籍甚。精易数，旁通诗画。万历四十六年举于乡。屡困公车，谒选得寿昌。教谕读书魏万山房。倡导古学，僻邑风移。由国子学录历都察院司务升工部主事晋员外郎，后以同官误工，廷杖以死。子彦随，字子肩，崇祯六年举人，痛父没，扶榇归葬，终身庐墓。"计六奇《明季北略》卷之十三《圣驾廵城》："崇祯丁丑八月……系计臣二人于狱，后杖毙其一，汪明际是也。明际宁国人，戊午孝廉。"知其死于崇祯十年（1637）。

【简评】

王评：

"由太子湾南折而上为石屋岭"句：太子湾得一征所自为快。

"谷虚而后能应，水激而后能响"句：于韵事每有会心，乃亦得秋壑名。

苏轼《水乐洞小记》：自然宫商，庄生天籁。托之竹肉，是下几层矣。

"偶见梁间恶诗书一板，上乃抉而掷之。伧父跄踉而走。念此辄喷饭不已也"句：至今吾亦为之喷饭。

龙评：

此篇亦杂用叔禾《西湖游览志》之文者，然中叙新庵及"余往访之"一段为蝶庵所增，却隔断原文，致"里人避兵其内"不知何指矣。然仍有长蘅救之，长蘅、闲孟之遇确堪喷饭，尤妙在以"恶诗书一板""抉而掷之"，又可入"不亦快哉"之林也！然彼"两伧父"未必不以李、郑二人为"伧父"也，一笑！

高丽寺

高丽寺本名慧因寺，后唐天成二年吴越钱武肃王建也[①]。宋元丰八年[②]，高丽国王子僧统义天入贡[③]，因请净源法师学贤首教[④]。元祐二年，以金书汉译《华严经》三百部入寺，施金建华严大阁藏塔以尊崇之。元祐四年，统义天以祭奠净源为名，兼进金塔二座。杭州刺史苏轼疏言："外夷不可使屡入中国，以疏边防，金塔宜却弗受。"神宗从之。元延祐四年[⑤]，高丽沈王奉诏进香幡经于此。至正末毁。洪武初重葺。俗称高丽寺。础石精工，藏轮宏丽[⑥]，两山所无。万历间，僧如通重修[⑦]。余少时从先宜人至寺烧香[⑧]，出钱三百，命舆人推转轮藏，轮转呀呀，如鼓吹初作。后旋转熟滑，藏轮如飞，推者莫及。

【注释】

①天成：后唐明宗李嗣源的第一个年号（926—929）。

②元丰：宋神宗第二个年号（1078—1085）。

③僧统义天（1055—1101）：高丽国仁孝王第四子，名义天，出家，封祐世僧统，元祐初，入中华求法，后归国弘通华严，著有《义天目录》。

④净源（1011—1088）：字伯长，号潜叟，晋江杨氏，著《法华集义通要》等。贤首教，指华严宗，至贤首而此宗大成，故名。唐法藏，字贤首，誓学华严，为华严宗第三祖。

⑤延祐：元仁宗第二个年号（1314—1320）。

⑥藏轮：即轮藏。田汝成《西湖游览志余》卷十四云："高丽寺轮藏甚伟，宋时高丽国进金字藏经一部贮其中，到今犹有存者。其原起于傅大士，以经目繁多，人或不能遍阅，乃就山中建大层龛，一柱八面，实以诸经，运行不碍，谓之'轮藏'，人有发菩提心者，推转是轮即与持诵诸经无异。故今天下轮藏皆设大士像。"傅大士指傅翕（字玄风，法号善慧）。

⑦如通（1523—1595）：字易庵，浙之杭氏，自称芦江老叟，曾主持慧因寺。

⑧先宜人：指张岱去世的母亲。宜人为五品命妇的封号。

【简评】

王评：

"外夷不可使屡入中国"句：为国远谟，苏公真相才也。

龙评：

佛家最重宣教，故自白马驮经以来，蔓延极速，以至天下人直可分僧、俗二类矣，然世俗之人亦非与佛家绝无因缘者，民众有求于佛者，则烧香请愿、诵经斋僧，皆可祈佑。至有懒于诵经者，竟可推藏轮以替之，甚至可雇人为推此轮，佛家方便之门果然广大。

法相寺

法相寺俗称长耳相。后唐时，有僧法真[①]，有异相，耳长九寸，上过于顶，下可结颐，号长耳和尚。天成二年，自天台国清寒岩来游，钱武肃王待以宾礼，居法相院。至宋乾祐四年正月六日，无疾，坐方丈，集徒众，沐浴，趺跏而逝[②]。弟子辈漆其真身，供佛龛，谓是定光佛后身。妇女祈求子嗣者，悬幡设供无虚日。以此法相名著一时。寺后有锡杖泉，水盆活石。僧厨香洁，斋供精良。寺前茭白笋，其嫩如玉，其香如兰，入口甘芳，天下无比。然须在新秋八月，余时不能也。

【注释】

①法真：即行修（？—950），号法真，泉州陈氏，长耳垂肩，被认为是定光佛应身，宋赐号宗慧大师。此篇言“长耳相”，有以此为“长耳寺”之讹者，然据《咸淳临安志》《武林旧事》《西湖游览志》等书载，知其不误。“长耳相”乃“长耳相院”之省称，据《咸淳临安志》卷七十八载，尚有“长耳相巷”之名，另据《梦粱录》卷十七，知法真号为“长耳相禅师”。又据《宋高僧传》卷三十载：“年始十八，参雪峰山存禅师，随众请问，未知诠旨。辞存师，言入浙去。存曰：‘与汝理定容仪，令彼土人睹相发心。’遂指其耳曰：‘轮郭幸长，垂珰犹短，吾为汝伸之。’双手平曳，登即及肩，如是者三，自此长垂，见者举目。”

②“至宋”数句：赵宋一朝并无乾祐年号，故或疑当为“乾德”之误，然考诸释氏文献，“乾祐”二字并不误，不过是“后汉”或“北汉”而非“宋”也。《宋高僧传》载行修：“以乾祐三年庚戌岁十一月示疾，动用如平时，以三月中夜坐终。”知确卒于乾祐三年之次年，然乾祐三年十一月，后汉隐帝刘承祐即被郭威兵所杀，后汉灭亡，次年郭威建后周，是为广顺元年；不过，同年刘知远之弟刘旻在晋阳称建立北汉，沿用乾祐年号，时亦为乾祐四年。趺跏：双足交叠而坐。

袁宏道《法相寺拜长耳和尚肉身戏题》：

轮相居然足[③]，漆光与鉴新[④]。神魂知也未，爪齿幻耶真。

骨董休疑客，庄严不待人。饶他金与石，到此亦成尘。

【注释】

③轮相：《观佛三昧海经》曰：“佛举足时，足下千辐轮相。”谓足

掌纹如千辐轮也。

④漆光：《宋高僧传》载行修死后，“檀越弟子以漆布，今亦存焉。后寄梦睦州刺史陈荣曰：‘吾坐下未完。’检之，元不漆布，重加工焉。”另参下文张京元《法相寺小记》。

徐渭《法相寺看活石》：

莲花不在水，分叶簇青山。径折虽能入，峰迷不待还。

取蒲量石长，问竹到溪湾。莫怪掩斜日，明朝恐未闲。

张京元《法相寺小记》：

法相寺不甚丽，而香火骈集。定光禅师长耳遗蜕，妇人谒之，以为宜男，争摩顶腹，漆光可鉴。寺右数十武，度小桥，折而上，为锡杖泉。涓涓细流，虽大旱不竭。经流处，僧置一砂缸，挹注供爨。久之，水土锈结，蒲生其上，厚几数寸，竟不见缸质，因名蒲缸。倘可铲置研池炉足，古董家不秦汉不道矣。

李流芳《题法相山亭画》：

去年在法相，有送友人诗云：“十年法相松间寺，此日淹留却共君。忽忽送君无长物，半间亭子一溪云。”时与方回、孟旸避暑竹阁，连夜风雨，泉声轰轰不绝。

又有题扇头小景一诗：“夜半溪阁响，不知风雨歇。起视杳霭间，悠然见微月。”一时会心，不知作何语。今日展此，亦自可思也。壬子十月大佛寺倚醉楼灯下题。

【简评】

王评：

“有异相，耳长九寸”句：亦觉倾人。

“谓是定光佛后身”句：“谓是”二字妙如封禅书，每下云字也。

“莲花不在水”句：“莲花不在水”，此悟后语也。

“久之，水土锈结，蒲生其上”句：奇古之质何地无之，要得古心对之。

龙评：

此开篇即言“长耳相”，有以此为“长耳寺”之讹者，然据《咸淳临安志》、《武林旧事》、《西湖游览志》等书载，知其不误。“长耳相”乃“长耳相院”之省称，据《咸淳临安志》载，尚有“长耳相巷”之名，另据《梦粱录》等书，知法真号为“长耳相禅师”。又据《宋高僧传》载：“年始十八，参雪峰山存禅师，随众请问，未知诠旨。辞存师，言入浙去。存曰：‘与汝理定容仪，令彼土人睹相发心。’遂指其耳曰：‘轮郭幸长，垂珰犹短，吾为汝伸之。’双手平曳，登即及肩，如是者三，自此长垂，见者举目。”

于 坟

于坟。于少保公以再造功[①]，受冤身死，被刑之日，阴霾翳天，行路踊叹。夫人流山海关，梦公曰：“吾形殊而魂不乱，独目无光明，借汝眼光见形于皇帝。”翌日，夫人丧其明。会奉天门灾，英庙临视[②]，公形见火光中。上悯然念其忠，乃诏贷夫人归。又梦公还眼光，目复明也。公遗骸，都督陈逵密嘱瘗藏[③]。继子冕请葬钱塘祖茔[④]，得旨奉葬于此。成化二年，廷议始白。上遣行人马暶谕祭[⑤]。其词略曰：“当国家之多难，保社稷以无虞；惟公道以自持，为权奸之所害。先帝已知其枉，而朕心实怜其忠。”弘治七年赐谥曰“肃愍”，建祠曰“旌功”。万历十八年，改谥“忠肃”。四十二年，御史杨鹤为公增廓祠宇[⑥]，庙貌巍焕，属云间陈继儒作碑记之。碑曰：

【注释】

①于少保公：指于谦（1398—1457），字廷益，号节庵，祖籍考城，

后迁于钱塘，永乐十九年（1421）进士，官至少保，后世称为于少何。正统十四年（1449）秋，瓦剌大举侵犯，宦官王振挟持英宗亲征，导致土木堡之变而英宗被俘，京师震动，十月，郕王即帝位，为明代宗，改元景泰。在于谦率领下取得了北京保卫战的胜利。瓦剌求和并归还英宗，于是置英宗于南宫，称太上皇。景泰八年，将军石亨、副都御史徐有贞、宦官曹吉祥趁景帝病重，发兵拥立英宗复辟，并诬陷于谦谋逆，判处死刑。英宗以于谦对国家有功，不忍心杀他，徐有贞奏道："不杀于谦，此举为无名"，遂以"意欲"谋逆罪处死，其子于冕充军，发戍山西龙门，其妻张氏发戍山海关。《明史》载于谦"死之日，阴霾四合，天下冤之"。成化年间，其子于冕获赦，上疏为父平反，终葬于杭州西湖三台山麓。

②英庙：指英宗朱祁镇（1427—1464），因其葬于裕陵，因此后文亦以此代称之。

③陈逵（？—1485）：六合县人，曾任都督同知。此人《明人传记资料索引》有传，然无生卒年。据过庭训《本朝分省人物考》卷十一《陈逵》条云："陈逵，六合县人，初荫授忠义左卫指挥同知，景泰初，被荐升都指挥佥事，镇守通州等处。督捕盗贼有功，进都督同知。寻被命镇守倒马关，通州军民保留之。以成化二十一年卒。……天顺初，于忠肃被诬遭刑，是时群凶气焰，炙手可畏，逵独收尸骸敛葬。刚毅之气，足以愧彼伈伈涚涊者矣。"知其卒于1485年。

④于冕：于谦之子，字景瞻，荫授副千户，坐戍龙门。后于谦平反，冕累迁至应天府尹。

⑤马暰：字季明，平湖人，天顺八年（1464）进士，由行人擢御史。

⑥杨鹤（1570—1635）：字修龄，武陵人，万历三十二年（1604）进士，官长安征授御史，后至兵部尚书加太子少保。此人《明人传记资料索引》有传，然无生卒年。据《明史》本传云崇祯"八年冬，鹤卒于戍所"，而顾景星《白茅堂集》卷三十八《杨鹤传》："杨鹤，字修龄，别号弱水，武陵人，万历甲辰进士……久之归，卒于家，年六十六。"知其

生卒年为1570—1635。

大抵忠臣为国，不惜死，亦不惜名。不惜死，然后有豪杰之敢；不惜名，然后有圣贤之闷。黄河之排山倒海，是其敢也；既能伏流地中万三千里，又能千里一曲，是其闷也。昔者土木之变，裕陵北狩[⑦]，公痛哭抗疏，止南迁之议，召勤王之师。卤拥帝至大同[⑧]，至宣府，至京城下，皆登城谢曰："赖天地宗社之灵，国有君矣。"此一见《左传》[⑨]：楚人伏兵车，执宋公以伐宋，公子目夷令宋人应之曰："赖社稷之灵，国已有君矣。"楚人知虽执宋公，犹不得宋国，于是释宋公。又一见《廉颇传》[⑩]：秦王逼赵王会渑池。廉颇送至境曰："王行，度道里会遇礼毕还，不过三十日，不还，则请立太子为王，以绝秦望。"又再见《王旦传》[⑪]：契丹犯边，帝幸澶州。旦曰："十日之内，未有捷报，当何如？"帝默然良久，曰："立皇太子。"三者，公读书得力处也。由前言之，公为宋之目夷；由后言之，公不为廉颇、旦，何也？呜呼！茂陵之立而复废[⑫]，废而后当立，谁不知之？公之识，岂出王直、李侃、朱英下[⑬]？又岂出钟同、章纶下[⑭]？盖公相时度势，有不当言者，有不必言者：当裕陵在卤，茂陵在储，拒父则卫辄[⑮]，迎父则高宗[⑯]，战不可，和不可，无一而可，为制卤地，此不当言也；裕陵既返，见济薨，郕王病，天人攸归，非裕陵而谁？又非茂陵而谁？明率百官，朝请复辟，直以遵晦待时耳，此不必言也。若徐有贞、曹、石夺门之举[⑰]，乃变局，非正局；乃劫局，非迟局；乃纵横家局，非社稷大臣局也。或曰：盍去诸？呜呼！公何可去也。公在则裕陵安，而茂陵亦安。若公诤之，而公去之，则南宫之锢，不将烛影斧声乎[⑱]？东宫之废后，不将宋之德昭乎[⑲]？公虽欲调郕王之兄弟，而实密护吾君之父子，乃知

回銮，公功；其他日得以复辟，公功也；复储亦公功也。人能见所见，而不能见所不见。能见者，豪杰之敢；不能见者，圣贤之闷。敢于任死，而闷于暴君，公真古大臣之用心也哉！

【注释】

⑦北狩：本指天子巡狩，此为英宗被俘北去的委婉说法。

⑧卤：陈继儒原文作“虏”，此为张岱避清人之讳而用的通假字。

⑨《左传》：或为陈继儒误记，此事未见于《左传》，此为《公羊传·僖公二十一年》所载。

⑩《廉颇传》：指《史记·廉颇蔺相如列传》。

⑪《王旦传》：指《宋史·王旦传》，王旦（957—1017），字子明，大名人，太平兴国五年（980）进士，真宗出征澶渊时为东都留守，后官至工部、吏部尚书等职。

⑫茂陵：指明宪宗朱见深（1447—1487），明英宗长子，土木之变后，明代宗废其为沂王，英宗复辟又立为皇太子，后继位，卒葬茂陵。

⑬王直、李侃、朱英：王直（1379—1462），字行俭，江西泰和人，永乐二年（1404）进士，授修撰，累升至少詹事兼侍读学士，赠太保。李侃（1407—1485），字希正，顺天府东安县人，正统七年（1442）进士，授给事中，官至都察院右佥都御史。朱英（1416—1484），字时杰，湖南汝城人，正统十年（1445）进士，官至右都御史，卒赠荣禄大夫、太子太保，谥“恭简”。此三人皆不赞同废皇太子朱见深。

⑭钟同、章纶：钟同（1424—1455），字世京，江西吉安人，景泰二年（1451 年）进士，后授官御史。景帝登基，废英宗太子朱见深，改立己子朱见济，然次年见济卒，钟同即上书请复立见深，为景帝不喜，竟杖毙于狱中。章纶：章纶（1413—1483），字大经，乐清人，正统四年（1439）进士，授南京礼部主事，卒后追封为南京礼部尚书，赐谥“恭毅”。钟同上疏后章纶亦随之上疏请复储。

⑮卫辄：即春秋时卫出公。据《史记》，卫灵公立其子蒯聩为继承人，但蒯聩由于南子与宋朝的暧昧关系而欲杀南子，未成而逃，卫灵公

便传位其孙蒯辄，是为卫出公。而“赵简子欲入蒯聩，乃令阳虎诈命卫，十余人衰绖归，简子送蒯聩，卫人闻之，发兵击蒯聩，蒯聩不得入”。

⑯高宗：指宋高宗赵构。靖康之变后，徽、钦二宗被金人俘虏，赵构则泥马南渡，偏安江南，虽以迎还二圣为国策，却并不认真实行。

⑰徐有贞、曹、石：徐有贞（1407—1472），初名珵，字元玉，吴县人，宣德八年（1433）进士，景帝即位，官行监察御史，因首倡南迁之议，久不得升官，仕途受阻，不得已改名“有贞”。因夺门之变，封武功伯。曹吉祥（？—1461），永平滦州人，明代权宦之一，因夺门之变而为司礼监掌印太监，总督三大营，后谋反失败，被碎尸于市。石亨（？—1460），渭南人，累迁都督同知，北京保卫战有功进侯，为感激于谦的知遇之恩，他向皇帝请求封赏谦子于冕，于谦斥为徇私，竟与于谦交恶。夺门之变后竟以私憾杀于谦。后又以其侄石彪不轨，下诏狱，坐谋叛律斩。

⑱烛影斧声：宋文莹《续湘山野录》载宋太祖：“急传宫钥开端门，召开封王，即太宗也。延入大寝，酌酒对饮，宦官宫女悉屏之。但遥见烛影下，太宗时或避席，有不可胜之状。饮讫，禁漏三鼓，殿雪已数寸，帝引柱斧戳雪，顾太宗曰：‘好做好做。’遂解带就寝，鼻息如雷霆。是夕太宗留宿禁内。将五鼓，周庐者寂无所闻，帝已崩矣。”赵匡胤之死为赵宋之千古疑案。本文用此，意谓若无于谦，代宗囚英宗于南宫，难保没有“烛影斧声”之事。

⑲宋之德昭：指宋太祖次子赵德昭（951—979），字日新。太祖死后，皇后命内侍召昭，内侍却召来了赵光义，光义继位，是为太宗，封德昭武功郡王。然据《宋史》载：“四年，从征幽州。军中尝夜惊，不知上所在，有谋立德昭者，上闻不悦。及归，以北征不利，久不行太原之赏。德昭以为言，上大怒曰：‘待汝自为之，赏未晚也！’德昭退而自刎。上闻惊悔，往抱其尸，大哭曰：‘痴儿何至此邪！’”本文用此典，指朱见深被废后或有被杀的可能。

公祠既盛，而四方之祈梦至者接踵，而答如响。

王思任《吊于忠肃祠》诗：

涕割西湖水，于坟望岳坟。孤烟埋碧血[20]，太白黯妖氛[21]。
社稷留还我，头颅掷与君。南城得意骨，何处暮杨闻[22]。

一派笙歌地，千秋寒食朝。白云心浩浩，黄叶泪萧萧。
天柱擎鸿社，人生付鹿蕉[23]。北邙今古讳[24]，几突丽山椒。

【注释】

⑳碧血：《庄子·外物》："苌弘死于蜀，藏其血，三年而化为碧。"后因以"碧血"称忠臣烈士所流之血。

㉑太白：古星象家以为太白星主杀伐，故多以喻兵戎。

㉒"南城"二句：指明英宗归来复辟事。张岱所著《石匮书》载："给事中徐正密请出沂王于所封，增南城数尺，伐去城边高树，宫门之锁亦宜灌铁。帝怒，谪戍铁岭卫"，《明史纪事本末》亦载："御史高平亦言城南多树，事叵测。遂尽伐之。时盛暑，上皇尝倚树憩息，及树伐，得其故，大惧。"

㉓鹿蕉：《列子·周穆王》载："郑人有薪于野者，遇骇鹿，御而击之，毙之。恐人见之也，遽而藏诸隍中，覆之以蕉，不胜其喜。俄而遗其所藏之处，遂以为梦焉。"

㉔北邙：山名，在洛阳之北，东汉、魏、晋的王侯公卿多葬于此。

张溥《吊于忠肃》诗[25]：

栝柏风严辞月明，至今两袖识书生[26]。
青山魂魄分夷夏，白日须眉见太平。
一死钱塘潮尚怒[27]，孤坟岳渚水同清。
莫言软美人如土[28]，夜夜天河望帝京。

张岱《于少保祠》诗：

平生有力济危川，百二山河去复旋[29]。
宗泽死心援北狩[30]，李纲痛哭止南迁[31]。

渑池立子还无日，社稷呼君别有天。
复辟南宫岂是夺，借公一死取貂蝉[32]。

社稷存亡股掌中，反因罪案见精忠。
以君孤注忧王旦，分我杯羹归太公[33]。
但使庐陵存外邸，自知冕服返桐宫[34]。
属镂赐死非君意[35]，曾道于谦实有功。

【注释】

㉕张溥（1602—1641）：初字乾度，后字天如，号西铭，江苏太仓人，崇祯四年（1631）进士，选庶吉士。张溥曾与郡中名士结为复社，评议时政，是东林党与阉党斗争的继续。著有《七录斋诗文合集》。

㉖“至今”句：明人蒋一葵《尧山堂外纪》载：“先是河南官吏入朝，率捆载香帕磨菇以供交际。谦行一无所持，作诗云：‘手帕磨菇与线香，不资民用反为殃。清风两袖朝天去，免得闾阎话短长。’汴人至今诵之。”

㉗一死钱塘潮尚怒：传说春秋时伍子胥为吴王所杀，尸投浙江，成为涛神，参见卷五《伍公祠》篇。

㉘“莫言”句：《新唐书·李泌传》载：“九龄与严挺之、萧诚善，挺之恶诚佞，劝九龄谢绝之。九龄忽独念曰：‘严太苦劲，然萧软美可喜。’方命左右召萧，泌在旁，帅尔曰：‘公起布衣，以直道至宰相，而喜软美者乎？’九龄惊，改容谢之。”

㉙百二：喻山河险固之地。《史记·高祖本纪》：“秦，形胜之国，带河山之险，县隔千里，持戟百万，秦得百二焉。”

㉚宗泽（1059—1128）：字汝霖，浙江义乌人，元祐六年（1091）进士，因廷对极陈时弊，考官恶其直言，抑置榜末，曾官河北兵马副元帅，与金人交战连战皆捷，建炎中，连上二十余疏请皇帝还京师，后病危，连呼“过河”而卒，著有《宗忠简公集》。

㉛李纲（1083—1140）：字伯纪，号梁溪居士，邵武人，政和二年（1112）进士，力主抗金，多次反对南迁避敌，后抑郁而死，著有《梁溪集》。

㉜貂蝉：貂尾和附蝉，古代为侍中、常侍等贵近之臣的冠饰。

㉝分我杯羹归太公：《史记·项羽本纪》载汉末刘、项争战时项羽：“为高俎，置太公其上，告汉王曰：‘今不急下，吾烹太公。’汉王曰：‘吾与项羽俱北面受命怀王，曰“约为兄弟”，吾翁即若翁，必欲烹而翁，则幸分我一杯羹。’项王怒，欲杀之。项伯曰：‘天下事未可知，且为天下者不顾家，虽杀之无益，只益祸耳。’项王从之。”此典之意实其《于少保柱铭》对句所云“汉家斗智，幸分我一杯羹，挟求非计，不劳三寸返新丰”，新丰，即刘邦安置其父刘太公处。

㉞“但使”二句：用了两个典故：一是唐高宗第七子李显，曾被立为太子，然武则天建周，废其为庐陵王，幽于别所，后仍为帝；二是商朝事，帝太甲立，暴虐无道，伊尹放之于桐宫，并摄政当国三年，后太甲悔过，于是伊尹又迎其当政。

㉟属镂赐死：《左传·哀公十一年》载：“吴将伐齐，越子率其众以朝焉，王及列士，皆有馈赂。吴人皆喜，惟子胥惧，曰：‘是豢吴也夫！’谏……弗听，使于齐，属其子于鲍氏，为王孙氏。反役，王闻之，使赐之属镂以死。”

杨鹤《于坟华表柱铭》：

赤手挽银河，君自大名垂宇宙；

青山埋白骨，我来何处哭英雄。

又《正祠柱铭》：

千古痛钱塘，并楚国孤臣，白马江边，怒卷千堆夜雪；

两朝冤少保，同岳家父子，夕阳亭里，伤心两地风波。

董其昌《于少保祠柱铭》：

赖社稷之灵，国已有君，自分一腔抛热血；

竭股肱之力，继之以死，独留青白在人间。

张岱《于少保柱铭》：

宋室无谋，岁输卤数万币，和议既成，安得两宫归朔漠；

汉家斗智，幸分我一杯羹，挟求非计，不劳三寸返新丰。

张岱《定香桥小记》[36]：

甲戌十月，携朱楚生住不系园看红叶[37]。至定香桥，客不期而至者八人：南京曾波臣，东阳赵纯卿，金坛彭天锡[38]，诸暨陈章侯，杭州杨与民、陆九、罗三，女伶陈素芝。余留饮。章侯携缣素为纯卿画古佛，波臣为纯卿写照，杨与民弹三弦子，罗三唱曲，陆九吹箫。与民出寸许紫檀界尺，据小梧，用北调说《金瓶梅》一剧，使人绝倒。是夜，彭天锡与罗三、与民串本腔戏[39]，妙绝；与楚生、素芝串调腔戏[40]，又复妙绝。章侯唱村落小歌，余取琴和之，牙牙如话。纯卿笑曰："恨弟无一长，以侑兄辈酒。"余曰："唐裴将军旻居丧，请吴道子画天宫壁度亡母。道子曰：'将军为我舞剑一回，庶因猛厉以通幽冥。'旻脱缞衣，缠结，上马驰骤，挥剑入云，高十数丈，若电光下射，执鞘承之，剑透室而入，观者惊栗。道子奋袂如风，画壁立就。章侯为纯卿画佛，而纯卿舞剑，政今日事也。"[41]纯卿跳身起，取其竹节鞭，重三十斤，作胡旋舞数缠[42]，大噱而罢。

【注释】

㊱定香桥小记：此文为张岱选自其《陶庵梦忆》者，原名《不系

园》。定香桥，南宋宝庆二年（1226）京尹袁韶建先贤堂时并建，地址在西湖花港观鱼亭前。

㊲朱楚生：当时著名伶人，张岱《陶庵梦忆》中有《朱楚生》一篇载其事。不系园，为明末名士汪汝谦之画舫，清陆以湉《冷庐杂识》载："明季钱塘汪然明孝廉汝谦啸傲湖山，制一舟名'不系园'……癸亥夏，偶得木兰一本，斫而为舟……陈眉公先生题曰'不系园'。佳名胜事，传异日西湖一段佳话，岂必垒石凿沼围邱壑而私之曰'我园，我园'也哉！"

㊳曾波臣：即曾鲸（1568—1650），字波臣，莆田人，著名画家，擅画肖像，有"如镜取影，俨然如生"之誉。赵纯卿，生平不详。彭天锡，名大，字天锡，明末著名戏曲艺人，擅演净、丑戏，以扮演权奸之类的反面人物见长，张岱《陶庵梦忆》有《彭天锡串戏》一篇。

㊴本腔：即昆腔，四大声腔之一产生于江苏昆山，明人魏良辅等又吸取南曲、北曲、弋阳腔之特点，加以改革，遂渐臻于完善，成为明清两代主要戏曲声腔。

㊵调腔：又名绍兴高腔或新昌调腔，徒歌清唱，不托管弦，锣鼓伴奏，人声帮腔。

㊶"余曰"一段：此所述源于唐人李伉《独异志》。裴旻，唐开元间人，善剑，李白曾从其学剑，时称李白的诗、张旭的草书、裴旻的剑舞为"三绝"。

㊷胡旋舞：古代西北民族的舞蹈，出自中亚的康国，唐时传入，《新唐书·礼乐志十一》："胡旋舞，舞者立毯上，旋转如风。"

【简评】

王评：

"被刑之日，阴霾翳天，行路踊叹"句：宇宙遂有于公。

"上遣行人马璇谕祭"句：祭词软弱至此，岂祭铮铮烈烈于公文耶！

"大抵忠臣为国，不惜死，亦不惜名"句：二议卓卓。

"当裕陵在卤，茂陵在储，拒父则卫辄，迎父则高宗"句：当日李原德正以此意感悟英庙，此碑记深得于公意中事，英庙定亦览之。

“他日得以复辟，公功也；复储亦公功也”句：说得畅快。

王思任《吊于忠肃祠》诗：二诗所谓悲歌慷慨，即在于神亦泣，壮烈！

张岱《于少保祠》诗：在石亭故已言之，功名之士只一忍耐不得。

杨鹤《于坟华表柱铭》：两柱铭写得□□烈烈，令人立发，亦复伤心，与日月争光可也。

董其昌《于少保祠柱铭》：即用于公语，便成宗伯对，妙。

张岱《于少保柱铭》：皆于公意中语。

“至定香桥，客不期而至者八人”句：定香桥可得，不期者八人不易得，游览得意，故属福人。

“将军为我舞剑一回，庶因猛厉以通幽冥”句：此一段事原极奇快，引来即引入胜地。

龙评：

西湖自伍子胥后千余年，始有岳少保，再三百年，又有于少保，于是忠臣烈士英特杰伟之气浩然于湖山之间，此时之西湖虽方之名妓，亦宁为玉碎之李香君也，孰不以士大夫目之乎？东坡之以西子喻西湖，实以形貌作论，然此时之西湖，已不只为沉鱼之浣纱女，亦且为忍辱适吴、功成泛湖之西子矣！眉公之碑记，沉博深切，不但为少保知己，亦为韩山一片石也，许他与东坡《表忠观碑记》同列。

于公之忠烈，亦为于坟之联之骨。杨鹤《于坟华表柱铭》云：“赤手挽银河，君自大名垂宇宙；青山埋白骨，我来何处哭英雄。”前用少陵颂武侯之句，后用岳坟之联，极有气势，诵之起英雄苍茫之感；《正祠柱铭》云：“千古痛钱塘，并楚国孤臣，白马江边，怒卷千堆夜雪；两朝冤少保，同岳家父子，夕阳亭里，伤心两地风波。”上句同痛于伍子胥、下句同惜于岳武穆，用典精切工稳，气象博大沉雄。

风篁岭

风篁岭，多苍筤筿簜[①]，风韵凄清。至此，林壑深沉，迥出尘表。流淙活活[②]，自龙井而下，四时不绝。岭故丛薄荒密，元丰中，僧辨才淬治洁楚，名曰“风篁岭”。苏子瞻访辨才于龙井，送至岭上，左右惊曰：“远公过虎溪矣。”[③]辨才笑曰：“杜子有云：与子成二老，来往亦风流。”[④]遂造亭岭上，名曰“过溪”，亦曰“二老”。子瞻记之，诗云：“日月转双毂，古今同一丘[⑤]。惟此鹤骨老，凛然不知秋。去住两无碍，人土争挽留。去如龙出水，雷雨卷潭秋。来如珠还浦[⑥]，鱼鳖争骈头。此生暂寄寓，常恐名实浮。我比陶令愧[⑦]，师为远公优。送我过虎溪，溪水当逆流。聊使此山人，永记二老游。”

李流芳《风篁岭》诗：

林壑深沉处，全凭筿簜迷。片云藏屋里，二老到云栖。

学士留龙井，远公过虎溪。烹来石岩白[⑧]，翠色映玻璃。

【注释】

①苍筤（láng）筿簜（dàng）：均指竹。苍筤为青竹，筿为小竹，簜为大竹。

②活活（guō）：水流之声或水流之貌，《诗经·卫风·硕人》：“河水洋洋，北流活活。”

③“远公”句：宋人陈舜俞《庐山志》载：“凡居山三十年，影迹不至尘俗，每送客，以虎溪为界。”“过此，虎辄号鸣，故名焉。时陶元亮居栗里山南，陆修静亦有道之士，远师尝送此二人，与语道合，不觉过之，因相与大笑。”远公即慧远（334—416），雁门人，东晋高僧，为净土宗始祖。

④杜子：指杜甫（712—770），字子美，自号少陵野老，巩县人，肃宗时官左拾遗，后入蜀，友人严武推荐他做剑南节度府参谋，加检校工部员外郎，故后世又称他杜拾遗、杜工部。后世尊为“诗圣”。这里所引的诗句出自杜甫《寄赞上人》。二老，尊称同时或异代齐名的长者二人。

⑤古今同一丘：《汉书·杨恽传》云：“古与今如一丘之貉。”

⑥珠还浦：《后汉书·循吏传·孟尝》载：“先时宰守并多贪秽，诡人采求，不知纪极，珠遂渐徙于交址郡界，于是行旅不至，人物无资，贫者饿死于道。尝到官，革易前敝，求民病利，曾未逾岁，去珠复还。”

⑦陶令：指陶渊明（365—427），入刘宋后改名潜，字元亮，号五柳先生，谥号靖节先生，浔阳柴桑（今江西省九江市）人，曾做过几年小官，后辞官归隐，是晋宋时期最伟大的诗人。

⑧烹来石岩白：以道家典故来比喻僧人的道行。《真诰》云：“断谷入山，当煮食白石。”

【简评】

龙评：

此篇文字要出于陈仁锡《无梦园初集·西湖月观》者，唯文末增东坡之诗耳。然长蘅之诗仍如专为此文所作，且其《檀园集》亦未收，不知何故。

龙 井

南山上下有两龙井。上为老龙井，一泓寒碧，清冽异常，弃之丛薄间，无有过而问之者。其地产茶，遂为两山绝品。再上为天门，可通三竺。南为九溪，路通徐村，水出江干。其西为十八涧，路通月轮山，水出六和塔下。龙井本名延恩衍庆寺。唐乾祐二年①，居民募缘改造为报国看经院。宋熙宁中，改寿圣院，东坡书额。绍兴三十一年，改广福院。淳祐六年，改龙井寺。元丰二年，辨才师自天竺归老于此，不复出，与苏子瞻、赵阅道友善。后人建三贤阁祀之，岁久寺圮。万历二十三年，司礼孙公重修，构亭轩，筑桥，锹浴龙池，创霖雨阁，焕然一新，游人骈集。

【注释】

①乾祐二年：因唐无此年号，或疑为“乾封”之误，实为后汉乾祐二年（949）。

【简评】

王评：

“辨才师自天竺归老于此”句：能友子瞻，阅道才师故可祀。

龙评：

造物之钟灵毓秀实不可测，上天之眷顾西湖亦无不极，其非止湖光山色秀甲天下，亦有英雄、美人为其增色，文人雅士为其添彩，甚至佛家异迹、道门仙踪、忠臣义士、青楼红袖，无不齐集。然西湖之韵，亦不可离其风物，故造物又使西湖得天下之名茶，蝶庵此文虽只云“其地产茶，遂为两山绝品”，然其初品似淡而无味，回味则其清醇已周于齿颊之间，宜其为天下绝品也。

一片云

神运石在龙井寺中，高六尺许，奇怪突兀，特立檐下。有木香一架，穿绕窍窦，蟠若龙蛇。正统十三年，中贵李德驻龙井。天旱，令力士淘之。初得铁牌二十四、玉佛一座、金银一锭，凿大宋元丰年号。后得此石，以八十人舁起之。上有“神运”二字，旁多款识，漶漫不可读，不知何代所镌，大约皆投龙以祈雨者也。风篁岭上有“一片云”石，高可丈许，青润玲珑，巧若镂刻。松磴盘屈，草莽间有石洞，堆砌工致巉岩。石后有片云亭，为司礼孙公所构，设石棋枰于前，上镌“兴来临水敲残月，谈罢吟风倚片云”之句。游人倚徙，不忍遽去。

秦观《龙井题名记》：

元丰二年，中秋后一日，余自吴兴来杭，东还会稽。龙井有辨才大师，以书邀余入山。比出郭，日已夕，航湖至普宁，遇道人参寥，问龙井所遣篮舆，则曰：“以不时至，去矣。”是夕，天宇开霁，林间月明，可数毫发。遂弃舟，从参寥策杖并湖而行。出雷峰，度南屏，濯足于惠因涧，入灵石坞，得支径上风篁岭，憩于龙井亭，酌泉据石而饮之。自普宁凡经佛寺十五，皆寂不闻人声。道旁庐舍，灯火隐显，草木深郁，流水激激悲鸣，殆非人间之境。行二鼓，始至寿圣院，谒辨才于朝音堂，明日乃还。

张京元《龙井小记》：

过风篁岭，是为龙井，即苏端明、米海岳与辨才往来处也。寺北向，门内外修竹琅琅。井在殿左，泉出石罅，甃小园池，下复为方池承之。池中各有巨鱼，而水无腥气。池淙淙下泻，绕寺门而出。小座与偕亭[1]，玩一片云石。山僧汲水供茗，泉味色俱清。僧容亦枯寂，视诸山迥异。

王稺登《龙井诗》：

深谷盘回入，灵泉觱沸流[2]。隔林先作雨，到寺不胜秋。

古殿龙王在，空林鹿女游[3]。一尊斜日下，独为古人留。

袁宏道《龙井》诗：

都说今龙井，幽奇逾昔时。路迂迷旧处，树古失名儿。

渴仰鸡苏佛[4]，乱参玉版师[5]。破筒分谷水，芟草出秦碑。

数盘行井上，百计引泉飞。画壁屯云族，红栏蚀水衣。

路香茶叶长，畦小药苗肥。宏也学苏子，辨才君是非。

张岱《龙井柱铭》：

夜壑泉归，渥洼能致千岩雨；晓堂龙出，崖石皆为一片云。

【注释】

①与偕亭：为龙井旁的小亭，具体情况不详。

②觱（bì）沸：泉水涌出貌。《诗经·小雅·采菽》：“觱沸槛泉，言采其芹。”

③鹿女：《杂宝藏经·鹿女夫人缘》：“有梵志，在彼山住，大小便利恒于石上。后有精气，堕小行处，雌鹿来舐，即便有娠。日月满足，来至仙人所，生一女子，端正殊妙，唯脚似鹿，梵志取之养育长成……此女足迹，皆生莲华。”

④鸡苏佛：宋陶榖《清异录》云：“犹子彝年十二岁，予读胡峤茶诗，爱其新奇，因令效法之。近晚成篇，有云‘生凉好唤鸡苏佛，回味

宜称橄榄仙'。”故此指茶。

⑤玉版师：指笋。释惠洪《冷斋夜话》云：“（苏轼）尝要刘器之同参玉版和尚。器之每倦山行，闻见玉版，欣然从之。至廉泉寺烧笋而食，器之觉笋味胜，问：‘此笋何名?’东坡曰：‘即玉版也。此老师善说法，要能令人得禅悦之味。’于是器之乃悟其戏，为大笑。”

【简评】

王评：

“风篁岭上有‘一片云’石”句：一片云极力描写，尚有可寻，说到不忍遽去，而中有奇峰勃作矣，令我有凌云之思。

秦观《龙井题名记》：异人异境，微君之逍遥，撰良辰故后人撰□耳，非参寥少游，不□孤却此月夜乎。

“隔林先作雨，到寺不胜秋”句：妙句。

龙评：

石之名“一片云”，韵甚，孙东瀛之构亭镌字皆有清致，未知是否清客所为，一笑！少游此记极似东坡小品。张京元“僧容亦枯寂，视诸山迥异”二句可思。

九溪十八涧

九溪在烟霞岭西、龙井山南。其水屈曲洄环，九折而出，故称九溪。其地径路崎岖，草木蔚秀，人烟旷绝，幽阒静悄，别有天地，自非人间。溪下为十八涧，地故深邃，即缁流非遗世绝俗者，不能久居。按志，涧内有李岩寺[①]、宋阳和王梅园[②]、梅花径等迹，今都湮没无存。而地复辽远，僻处江干，老于西湖者，各名胜地寻讨无遗，问及九溪十八涧，皆茫然不能置对。

李流芳《十八涧》诗：

己酉始至十八涧，与孟旸、无际同到徐村第一桥，饭于桥上。溪流淙然，山势回合，坐久不能去。予有诗云："溪九涧十八，到处流活活。我来三月中，春山雨初歇。奔雷与飞霰，耳目两奇绝。悠然向溪坐，况对山嵯峣。我欲参云栖，此中解脱法。善哉汪子言，闲心随水灭。"无际亦有和余诗，忘之矣。

【注释】

①李岩寺：此当为"理安寺"，古称"涌泉禅院"，因内有"法雨泉"而得名，相传南宋时宋理宗来寺进香，即改名理安寺。

②宋阳和王梅园：《杭州府志》引《梅园游览志》云："十八涧旧有梅园极盛，宋杨和王存中所建，遗址犹存。"知此"阳和王"当为"杨和王"。

【简评】

王评：

"九溪在烟霞岭西、龙井山南"句：与上人语及学古读秘，非攒眉则笑骂，曾不知穷千里目，更有层楼，游览而不知九溪十八涧，只是眶小，奇赏未足耳。念及此，有顾影自叹而已。

龙评：

西湖诸景冷热亦不均，蝶庵实已多处揭出耳，此九溪十八涧更如此。王雨谦评此云："曾不知穷千里目更有层楼，游览而不知九溪十八涧，只是眶小，奇赏未足耳。念及此，有顾影自叹而已。"其序亦云："张陶庵盘礴西湖四十余年，水尾山头无处不到。湖中典故，真有世居西湖之人所不能识者，而陶庵识之独详；湖中景物，真有日在西湖而不能道者，而陶庵道之独悉。"可知此虽荒落，然与蝶庵却正相契合，文人之于山水颇与男女之情同理：若一地熙熙攘攘、喧阗叫嚣，则其风姿于文人目中便已黯然；若清幽绝俗甚至腼腆生涩，则更令人动心。

卷六 西湖外景

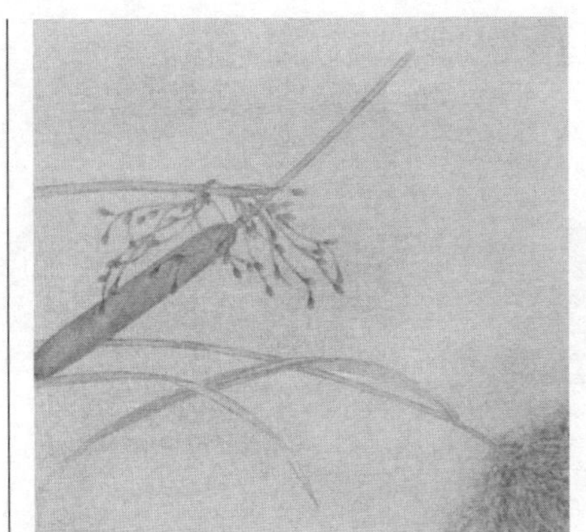

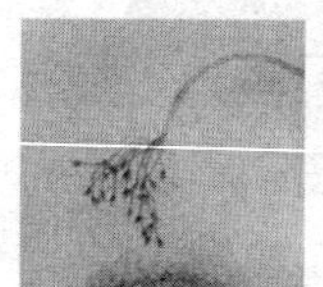

西　溪

粟山高六十二丈，周回十八里二百步。山下有石人岭，峭拔凝立，形如人状，双髻耸然。过岭为西溪，居民数百家，聚为村市。相传宋南渡时，高宗初至武林，以其地丰厚，欲都之。后得凤凰山，乃云："西溪且留下。"后人遂以名[1]。地甚幽僻，多古梅，梅格短小，屈曲槎桠，大似黄山松。好事者至其地，买得极小者，列之盆池，以作小景。其地有秋雪庵，一片芦花，明月映之，白如积雪，大是奇景。余谓西湖真江南锦绣之地，入其中者，目厌绮丽，耳厌笙歌，欲寻深溪盘谷，可以避世如桃源、菊水者，当以西溪为最。余友江道闇有精舍在西溪[2]，招余同隐。余以鹿鹿风尘[3]，未能赴之，至今犹有遗恨。

王穉登《西溪寄彭钦之书》[4]：

留武林十日许，未尝一至湖上，然遂穷西溪之胜。舟车程并十八里，皆行山云竹霭中，衣袂尽绿。桂树大者，两人围之不尽。树下花覆地如黄金，山中人缚帚扫花售市上，每担仅当脱粟之半耳。往岁行山阴道上，大叹其佳，此行似胜。

李流芳《题西溪画》：

壬子正月晦日，同仲锡[5]、子与自云栖翻白沙岭至西溪。夹路修篁，行两山间，凡十里，至永兴寺。永兴山下夷旷，平畴远村，幽泉老树，点缀各各成致。自永兴至岳庙又十里，梅花绵亘村落，弥望如雪，一似余家西碛山中。是日，饭永兴，登楼啸咏。夜还湖上小筑，同孟旸、印持、子将痛饮。翼日出册子画此。癸丑十月乌镇舟中题。

杨蟠《西溪》诗：

为爱西溪好，长忧溪水穷。山源春更落，散入野田中。

王思任《西溪》诗：

一岭透天目，千溪叫雨头。石云开绣壁，山骨洗寒流。
鸟道苔衣滑，人家竹语幽。此行不作路，半武百年游。

张岱《秋雪庵诗》：

古宕西溪天下闻，辋川诗是记游文⑥。
庵前老荻飞秋雪，林外奇峰耸夏云。
怪石棱层皆露骨，古梅结屈止留筋。
溪山步步堪盘礴，植杖听泉到夕曛。

【注释】

①“西溪且留下”数句：此句甚不可解，观《西湖游览志》卷十一云：“西溪居民数百家，聚为村市，俗称‘留下’。相传宋高宗初至杭时，以其地丰厚，欲都之，后得凤凰山，乃云：‘西溪且留下。’后人遂以为名。”知其俗称为“留下”。

②江道闇：即江浩（1604—1649），字道庵，钱塘人，明诸生，明亡为僧，名济斐，字月用，号蝶庵居士，又名宏觉，字梦破，著有《蝶庵集》二卷。

③鹿鹿：车轮转动声，引申谓奔走于道途。

④彭钦之：即彭汝让，字钦之，号九麓，华亭人，明末监生，著有《木几冗谈》。

⑤仲锡：即邹仲锡，邹之峄之弟，钱塘人，明末隐士。

⑥辋川诗：指唐代大诗人王维的山水诗，王维有别业在辋川，其集

中多有赋咏之作。

【简评】

王评：

“入其中者，目厌绮丽，耳厌笙歌”句：为西溪阐幽。

“留武林十日许，未尝一至湖上，然遂穷西溪之胜”句：长安市上□高千尺，比比皆热，□竟无人，投足此路，吾为之哀。

“幽泉老树”句：泉佳矣，更欲其幽；树佳矣，更难其老。于此令我深思。

“鸟道苔衣滑，人家竹语幽”句：亦□亦幽。

“庵前老荻飞秋雪，林外奇峰耸夏云”句：秋雪夏云，可称绝对。

龙评：

江浩友人胡介为其作《蝶庵先生传》，云其“庚午游郡西，顾其山水而乐之，遂诛茅架屋，携图书妻子往居焉，题曰蝶庵”，其址则“横山当郡西四十里”，“客至，传柝启关，肃如精舍”，《西湖志纂》亦云：“西溪溪流深曲，受余杭南湖之浸，横山环之，凡三十六里。”以是知张岱所云“精舍在西溪”，即江氏“横山之蝶庵”也。张岱此书《自序》有“余但向蝶庵岑寂，蘧榻于徐”之语，且自署“蝶庵”，或亦稍补“至今犹有”之“遗恨”也。

虎跑泉

虎跑寺本名定慧寺，唐元和十四年性空师所建[①]，宪宗赐号曰广福院。大中八年改大慈寺[②]，僖宗乾符三年加“定慧”二字[③]，宋末毁。元大德七年重建[④]，又毁。明正德十四年，宝掌禅师重建，嘉靖十九年又毁。二十四年，山西僧永果再造。今人皆以泉名其寺云。先是，性空师为蒲坂卢氏子，得法于百丈海[5]，来游此山，乐其灵气郁盘，栖禅其中。苦于无水，意欲他徙。梦神人语曰："师毋患水，南岳有童子泉，当遣二虎驱来。"翼日，果见二虎跑地出泉，清香甘冽。大师遂留。明洪武十一年，学士宋濂朝京，道山下。主僧邀濂观泉，寺僧披衣同举梵咒，泉覊沸而出，空中雪舞。濂心异之，为作铭以记。城中好事者取以烹茶，日去千担。寺中有调水符[6]，取以为验。

苏轼《虎跑泉》诗：

亭亭石榻东峰上，此老初来百神仰。
虎移泉眼趁行脚，龙作浪花供抚掌。
至今游人灌濯罢，卧听空阶环玦响。
故知此老如此泉，莫作人间去来想。

袁宏道《虎跑泉》诗：

竹林松涧净无尘，僧老当知寺亦贫。
饥鸟共分香积米，枯枝常足道人薪。
碑头字识开山偈，炉里灰寒护法神。
汲取清泉三四盏，芽茶烹得与尝新。

【注释】

①元和：唐宪宗年号（806—820）。性空，即寰中（780—862），山西蒲坂卢氏，早举甲科，后出家，僖宗追谥性空大师。

②大中：唐宣宗年号（847—859）。

③乾符：唐僖宗第一个年号（874—879）。

④大德：元成宗第二个年号（1297—1307）。

⑤百丈海：即怀海（720—814），福州长乐王氏，开法于洪州百丈山，故称为百丈怀海，率众参修，并事垦植，开农禅之风。

⑥调水符：此名源于苏轼，其有诗题为"爱玉女洞中水，既致两瓶，

恐后复取而为使者见给，因破竹为契，使寺僧藏其一，以为往来之信，戏谓之调水符”。

【简评】

龙评：

西湖诸刹，皆有异迹，以虎跑最奇，泉竟可自南岳为虎驱来，释家之奇思，往往出人意料；尤奇者为此泉于“寺僧披衣同举梵咒”时“觱沸而出，空中雪舞”！又此泉亦与龙井之茶并为西湖双绝，造物亦甚会凑趣也。

凤凰山

唐宋以来，州治皆在凤凰山麓。南渡驻跸，遂为行宫。东坡云“龙飞凤舞入钱塘”，兹盖其右翅也。自吴越以逮南宋，俱于此建都，佳气扶舆[①]，萃于一脉。元时惑于杨髡之说，即故宫建立五寺，筑镇南塔以压之，而兹山到今落寞。今之州治，即宋之开元故宫，乃凤凰之左翅也。明朝因之，而官司藩臬皆列左方，为东南雄会。岂非王气移易，发泄有时也。故山川坛、八卦田、御教场、万松书院、天真书院，皆在凤凰山之左右焉。

苏轼《题万松岭惠明院壁》：

余去此十七年，复与彭城张圣途[②]、丹阳陈辅之同来[③]。院僧梵英葺治堂宇，比旧加严洁。茗饮芳烈，问：“此新茶耶？”英曰：“茶性，新旧交则香味复。”余尝见知琴者，言琴不百年，则桐之生意不尽，缓急清浊，常与雨旸寒暑相应。此理与茶相近，故并记之。

徐渭《八仙台》诗：

南山佳处有仙台，台畔风光绝素埃。

嬴女只教迎凤入[4]，桃花莫去引人来[5]。

能令大药飞鸡犬[6]，欲傍中央剪草莱。

旧伴自应寻不见，湖中无此最深隈。

袁宏道《天真书院》诗：

百尺颓墙在，三千旧事闻。野花粘壁粉，山鸟煽炉温。

江亦学之字，田犹画卦文。儿孙空满眼，谁与荐荒芹。

【注释】

①扶舆：犹扶摇。盘旋升腾貌。

②张圣途：即张天骥，字圣途，彭城人，隐居云龙山西麓，自号云龙山人。据《邵氏闻见后录》云："或问东坡，云龙山人张天骥者，一无知村夫耳，公为作《放鹤亭记》，以比古者，又遗以诗，有'脱身声利中，道德自濯澡'，过矣。东坡笑曰：'装铺席耳。'"

③陈辅之：即陈辅，字辅之，丹阳人，少负俊才，不事科举，工于诗，自号南郭子。

④"嬴女"句：《列仙传》载："萧史者，秦穆公时人也。善吹箫，能致孔雀白鹤于庭。穆公有女字弄玉，好之，公遂以女妻焉。日教弄玉作凤鸣。居数年，吹似凤声，凤凰来止其屋。公为作凤台。夫妇止其上，不下数年。一旦，皆随凤凰飞去。"因秦穆公姓嬴，故称弄玉为"嬴女"。

⑤"桃花"句：用陶渊明《桃花源记》之典。

⑥"能令"句：郦道元《水经注》载："刘安是汉高帝之孙，厉王长子也。折节下士，笃好儒学。养方术之徒数十人，皆为俊异焉，多神仙秘法鸿宝之道。忽有八公，皆须眉皓素，诣门希见，门者曰：'吾王好长生，今先生无住衰之术，未敢相闻。'八公咸变成童。王甚敬之。八士并能炼金化丹，出入无间。乃与安登山埋金于地，白日升天，余药在器，鸡犬舐之者俱得上升。"

【简评】

王评：

“唐宋以来，州治皆在凤凰山麓”句：一起便羞煞小朝廷。吴越建都宜耳，南宋□弃燕汴，死守蜗角，结果厓山，诚为可叹。苍天苍天，乃竟虚生宗、岳二爷！

“茶性，新旧交则香味复”句：至理！别得茶性。

龙评：

气数之言，信之则有，不信则无，历来皆然。自吴越迄南宋，官民皆思治，故视此即有王气；杨髡筑塔以镇之言虽无稽，然彼时风会已变，再视此处则已落寞矣。故何为气数，非术士所观之舆地，而民心之向背欤！

宋大内

《宋元拾遗记》：高宗好耽山水，于大内中更造别院，曰小西湖。自逊位后，退居是地，奇花异卉，金碧辉煌，妇寺宫娥充斥其内[①]，享年八十有一。按钱武肃王年亦八十一，而高宗与之同寿，或曰高宗即武肃后身也。《南渡史》又云[②]：徽宗在汴时，梦钱王索还其地，是日即生高宗，后果南渡，钱王所辖之地，尽属版图。畴昔之梦，盖不爽矣[③]。元兴，杨琏真伽坏大内以建五寺，曰报国、曰兴元、曰般若、曰仙林、曰尊胜，皆元时所建。按志，报国寺即垂拱殿，兴元即芙蓉殿，般若即和宁门，仙林即延和殿，尊胜即福宁殿。雕梁画栋，尚有存者。白塔计高二百丈，内藏佛经数十万卷，佛像数千，整饰华靡。取宋南渡诸宗骨殖，杂以牛马之骼，压于塔下，名以镇南。未几，为雷所击，张士诚寻毁之[④]。

【注释】

①妇寺：指宦官。《金史·宦者传序》："古之宦者皆出于刑人，刑余不可列于士庶，故掌宫寺之事，谓之'妇寺'焉。"

②《南渡史》：即《南渡稗史》，作者不详。

③爽：差失。

④张士诚（1321—1367）：小名九四，泰州人，出身盐贩，后起义，终为朱元璋所败，自杀而死。

谢皋羽《吊宋内》诗[⑤]：

复道垂杨草乱交，武林无树是前朝。
野猿引子移来宿，搅尽花间翡翠巢[⑥]。

隔江风雨动诸陵，无主园林草自春。
闻说光尧皆堕泪[⑦]，女官犹是旧宫人。

紫宫楼阁逼流霞，今日凄凉佛子家。
寒照下山花雾散，万年枝上挂袈裟。

禾黍何人为守阍，落花台殿暗销魂。
朝元阁下归来燕，不见当时鹦鹉言[⑧]。

【注释】

⑤谢皋羽：即谢翱（1249—1295），字皋羽，自号晞发子，长溪（今福建霞浦）人，咸淳间试进士不第，曾率乡兵投文天祥，兵败隐居，著有《晞发集》。

⑥"野猿"二句：此二句实以"猿"谐"元"，憾元入主之语也。

⑦光尧：指宋高宗赵构，他禅位于孝宗后被上尊号为"光尧寿圣宪

天体道性仁诚德经武纬文绍业兴统明谟盛烈太上皇帝”。

⑧宋袁褧《枫窗小牍》载：“高庙在建康，有大赤鹦鹉自江北来集行在，承尘上，口呼万岁，宦者以手承之，鼓翅而下，足有小金牌，有‘宣和’二字。因以索架置之，稍不惊怪。比上膳，以行在草草无乐，鹦鹉大呼‘卜尚乐起方响’，久之，曰‘卜娘子不敬万岁’。盖道君时掌乐官人以方响引乐者，故犹以旧格相呼。高庙为罢膳泣下。后此鸟持至临安，忽死。高宗亲为文祭之。”

黄晋卿《吊宋内》诗[⑨]：

沧海桑田事渺茫，行逢遗老叹荒凉。
为言故国游麋鹿[⑩]，漫指空山号凤凰。
春尽绿莎迷辇道，雨多苍翠上宫墙。
遥知汴水东流畔，更有平芜与夕阳。

赵孟頫《宋内》诗：

东南都会帝王州，三月莺花非旧游。
故国金人愁别汉[⑪]，当年玉马去朝周[⑫]。
湖山靡靡今犹在，江水茫茫只自流。
千古兴亡尽如此，春风麦秀使人愁。

【注释】

⑨黄晋卿：即黄溍（1277—1357），字晋卿，世称金华先生，义乌人，受其影响，壮岁隐居不仕，然延祐三年（1316）被迫应试并中进士，官至浙江儒学提举，著有《金华黄学士文集》。

⑩“为言”句：《史记·淮南衡山列传》载：“王坐东宫，召被欲与计事，呼之曰：‘将军上。’被曰：‘王安得亡国之言乎？昔子胥谏吴王，吴王不用，乃曰“臣今见麋鹿游姑苏之台也”。今臣亦将见宫中生荆棘、露沾衣也。’”

⑪金人：用“金铜仙人”典，参卷《岳王坟》注。

⑫玉马：喻贤臣。汉代《论语比考谶》云："殷惑女妲己，玉马走。"宋均注："女妲己有美色。玉马，喻贤臣。"任昉《百辟劝进今上笺》："是以玉马骏奔，表微子之去"朝周，用微子开事，《史记·宋微子世家》载："微子开者，殷帝乙之首子而帝纣之庶兄也。纣既立，不明，淫乱于政，微子数谏，纣不听。及祖伊以周西伯昌之修德，灭黎国，惧祸至，以告纣。纣曰：'我生不有命在天乎？是何能为！'于是微子度纣终不可谏……周武王伐纣克殷，微子乃持其祭器，造于军门，肉袒面缚，左牵羊，右把茅，膝行而前以告。"

刘基《宋大内》诗[13]：

泽国繁华地，前朝此建都。青山弥百粤，白水入三吴。
艮岳销王气[14]，坤灵肇帝图。两宫千里恨，九子一身孤[15]。
设险凭天堑，偷安负海隅。云霞行殿起，荆棘寝园芜。
币帛敦和议，弓刀抑武夫。但闻当宁奏，不见立廷呼[16]。
鬼蜮昭华衮，龟鼋出巨区[17]。至尊危北阙，多士乐西湖[18]。
鷁首驰文舫[19]，龙鳞舞绣襦。巨鳌擎拥剑[20]，香饭漉雕胡。
蜗角乾坤大[21]，鳌头气势殊[22]。秦庭迷指鹿[23]，周室叹瞻乌[24]。
玉马违京辇，铜驼掷路衢。含容天地广，养育羽毛俱。
橘柚驰包贡，涂泥赋上腴[25]。断犀埋越棘[26]，照乘走隋珠[27]。
吊古江山在，怀今岁月逾。鲸鲵空渤澥，歌咏已唐虞。
鸱革愁何极[28]，羊裘钓不迂[29]。征鸿暮南去，回首忆莼鲈[30]。

【注释】

⑬刘基（1311—1375）：字伯温，谥曰文成，青田人，元统元年（1333）进士，后辞官归隐，至正二十年（1360），应朱元璋之请出山辅佐之，成为明朝的开国元勋，洪武三年封诚意伯，正德九年追赠太师，谥文成，著作有《诚意伯文集》。

⑭艮岳：宋徽宗政和七年于汴梁东北作万岁山，广罗天下奇花异草

于其中，以其在国都之艮位，故名艮岳。

⑮“两宫”二句：前句指徽、钦二宗被金人俘虏事，后句指谓徽宗诸子均同陷金人之手，唯康王赵构逃脱。宋汪藻《皇太后告天下手书》：“汉家之厄十世，宜光武之中兴；献公之子九人，惟重耳之尚在。兹为天意，夫岂人谋！尚期中外之协心，共定安危之至计。”

⑯立廷呼：《左传·定公十四年》：“夫差使人立于庭，苟出入，必谓己曰：‘夫差！而忘越王之杀而父乎？’则对曰：‘唯。不敢忘！’”

⑰巨区：即具区，古泽薮名，即太湖。

⑱“至尊”二句：意谓皇帝高踞于进行，百官嬉乐于西湖。危，高耸。多士，百官。

⑲鹢首：船头，古代画鹢鸟于船头，故称。

⑳拥剑：晋崔豹《古今注·鱼虫》：“蟛蜞，小蟹，生海边泥中，食土，一名长卿。其一有螯偏大者名拥剑。”

㉑蜗角乾坤大：《庄子·则阳》：“有国于蜗之左角者曰触氏，有国于蜗之右角者曰蛮氏，时相与争地而战，伏尸数万，逐北旬有五日而后反。”

㉒鳌头气势殊：《列子·汤问》有五仙山“高下周旋三万里，其顶平处九千里，山之中间相去七万里”，“常随潮波上下往还，不得蹔峙焉”，“（帝）乃命禺强使巨鳌十五，举首而载之”，“龙伯之国有大人，举足不盈数步而暨五山之所，钓而连六鳌”，“仙圣之播迁者巨亿计”。

㉓秦庭迷指鹿：《史记·秦始皇本纪》：“赵高欲为乱，恐群臣不听，乃先设验，持鹿献于二世，曰：‘马也’。二世笑曰：‘丞相误耶？谓鹿为马。’问左右，左右或默，或言马以阿顺赵高。或言鹿，高因阴中诸言鹿者以法。后群臣皆畏高。”

㉔周室叹瞻乌：《诗经·小雅·正月》“忧心惸惸，念我无禄。民之无辜，并其臣仆。哀我人斯，于何从禄？瞻乌爰止，于谁之屋？”朱熹集传云：“言不幸而遭国之将亡，与此无罪之民将俱被囚虏而同为臣仆。未知将复从何人而受禄，如视乌之飞，不知其将止于谁之屋也。”

㉕“含容”四句：时刘基正仕于元，故此四句均为谀元之词。

㉖断犀埋越棘：即“埋断犀之越棘”，断犀是形容兵器的锋利。越棘，越国的戟。

㉗照乘走隋珠：即“走照乘之隋珠”，《史记·田敬仲完世家》云：“若寡人国小也，尚有径寸之珠照车前后各十二乘者十枚。”隋珠，隋侯之珠，《淮南子·览冥训》高诱注云：“隋侯见大蛇伤断，以药傅之。后蛇于江中衔大珠以报之，因曰隋侯之珠。”

㉘鸱革：《史记·伍子胥列传》：“吴王闻之大怒，乃取子胥尸盛以鸱夷革，浮之江中。”

㉙羊裘钓不迂：用严光披羊裘垂钓之典。

㉚莼鲈：刘义庆《世说新语·识鉴》：“张季鹰辟齐王东掾，在洛，见秋风起，因思吴中菰菜羹、鲈鱼脍，曰：‘人生贵得适意尔，何能羁宦数千里以要名爵？’遂命驾便归。”

【简评】

王评：

“高宗即武肃后身也”句：如宋高，吾悲其老而不死，宋高断不属钱王后身，以彼仰天誓，注强弩射潮气概，甘来作八十一年瓦影下龟鱼耶！《南渡史》吾不即塗所，谓汝妄言之，吾亦妄听之，为闲中一谭柄耳。

刘基《宋大内》诗：偷安一隅，忘却□□许大世界，当日以宋高当中兴，洵无聊之□耳。

龙评：

国人好以报应之说释史，以此脱卸罪责，亦可平心静气。然天道好还，无往不复，史迹总有惊人之似，以此演之，亦无可厚非。即以钱武肃与宋高宗论，亦似确有因果者。赵与时为宋太祖十世孙，其《宾退录》即载此，且为宋孝宗引高宗时之老中官语，而洪迈亦引徽宗明节皇后侍女之言以证，可见此亦南渡时之常言也。

梵天寺

梵天寺在山川坛后，宋乾德四年钱吴越王建，名南塔。治平十年，改梵天寺。元元统中毁[1]，明永乐十五年重建。有石塔二、灵鳗井、金井。先是，四明阿育王寺有灵鳗井[2]。武肃王迎阿育王舍利归梵天寺奉之，凿井南廊，灵鳗忽见，僧赞有记。东坡倅杭时，寺僧守诠住此[3]。东坡过访，见其壁间诗有："落日寒蝉鸣，独归林下寺。柴扉夜未掩，片月随行屦。惟闻犬吠声，又入青萝去。"东坡援笔和之曰："但闻烟外钟，不见烟中寺。幽人行未已，草露湿芒屦。惟应山头月，夜夜照来去。"清远幽深，其气味自合。

苏轼《梵天寺题名》：

余十五年前，杖藜芒履，往来南北山。此间鱼鸟皆相识，况诸道人乎！再至惘然，皆晚生相对，但有怆恨。子瞻书。

元祐四年十月十七日，与曹晦之[4]、晁子庄[5]、徐得之[6]、王元直[7]、秦少章同来，时主僧皆出，庭户寂然，徙倚久之。东坡书。

【注释】

①元统：元顺帝第一个年号（1333—1335）。

②阿育王寺：晋人得古印度国王阿育王舍利，建塔于四明，并建广

利寺，后梁武帝改名阿育王寺。

③守诠：一名惠诠，东吴人，喜作诗。

④曹晦之：即曹矩，字晦之，休宁人，景祐元年（1034）进士，官屯田郎中，以孝闻。

⑤晁子庄：当属澶州晁氏，生平不详。

⑥徐得之：字思叔，临江人，徐梦莘之弟，淳熙十一年（1184）进士，历官有声。

⑦王元直：即王箴（1049—1101），字元直，小字惇叔，眉山人，为苏轼之妻兄。

【简评】

王评：

“时主僧皆出，庭户寂然，徙倚久之”句：如近日寺僧，遇其不出，正令人不能徙倚。

龙评：

东坡最喜和诗，以其才大力雄，往往于束缚中左右逢源，故其和诗亦往往高出原作，此亦原作者气闷之事也。然此二诗诚如蝶庵所言，只是“气味自合”，并未逞才争奇也，是以各有幽趣。

“此间鱼鸟皆相识”七字活画出东坡倅杭之潇洒韵致，以蝶庵之苛刻，亦目东坡为西湖解人，亦可见二者情味之相似。

胜果寺

胜果寺，唐乾宁间[①]，无著禅师建。其地松径盘纡，涧淙潺灂。罗刹石在其前，凤凰山列其后，江景之胜无过此。出南塔而

上，即其地也。宋熙宁间，在寺僧清顺住此[②]。顺约介寡交，无大故不入城市。士夫有以米粟馈者，受不过数斗，盎贮几上，日取二三合啖之。蔬笋之供，恒缺之也。一日，东坡至胜果，见壁间有小诗云："竹暗不通日，泉声落如雨。春风自有期，桃李乱深坞。"问谁所作，或以清顺对。东坡即与接谈，声名顿起。

僧圆净《胜果寺》诗：

深林容鸟道，古洞隐春萝。天迥闻潮早，江空得月多。
冰霜丛草木，舟楫玩风波。岩下幽栖处，时闻白石歌[③]。

僧处默《胜果寺》诗[④]：

路自中峰上，盘回出薜萝。到江吴地尽，隔岸越山多。
古木丛青蔼，遥天浸白波。下方城郭近，钟磬杂笙歌。

【注释】

①乾宁：唐昭宗第四个年号（894—897）。

②清顺：字怡然，钱塘人，善诗。

③白石歌：《史记·鲁仲连邹阳列传》裴骃集解引汉应劭曰："齐桓公夜出迎客，而宁戚疾击其牛角而商歌曰：'……白石烂，生不遭尧与舜禅。短布单衣适至骭，从昏饭牛薄夜半，长夜漫漫何时旦？'公召与语，说之，以为大夫。"

④处默：唐末诗僧，金华人，幼出家于兰溪某寺，与贯休为邻，常以诗酬答。后卒于唐末梁初。

【简评】

王评：

"东坡即与接谈，声名顿起"句：千里马常有，伯乐不常有，此语古今坠泪。

龙评：

此文所录圆净《胜果寺》诗实非唐宋间僧圆净所作，而应为明代大儒王阳明佚诗。《西湖游览志》卷七及《武林梵志》卷二均先录圆法师《胜果寺》诗十首，续录阳明诗二首，第一首为阳明《移居胜果寺》二首之一，第二首即此作，蝶庵误属之圆法师。然阳明此作《王文成公全书》未载，当为佚诗。

清顺之清贫自守实不可多得，然其声名之起仍缘东坡，若非如此，西湖众寺之中不过多一无名僧人而已。

五云山

五云山去城南二十里，冈阜深秀，林峦蔚起，高千丈，周回十五里。沿江自徐村进路，绕山盘曲而上，凡六里，有七十二湾，石磴千级。山中有伏虎亭，梯以石城，以便往来。至顶半，冈名月轮山，上有天井，大旱不竭。东为大湾，北为马鞍，西为云坞，南为高丽，又东为排山。五峰森列，驾轶云霞，俯视南北两峰，若锥朋立。长江带绕，西湖镜开，江上帆樯，小若鸥凫，出没烟波，真奇观也。宋时每岁腊前，僧必捧雪表进[①]，黎明入城中，霰犹未集，盖其地高寒，见雪独早也。山顶有真际寺，供五福神，贸易者必到神前借本，持其所挂楮镪去[②]，获利则加倍还之。借乞甚多，楮镪恒缺。即尊神放债，亦未免穷愁。为之掀髯一笑。

袁宏道《御教场小记》：

余始慕五云之胜，刻期欲登，将以次登南高峰。及一观御教场，游心顿尽。石篑尝以余不登保俶塔为笑。余谓西湖之景，愈下愈胜，高则树薄山瘦，草髡石秃，千顷湖光，缩为杯子。北高峰、御教场是其样也。虽眼界略阔，然我身长不过六尺，睁眼不见十里，安用许大地方为哉！石篑无以难哉。

【注释】

①雪表：即贺雪表，宋高似孙《纬略》云："贺雪之礼起于唐……唐类表有贺雨雪表一卷，贺表亦始于此。"

②楮镪：纸钱。

【简评】

王评：

"借乞甚多，楮镪恒缺。即尊神放债，亦未免穷愁"句：令人又神往济口井、廉将军墓矣，寒士一寒即楮镪易从借乎，楮镪可放债，彼富人死去又骄人寄库物矣。

龙评：

中郎真为通脱妙人，自古文人均喜登高选胜，以所登愈高、所见愈广、心胸愈开阔耳。然中郎则"一观御教场，游心顿尽"，此"尽"非长蘅"从断桥一望便魂消欲死"之喜极爱极语，乃败兴语耳！其理亦甚奇，然与金堡序文所论大小之辩实禅理潜应，知中郎是有根器者。金堡之序，为向蝶庵说法，然蝶庵执着，尚自未悟耳，观其《火德祠》诗"宁受中郎骂"句即可知矣。

云 栖

云栖，宋熙宁间有僧志逢者居此[①]，能伏虎，世称伏虎禅师。天僖中，赐真济院额。明弘治间为洪水所圮。隆庆五年，莲池大师名祩宏，字佛慧，仁和沈氏子，为博士弟子，试必高等，性好清净，出入二氏[②]。子殇妇殁。一日阅《慧灯集》，失手碎茶瓯，有省，乃视妻子为鹘臭布衫[③]，于世相一笔尽勾。作歌寄意，弃而专事佛，虽学使者屠公力挽之[4]，不回也。从蜀师剃度受具，游方至伏牛，坐炼呓语，忽现旧习，而所谓一笔勾者，更隐隐现。去经东昌府谢居士家，乃更释然，作偈曰："二十年前事可疑，三千里外遇何奇。焚香执戟浑如梦，魔佛空争是与非。"当是时，似已惑破心空，然终不自以为悟。归得古云栖寺旧址，结茅默坐，悬铛煮糜，日仅一食。胸挂铁牌，题曰："铁若开花，方与人说。"久之，檀越争为构室，渐成丛林，弟子日进。其说主南山戒律、东林净土[5]，先行《戒疏发隐》，后行《弥陀疏钞》[6]。一时江左诸儒皆来就正。王侍郎宗沐问[7]："夜来老鼠唧唧，说尽一部《华严经》。"师云："猫儿突出时如何？"自代云："走却法师，留下讲案。"又书颂云："老鼠唧唧，《华严》历历。奇哉王侍郎，却被畜生惑。猫儿突出画堂前，床头说法无消息。大方广佛《华严经》，世主妙严品第一。"其持论严正，诂解精微。监司守相下车就语[8]，侃侃略无屈。海内名贤，望而心折。孝定皇太后绘像宫中礼焉[9]，赐蟒袈裟，不敢服，破衲敝帏，终身无改。斋惟蔬菜。有至寺者，高官舆从，一概平等，几无加豆[10]。仁和樊令问[11]："心杂乱，何时得静？"师曰："置之一处，无事不办。"坐中一士人曰："专格一物，是置之一处，办得何事？"师曰："论格物，只当依朱子豁然贯通去[12]，何事不办得？"或问："何不贵前知？"师曰："譬如两人观《琵琶记》[13]，一人不曾见，一人见而预道之，毕竟同看终场，能增减一出否耶？"甬东屠隆于净慈寺迎师观所著《昙花传奇》[14]，虞淳熙以师梵行素严阻之[15]。师竟偕诸绅衿临场谛观，讫，无所忤。寺必设戒，绝钗钏声，而时抚琴弄箫，以乐其脾神。晚著《禅关策进》。其所述，峭似高峰、冷似冰者，庶几似之矣。喜乐天之达，选行其诗。平居笑谈谐谑，洒脱委蛇，有永公清散之风[16]。未尝一味槁木死灰[17]，若宋旭所议担板汉[18]，真不可思议人也。出家五十年，种种具嘱语中。万历乙卯六月晦日，书辞诸友，还山设斋，分表施衬[19]，若将远行者。七月三日，卒仆不语，次日复醒。弟子辈问后事，举嘱语对。四日之午，命移面西向，循首开目，同无疾时，哆哪念佛，趺坐而逝。往吴有神李昙降毗山，谓师是古佛。而杨靖安万春尝见师现佛身[20]，施食吴中。一信士窥空室，四鬼持灯至，忽列三莲座，师坐其一，佛像也。乩仙之灵者云，张果听师说《心赋》于永明。李屯部妇素不信佛，偏受师戒，逾年屈三指化，云身是梵僧阿那吉多[21]。而僧俗将坐脱时，多请说戒、说法。然师自名凡夫，诸事恐呵责，不敢以闻。化前一日，漏语见一大莲华盖，不复能秘其往生之奇云。

【注释】

①志逢（909—985）：余杭人，吴越王钦其道，召赐紫衣师号，后投五云山，据传该山多虎，师每携大扇乞钱买肉饲虎，久之，日暮还山虎迎之，世称伏虎禅师、大扇和尚。

②二氏：指佛、道两家。

③鹘臭：即狐臭。

④屠公：即屠羲英，字淳卿，号坪石，宁国人，嘉靖三十五年（1556）进士，曾任浙江提学，训饬有条，士风大振，张居正向朝廷荐书曰：“屠羲英不愧为士林模楷，当令久掌成均。”万历御书“春风化雨，蔚为人宗”八字相赐。

⑤南山戒律、东林净土：南山，唐道宣创佛教南山宗，提倡四分律，因住终南山而得名。东林，东晋慧远创净土宗，以其住庐山东林寺而得名。

⑥《戒疏发隐》《弥陀疏钞》：二书皆为莲池所著。

⑦王侍郎宗沐：王宗沐（1524—1592），字新甫，号敬所，临海人，嘉靖二十三年（1544）进士，官至刑部左侍郎，著有《宋元资治通鉴》

《敬所文集》等。

⑧监司守相：指按察使与知府之类的官员。

⑨孝定皇太后：指神宗生母李太后。

⑩加豆：添菜。豆，古代食器。

⑪仁和樊令：指樊良枢，字南植，号致虚，进贤人，万历三十二年（1604）进士，知仁和县。

⑫朱子：即朱熹（1130—1200），字元晦，号晦庵，徽州婺源人，绍兴十八年（1148）进士，南宋著名理学家，著有《晦庵先生文集》《朱子语类》及《诗集传》《四书集注》等。

⑬《琵琶记》：元末高明（1307—1359）所撰南戏，写蔡伯喈与赵五娘故事。

⑭《昙花传奇》：即《昙花记》，为屠隆所撰传奇，写唐代木清泰受仙人点拨修行成道事。

⑮虞淳熙（1553—1621）：字长孺，号德园，浙江钱塘人，万历十一年（1583）进士，著有《虞德园集》。

⑯永公：指晋僧慧永（332—414），河内潘氏，与慧远同依道安，居庐山西林寺，《莲社高僧传》云："永公清散之风乃多于远师也。"

⑰槁木死灰：《庄子·齐物论》："形固可使如槁木，而心固可使如死灰乎？"郭象注："死灰槁木，取其寂寞无情耳。"

⑱宋旭（1525—1606年后）：字初旸，号石门、石门山人，后为僧，法名祖玄，又号天池发僧、景西居士，嘉兴人，为"苏松画派"先声。

⑲施衬：即社施，施舍财物给僧道。衬，通"嚫"。

⑳杨靖安万春：即杨万春，字汝和，钱塘人，隆庆元年举人，万历间知上杭县。

㉑"李屯部"四句：李屯部指虞淳熙的岳父李阳春（1541—1603），字时化，号邃麓，余杭人，隆庆二年（1568）进士，曾任屯田郎中。据《净土圣贤录》载："潘氏名广潭，工部主事余杭李阳春之妻也。阳春故好施，晚常诵西方佛名。既逝，逾年见神于潘氏，登楼启窗作洪语，曰

‘要修行，要修行’。潘氏通古今，初好排抵释教，晚而皈礼云栖，断荤血，习禅定，夜常跏趺达旦，兼修诸功德，散钱票不訾。万历三十九年冬得疾，明年正月，自知不起，遗嘱家财。已而谓人曰：‘吾三世梵僧，今且偕大士而西矣。’称佛名不绝口，屈三指而化，及敛，支体轻软，貌如生。”屈三指，据虞淳熙《外母李太君化迹述》云：“按内典证三果，内屈三指，虽名不还，必四万劫才证佛乘。”

袁宏道《云栖小记》：

云栖在五云山下，篮舆行竹树中，七八里始到，奥僻非常，莲池和尚栖止处也。莲池戒律精严，于道虽不大彻，然不为无所见者。至于单提念佛一门，则尤为直捷简要，六个字中[22]，旋天转地，何劳捏目，更趋狂解，然则虽谓莲池一无所悟可也。一无所悟，是真阿弥，请急着眼。

李流芳《云栖春雪图跋》：

余春夏秋常在西湖，但未见寒山而归。甲辰，同二王参云栖[23]。时已二月，大雪盈尺。出赤山步，一路琼枝玉干，披拂照曜。望江南诸山，皑皑云端，尤可爱也。庚戌秋，与白民看雪两堤[24]。余既归，白民独留，迟雪至腊尽。是岁竟无雪，怏怏而返。世间事各有缘，固不可以意求也。癸丑阳月题。

又《题雪山图》：

甲子嘉平月九日大雪[25]，泊舟阊门，作此图。忆往岁在西湖遇雪，雪后两山出云，上下一白，不辩其为云为雪也。余画时目中有雪，而意中有云，观者指为云山图，不知乃画雪山耳。放笔一笑。

张岱《赠莲池大师柱对》：

说法平台，生公一语石一语；栖真斗室，老僧半间云半间。

【注释】

㉒六个字：指“南无阿弥陀佛”六字。

㉓二王：据李流芳《六和晓骑图》“此予甲辰与王淑士、平仲参云栖舟中为题画诗”之载可知，当为王淑士与王平仲兄弟。王淑士，即王志坚（1576—1633），初字弱生，后字淑士，昆山人，万历三十八年（1610）进士，官湖广提学。《牧斋初学集》卷五十四有《王淑士墓志铭》：“余为诸生时，与嘉定李流芳长蘅、昆山王志坚淑士交……淑士卒于崇祯六年八月八日年五十有八”。知其生卒年为1576—1633。王平仲，即王志长，字平仲，崇祯三年（1630）举人，感梦而归，绝意仕进，与其兄比屋而居，终身相师友。

㉔白民：即朱鹭（1553—1632），字白民，吴江人，晚明诸生，后历游山川，结庐于苏州莲花峰修佛。

㉕嘉平：《史记·秦始皇本纪》：“三十一年十二月，更名腊曰‘嘉平’。”故后亦以此为腊月的别称。

【简评】

王评：

“破衲敝帏，终身无改。斋惟蔬菜”句：真和尚今者所见徒能称量□利，锱铢不爽，□能置身青云上耶。

“平居笑谈谐谑，洒脱委蛇，有永公清散之”句：真和尚正不必硬作善知识一种颜面。

《题雪山图》：妙得画理。

张岱《赠莲池大师柱对》：亦仙亦佛。

龙评：

此篇之传莲池全出虞淳熙《云栖莲池祖师传》，所述种种，无不欲称扬其修行之深湛宏通耳，然不及中郎“一无所悟，是真阿弥”八字之深永有味，一如长蘅《题雪山图》所示之画理，目中为雪，意中为云，孰能指其为雪为云乎，一为指实，即入彀中；一无所悟，是为得之！

六和塔

月轮峰在龙山之南。月轮者，肖其形也。宋张君房为钱塘令[①]，宿月轮山，夜见桂子下塔，雾旋穗散坠如牵牛子。峰旁有六和塔，宋开宝三年[②]，智觉禅师筑之以镇江潮[③]。塔九级，高五十余丈，撑空突兀，跨陆俯川。海船方泛者，以塔灯为之向导。宣和中，毁于方腊之乱[④]。绍兴二十三年，僧智昙改造七级[⑤]。明嘉靖十二年毁。中有汤思退等汇写佛说四十二章[⑥]、李伯时石刻观音大士像[⑦]。塔下为渡鱼山，隔岸剡中诸山，历历可数也。

【注释】

①张君房：安陵人，景德二年（1005）进士，大中祥符八年（1015）知钱塘，曾撮《道藏》精要编为《云笈七签》。

②开宝：宋太祖第三个年号（968—976）。

③智觉禅师：即延寿，参卷四《净慈寺》注。

④方腊（？—1121）：又名方十三，歙州（今安徽歙县）人，一说睦州青溪（今浙江淳安）人，于宣和二年（1120）起义，后失败被俘。

⑤智昙：南宋学德兼备的学僧，以十数年时间募资重建六和塔。

⑥汤思退（1117—1164）：字进之，处州人，绍兴十五年（1145）试博学宏词科中第，官至宰相，然面对金人，决意主和，后罢相，忧悸以死。

⑦李伯时：即李公麟（1049—1106），字伯时，号龙眠居士，舒州（今安徽安庆）人，熙宁三年（1070）进士，官至礼部试考校官，工诗

善画，为北宋著名画家。

李流芳《题六和塔晓骑图》：

燕子矶上台，龙潭驿口路。昔时并马行，梦中亦同趣。

后来五云山，遥对西兴渡。绝壁瞰江立，恍与此境遇。

人生能几何，江山幸如故。重来复相携，此乐不可喻。

置身画图中，那复言归去。行当寻云栖，云栖渺何处。

此予甲辰与王淑士、平仲参云栖舟中为题画诗，今日展予所画《六和晓骑图》，此境恍然，重为题此。壬子十月六日，定香桥舟中。

吴琚《六和塔应制》词[8]：

玉虹遥挂，望青山、隐隐如一抹。忽觉天风吹海立，好似春雷初发。白马凌空，琼鳌驾水，日夜朝天阙。飞龙舞凤，郁葱环拱吴越。　此景天下应无，东南形胜，伟观真奇绝。好似吴儿飞彩帜，蹴起一江秋雪。黄屋天临，水犀云拥，看击中流楫。晚来波静，海门飞上明月。（右调《酹江月》）

杨维桢《观潮》诗：

八月十八睡龙死，海龟夜食罗刹水。

须臾海辟龛赭门[9]，地卷银龙薄于纸。

艮山移来天子宫，宫前一箭随西风[10]。

劫灰欲洗蛇鬼穴[11]，婆留折铁犹争雄。

望海楼头夸景好，断鳌已走金银岛。

天吴一夜海水移[12]，马蹀沙田食沙草。

厓山楼船归不归[13]，七岁呱呱啼轵道[14]。

徐渭《映江楼看潮》诗：

鱼鳞金甲屯牙帐，翻身却指潮头上。

秋风吹雪下江门，万里琼花卷层浪。

传道吴王渡越时，三千强弩射潮低。

今朝筵上看传令，暂放胥涛掣水犀。

【注释】

⑧吴琚：字居父，号云壑，世称吴七郡王，高宗吴后之侄吴益之子。历任尚书郎、镇安军节度使等职，卒谥献惠。

⑨海辟龛赭门：北宋燕肃著《潮论》云浙江：“夹岸有山，南曰龛，北曰赭，二山相对，谓之海门。岸狭势逼，涌而为涛耳。”

⑩官前一箭随西风：《宣和遗事》载徽、钦二宗北狩后：“俄空中雁声嘹呖，自北而南。时护傈者数人，皆为阿计替挥去。壁中有弓一张，阿计替曰：‘官人能弓矢乎？射雁以卜，此乃番胡事也。’乃手持弓谓帝曰：‘我代官人卜之可乎？’帝曰：‘然。’乃执箭仰天祝曰：‘臣不幸，上辱祖宗，下祸万民。若国祚复兴，当使一箭中雁。’以其箭付阿计替，一箭中雁，宛转而下。二帝拱手稽颡曰：‘诚如此卜，死且无憾！’”

⑪劫火：南朝梁慧皎《高僧传·译经上·竺法兰》：“昔汉武穿昆明池底，得黑灰，问东方朔。朔云：‘不知，可问西域胡人。’后法兰既至，众人追以问之，兰云：‘世界终尽，劫火洞烧，此灰是也。’”

⑫天吴：《山海经·海外东经》：“朝阳之谷，神曰天吴，是为水伯。”

⑬厓山楼船：《宋史纪事本末》载：“元张弘范乃四分其军……张世杰以淮兵殊死战……俄有一舟樯旗仆，诸舟之樯旗皆仆，世杰知事去，乃抽精兵入中军，诸军大溃……秀夫因帝舟大，且诸舟环结，度不得出走，乃先驱其妻子入海，谓帝曰：‘国事至此，陛下当为国死，德祐皇帝辱已甚，陛下不可再辱。’即负帝同溺。”

⑭七岁呱呱啼轵道：指南宋恭帝降元事。轵道，用秦亡之典，《史记·秦始皇本纪》载：“子婴即系颈以组，白马素车，奉天子玺符，降轵道旁。”

【简评】

王评：

“厓山楼船归不归，七岁呱呱啼轵道”句：昔亦一小儿，今亦一小儿，彼碧翁者，衡量不爽，何用伤此七岁呱呱。

龙评：

此记亦剪裁自《西湖游览志》者。所引吴琚词最早为周密《武林旧事》载录，然并无副题，此“六和塔”字样未知所自，而《武林旧事》云其观潮之地为“浙江亭”，二地非一，故有一误。然余英时曾作《六和塔与浙江亭》一文，力证二者为一，所论不免牵合，若其得此，必以为又添一证矣，一笑。

镇海楼

镇海楼旧名朝天门，吴越王钱氏建。规石为门，上架危楼。楼基垒石高四丈四尺，东西五十六步，南北半之。左右石级登楼，楼连基高十有一丈。元至正中，改拱北楼。明洪武八年，更名来远楼，后以字画不祥，乃更名镇海[①]。火于成化十年，再造于嘉靖三十五年，是年九月又火。总制胡宗宪重建。楼成，进幕士徐渭曰：“是当记，子为我草。”草就以进，公赏之，曰：“闻子久侨矣。”趋召掌计，廪银之两百二十为秀才庐。渭谢侈不敢。公曰：“我愧晋公，子于是文，乃遂能愧湜，倘用福先寺事数字以责我酬，我其薄矣，何侈为！”[②]渭感公语，乃拜赐持归。尽橐中卖文物如公数，买城东南地十亩，有屋二十有二间，小池二，以鱼以荷；木之类，果木材三种，凡数十株；长篱亘亩，护以枸杞，外有竹数十个，笋迸云。客至，网鱼烧笋，佐以落果，醉而咏歌。始屋陈而无次，稍序新之，遂颜其堂曰“酬字”。

【注释】

①“明洪武八年”数句：《西湖游览志》卷十三载：“洪武八年，行省刘、王两参政者失其名，改为来远楼，既榜揭，遣拆字人张乘槎者往视之，槎曰：‘三日内主哀丧之事。’如期，王母死。刘以历日纸坐法。王延乘槎问故，对曰：‘来带丧形，远从哀，带哀形，旁之两点相续者，泪形也。’顷之，参政徐本改为镇海楼。”

②“我愧晋公”数句：唐高彦休《阙史》载：“皇甫郎中湜……(晋公)辟为留守从事……修福先佛寺……将致书于秘监白乐天……值正郎在座，忽发怒……长揖而退……公婉词敬谢之……正郎赪怒稍解……乘醉挥毫，黄绢立就……因以宝车名马、缯彩器玩约千余缗，置书命小将就第酬之。正郎省札大忿，掷书于地叱小将曰：‘寄谢侍中，何相待之薄也！某之文非常流之文也，曾与顾况为集序外，未尝造次许人。今者请制此碑，盖受恩深厚尔。其辞约三千余字，每字三匹绢，更减五分钱不得。’……公闻之笑曰：‘真命世不羁之才也。’立遣依数酬之。”

徐渭《镇海楼记》：

镇海楼相传为吴越钱氏所建，用以朝望汴京，表臣服之意。其基址、楼台、门户、栏楯，极高广壮丽，具载别志中。楼在钱氏时，名朝天门。元至正中，更名拱北楼。皇明洪武八年，更名来远。时有术者病其名之书画不祥，后果验，乃更今名。火于成化十年，再建于嘉靖三十五年，九月又火。予奉命总督直浙闽军务，开府于杭，而方移师治寇，驻嘉兴。比归，始与某官某等谋复之。人有以不急病者。予曰：“镇海楼建当府城之中，跨通衢，截吴山麓，其四面有名山大海、江湖潮汐之胜，一望苍茫，可数百里。民庐舍百万户，其间村市官私之景，不可亿计，而可以指顾得者，惟此楼为杰特之观。至于岛屿浩渺，亦宛在吾掌股间。高翥长骞，有俯压百蛮气。而东夷之以贡献过此者，亦往往瞻拜低回而始去。故四方来者，无不趋仰以为观游。的如此者累数百年，而一旦废之，使民若失所归，非所以昭太平、悦远迩。非特如此已也，其所贮钟鼓刻漏之具、四时气候之榜，令民知昏晓、时作息、寒暑启闭、桑麻种植渔佃，诸如此类，是居者之指南也。而一旦废之，使民懵然迷所往，非所以示节序、全利用。且人传钱氏以臣服宋而建，此事昭著已久。至方国珍时[③]，求缓死于我高皇，犹知借镠事以请。诚使今海上群丑而亦得知钱氏事，其祈款如珍之初词，则有补于臣道不细，顾可使其迹湮没而不章耶？予职清海徼[④]，视今日务，莫有急于此者。公等第营之，毋浚征于民，而务先以己。”于是予与某官某等，捐于公者计银凡若干，募于民者若干。遂集工材，始事于某年月日。计所构，甃石为门，上架楼，楼基垒石，高若干丈尺。东西若干步，南北半之。左右级曲而达于楼，楼之高又若干丈。凡七楹，础百，巨钟一，鼓大小九，时序榜各有差，贮其中，悉如成化时制。盖历几年月而成。始楼未成时，剧寇满海上，予移师往讨，日不暇至。于今五年，寇剧者禽，来者遁，居者慑不敢来，海始晏然，而楼适成，故从其旧名“镇海”。

【注释】

③方国珍（1319—1374）：名珍，以字行，其字又称谷贞，台州人，世以贩盐浮海为业，首义反元，后降朱元璋。明尹守衡《皇明史窃》载：“至正十八年，高皇帝克婺州，使使招谕谷珍，谷珍佯以三郡来献，而使子完入质。上曰：‘英雄豪杰，义气相许，何疑而质子耶！’遣之还。谷珍请如钱镠故事，岁贡白金助军兴而不奉我正朔。”

④海徼：谓近海地区。

张岱《镇海楼》诗：

钱氏称臣历数传，危楼突兀署朝天。
越山吴地方隅尽，大海长江指顾连。
使到百蛮皆礼拜，潮来九折自盘旋。
成嘉到此经三火，皆值王师靖海年。

都护当年筑废楼，文长作记此中游。
适逢困鳄来投辖，正值饥鹰自下鞲[⑤]。
严武题诗属杜甫[⑥]，曹瞒拆字忌杨修[⑦]。
而今纵有青藤笔，更讨何人数字酬！

【注释】

⑤“适逢”二句：指当时倭寇骚扰海疆、胡宗宪恩威并施事。

⑥严武（726—765）：字季鹰，华阴人，以门荫为太原府参军事，官至剑南节度使。与杜甫交好，曾多次资助草堂。此以严、杜二人交往喻胡、徐二人。

⑦杨修（175—219），字德祖，华阴人，曾为曹操主簿，多能揣知曹操之意，为操所忌恨，后寻故杀之。

【简评】

王评：

“我愧晋公，子于是文，乃遂能愧湜”句：胡公洵亦□人。

“高翥长骞，有俯压百蛮气”句：须得有阅□、文章、身分乃重。

龙评：

此篇可作文长专传读，前之引言取文长《酬字堂记》中引文长原文，末为蝶庵之史论耳。文长一生偃蹇，虽终因宗宪下狱而罹狂疾，然亦因遇宗宪而稍露其凌云万丈之才也，故宗宪一生行事虽不无可议，然仅此一事亦足为斯文添彩！“而今纵有青藤笔，更讨何人数字酬”，读此与蝶庵同声一叹！

伍公祠

吴王既赐子胥死[①]，乃取其尸盛以鸱夷之革，浮之江中。子胥因流扬波，依潮来往，荡激堤岸，势不可御。或有见其银铠雪狮，素车白马，立在潮头者，遂为之立庙。每岁仲秋既望，潮水极大，杭人以旗鼓迎之。弄潮之戏，盖始于此。宋大中祥符间[②]，赐额曰“忠靖”，封英烈王。嘉、熙间，海潮大溢。京兆赵与权祷于神[③]，水患顿息，乃奏建英卫阁于庙中。元末毁，明初重建。有唐卢元辅《胥山铭序》[④]、宋王安石《庙碑铭》[⑤]。

【注释】

①子胥：即伍子胥（？—前484），名员，字子胥，春秋楚国人。楚平王曾因故杀死了伍子胥的父、兄，伍子胥只身逃往吴国，谋划专诸刺杀王僚事，助吴王阖闾富国强兵，遂伐楚，占领郢都，掘楚平王墓，鞭尸三百。后继事吴王夫差，为谗臣所间，被夫差赐死，死前言“抉吾眼悬于吴东门之上，以观越寇之入灭吴也”。

②大中祥符：宋真宗第三个年号（1008—1016）。

③赵与权：即赵与欢（“懽”“權”二字常互误），字悦道，嘉定七年（1214）进士，历迁户部侍郎，三为临安府尹，尽心民事，都人称为赵佛子。

④卢元辅（774—829）：字子望，滑州人，贞元十四年（798）进士，元和八年（813）曾任杭州刺史。

⑤王安石（1021—1086）：字介甫，号半山，抚州临川人，庆历二年

(1042) 进士，后官至宰相，进行了大规模的变法改革，曾封荆国公，卒谥文公，著有《临川集》。

高启《伍公祠》诗：

地大天荒霸业空，曾于青史叹遗功。
鞭尸楚墓生前孝，抉眼吴门死后忠。
魂压怒涛翻白浪，剑埋冤血起腥风。
我来无限伤心事，尽在吴山烟雨中。

徐渭《伍公庙》诗：

吴山东畔伍公祠，野史评多无定词。
举族何辜同刈草，后人却苦论鞭尸。
退耕始觉投吴早[⑥]，雪恨终嫌入郢迟。
事到此公真不幸，镯镂依旧遇夫差[⑦]。

张岱《伍相国祠》诗：

突兀吴山云雾迷，潮来潮去大江西。
两山吞吐成婚嫁，万马奔腾应鼓鼙。
清浊溷淆天覆地，玄黄错杂血连泥。
旌幢幡盖威灵远，檄到娥江取候齐[⑧]。

从来潮汐有神威，鬼气阴森白日微。
隔岸越山遗恨在，到江吴地故都非。
钱塘一臂鞭雷走，龛赭双颐噀雪飞。
灯火满江风雨急，素车白马相君归。

【注释】

⑥“退耕”句：《史记·吴太伯世家》载：“伍子胥之初奔吴，说吴王僚以伐楚之利。公子光曰：‘胥之父兄为僇于楚，欲自报其仇耳。未见

其利。’于是伍员知光有他志，乃求勇士专诸，见之光。光喜，乃客伍子胥。子胥退而耕于野，以待专诸之事。”

⑦夫差：即吴王夫差（？—前 47 年），春秋末期吴国国君，初能励精图治，大败勾践，使吴国达到鼎盛，后奢华无度，穷兵黩武，终为越王勾践所灭，自缢而死。

⑧“檄到”句：民间相传子胥死后为钱塘潮神，曾檄令曹娥江与钱塘江潮同涨同落。

【简评】

龙评：

子胥真为无往不复之直人，其灵怒而为潮神，银铠白马，嗽啮江岸，想亦发墓、抉眼之类也，然未料后人竟有弄潮之戏，其若真有灵，不知当作何想。

然伍公祠之祀伍子胥，亦算历史之戏谑。伍子胥属镂赐死后，民间传其魂灵为潮神，即今之钱塘潮，则其人为“西湖前史”之重要人物。然自东坡以西子喻西湖始，后人皆将二者并提，而西子正为越王施计倾覆吴国之人，伍子胥之死自与其有关。造物先令伍子胥占据西湖，又令后人将其再归西子——上天似欲以此昭示：铁血之战与刻骨之恨已为陈迹，伍公祠与西子之湖或于千年相伴之中一笑泯恩仇欤！

城隍庙

吴山城隍庙，宋以前在皇山，旧名永固，绍兴九年徙建于此。宋初，封其神，姓孙名本。永乐时，封其神，为周新。新，南海人，初名日新。文帝常呼“新”①，遂为名。以举人为大理寺评事，有疑狱，辄一语决白之。永乐初，拜监察御史，弹劾敢言，人目为“冷面寒铁”。长安中以其名止儿啼。转云南按察使，改浙江。至界，见群蚋飞马首，尾之蓁中，得一暴尸，身余一钥、一小铁识。新曰："布贾也。"收取之。既至，使人入市市中布，一一验其端，与识同者皆留之。鞫得盗，召尸家人与布，而置盗法，家人大惊。新坐堂，有旋风吹叶至，异之。左右曰："此木城中所无，一寺去城差远，独有之。"新曰："其寺僧杀人乎？而冤也。"往树下，发得一妇人尸。他日，有商人自远方夜归，将抵舍，潜置金丛祠石罅中，旦取无有。商白新。新曰："有同行者乎？"曰："无有。""语人乎？"曰："不也，仅语小人妻。"新立命械其妻，考之，得其盗，则其私也。则客暴至，私者在伏匿听取之者也。凡新为政，多类此。新行部，微服视属县，县官触之，收系狱，遂尽知其县中疾苦。明日，县人闻按察使来，共迓不得。新出狱曰："我是。"县官大惊。当是时，周廉使名闻天下。锦衣卫指挥纪纲者最用事[②]，使千户探事浙中，千户作威福受贿。会新入京，遇诸涿，即捕千户系涿狱。千户逸出，诉纲，纲更诬奏新。上怒，逮之，即至，抗严陛前曰："按察使擒治奸恶，与在内都察院同，陛下所命也，臣奉诏书死，死不憾矣。"上愈怒，命戮之。临刑大呼曰："生作直臣，死作直鬼！"是夕，太史奏文星坠，上不怿，问左右周新何许人。对曰："南海。"上曰："岭外乃有此人。"一日，上见绯而立者，叱之，问为谁。对曰："臣新也。上帝谓臣刚直，使臣城隍浙江，为陛下治奸贪吏。"言已不见。遂封新为浙江都城隍，立庙吴山。

张岱《吴山城隍庙》诗：

宣室殷勤问贾生[③]，鬼神情状不能名。
见形白日天颜动，浴血黄泉御座惊。
革伴鸱夷犹有气，身殉豺虎岂无灵。

只愁地下龙逢笑[4]，笑尔奇冤遇圣明。

尚方特地出枫宸，反向西郊斩直臣。

思以鬼言回圣主，还将尸谏退佥人。

血诚无藉丹为色，寒铁应教金铸身。

坐对江潮多冷面，至今冤气未曾伸。

又《城隍庙柱铭》：

厉鬼张巡[5]，敢以血身污白日；阎罗包老[6]，原将铁面比黄河。

【注释】

①文帝：指明成祖朱棣（1360—1424）。

②锦衣卫：明朝官署名，即锦衣亲军都指挥使司，皇帝的侍卫机构，是明朝专有的军事特务机构。纪纲（？—1416），山东临邑人，任锦衣卫指挥使，后为内侍告谋反，伏诛。

③“宣室”句：《汉书·贾谊传》载：“文帝思谊，征之。至，入见上，方受厘，坐宣室。上因感鬼神事而问鬼神之本，谊具道所以然之故。至夜半，文帝前席。”

④龙逢：关龙逢，夏之贤人，因谏而被桀所杀，后用为忠臣之代称。

⑤厉鬼张巡：张巡（709—757），字巡，邓州南阳人，开元二十四年（736）进士，在安史之乱中死守睢阳，阻敌南下，后城陷，向西拜曰“臣虽为鬼，誓与贼为厉”，被俘遇害。

⑥阎罗包老：包老，即包拯（999—1062），字希仁，庐州合肥人，天圣五年（1027）进士，卒赠礼部尚书，谥孝肃，立朝刚毅，清正廉明，京师有俗语云“关节不到，有阎罗包老”。

【简评】

龙评：

此篇非梦寻，直列传耳！蝶庵自期为史家，其名山事业，概在《石匮书》乎？此篇原即其书中之列传，入于此，不过城隍庙之力也。张明弼言“湖上之祠，宜以久居其地与风流标令为山水深契者”，而周新事无可传，文中所载，亦多荒诞，置于“西湖”景内，似显唐突。然“城隍庙”向为禹域不可或缺之所，可见民间信仰之强大，文采风流之西湖亦需城隍庙以为鬼神执掌之所耳。

火德庙

火德祠在城隍庙右，内为道士精庐。北眺西泠，湖中胜概，尽作盆池小景。南北两峰如研山在案，明圣二湖如水盂在几。窗棂门棿凡见湖者，皆为一幅图画。小则斗方[①]，长则单条[②]，阔则横披[③]，纵则手卷[④]，移步换影。若遇韵人，自当解衣盘礴。画家所谓水墨丹青，淡描浓抹，无所不有。昔人言“一粒粟中藏世界，半升铛里煮山川”[⑤]，盖谓此也。火居道士能为阳羡书生，则六桥三竺，皆是其鹅笼中物矣[⑥]。

张岱《火德祠》诗：

中郎评看湖，登高不如下[⑦]。千顷一湖光，缩为杯子大。
余爱眼界宽，大地收隙罅。瓮牖与窗棂，到眼皆图画。
渐入亦渐佳，长康食甘蔗[⑧]。数笔倪云林[⑨]，居然胜荆夏[⑩]。
刻画非不工，淡远长声价。余爱道士庐，宁受中郎骂。

【注释】

①斗方：一尺见方书画作品。

②单条：单幅长条的书画作品。

③横披：横幅字画。

④手卷：只能卷舒而不能悬挂的横幅书画长卷。

⑤“一粒”二句：此诗《全唐诗》收为吕岩（即吕洞宾）诗。

⑥“阳羡书生”数句：吴均《续齐谐记·阳羡书生》条载阳羡许彦路“遇一书生，卧路侧，云脚痛，求寄鹅笼中。彦以为戏言。书生便入笼，笼亦不更广，书生亦不更小，宛然与双鹅并坐，鹅亦不惊。彦负笼而去，都不觉重。”火居道士，田艺蘅《留青日札·火居火宅》：“今道士之有室家者，名为火居道士。”

⑦“中郎”二句：参本卷《五云山》所收袁宏道文。

⑧长康食甘蔗：《晋书·文苑传·顾恺之》：“恺之每食甘蔗，恒自尾至本。人或怪之。云：‘渐入佳境。’”长康，即顾恺之（349?—410?），字长康，小字虎头，无锡人，有才绝、画绝、痴绝之号。

⑨倪云林：即倪瓒（1301—1374），字元镇，号云林子，常州无锡人，元代著名画家。

⑩荆夏：指荆浩与夏圭。夏圭，字禹玉，杭州人，画院待诏，与李唐、马远、刘松年并称南宋四大家，善画山水，喜作长卷，据说有一图长达十丈者。他的画，重心多在画幅的半边，人称“夏半边”。

【简评】

龙评：

火德庙并非胜景，然幸生蝶庵腕下，故竟雅韵非常。小、长、阔、纵，移步换影，如入倪云林画室也。

芙蓉石

芙蓉石今为新安吴氏书屋。山多怪石危峦，缀以松柏，大皆合抱。阶前一石，状若芙蓉，为风雨所坠，半入泥沙。较之寓林

"奔云"，尤为茁壮。但恨主人深爱此石，置之怀抱，半步不离，楼榭偪之，反多阨塞[①]。若得础柱相让，脱离丈许，松石间意，以淡远取之，则妙不可言矣。吴氏世居上山[②]，主人年十八，身无寸缕，人轻之，呼为吴正官。一日早起，拾得银簪一枝，重二铢，即买牛血煮之以食破落户，自此经营五十余年，由徽抵燕，为吴氏之典铺八十有三。东坡曰："一簪之资，可以致富。"[③]观之吴氏，信有然矣。盖此地为某氏花园，先大夫以三百金折其华屋，徙造寄园，而吴氏以厚值售其弃地，在当时以为得计。而今至吴园，见此怪石奇峰，古松茂柏，在怀之璧，得而复失，真一回相见，一回懊悔也。

张岱《芙蓉石》诗：

吴山为石窟，是石必玲珑。此石但浑朴，不复起奇峰。
花瓣几层折，堕地一芙蓉。痴然在草际，上覆以长松。
濯磨如结铁，苍翠有苔封。主人过珍惜，周护以墙墉。
恨无舒展地，支鹤闭韬笼[④]。仅堪留几席，聊为怪石供。

【注释】

①阨（ài）塞：狭小阻塞。

②吴氏世居上山：安徽休宁有上山，吴氏为此地名族。

③"东坡曰"句：此语见苏轼《策论二》。

④支鹤闭韬笼：支指支遁（314—366），字道林，本姓关，陈留人，为东晋著名高僧，喜养鹤，且放鹤令其自由。

【简评】

龙评：

此篇虽不经意，却为梦寻应有之义也。而其"在怀之璧，得而复失"八字，又何止一芙蓉石也！"一簪之资，可以致富"一语，亦当有"何遽至于皇皇哉"之意也。

芙蓉石与前所言奔云同为奇石，惜主人吝惜，蝶庵虽极爱此石，却无缘摩挲赏玩。世事往往如此，爱者常非知己——珍奇之物多属所爱，而未属所知者，一叹！

云居庵

云居庵在吴山，居鄗，宋元祐间，为佛印禅师所建[①]。圣水寺，元元贞间，为中峰禅师所建[②]。中峰又号幻住，祝发时，有故宋宫人杨妙锡者，以香盒贮发，而舍利丛生，遂建塔寺中，元末毁。明洪武二十四年，并圣水于云居，赐额曰云居圣水禅寺。岁久殿圮，成化间僧文绅修复之。寺中有中峰自写小像，上有赞云："幻人无此相，此相非幻人。若唤作中峰，镜面添埃尘。"向言六桥有千树桃柳，其红绿为春事浅深；云居有千树枫桕，其红黄为秋事浅深，今且以薪以槱[③]，不可复问矣。曾见李长蘅题画曰："武林城中招提之胜[④]，当以云居为最。山门前后皆长松，参天蔽日，相传以为中峰手植，岁久浸淫，为寺僧剪伐，什不存一，见之辄有老成凋谢之感。去年五月，自小筑至清波访友寺中，落日坐长廊，沽酒小饮已，裴回城上，望凤凰南屏诸山，沿月踏影而归。翌日，遂为孟旸画此，殊可思也。"

【注释】

①佛印禅师：即了元（1032—1098），俗姓林，字觉老，神宗赐号佛印，饶州浮溪（今江西景德镇）人，曾住云居寺，其与苏轼为方外友，多有轶事流传。

②中峰禅师：即明本（1263—1323），字中峰，自号幻住，钱塘孙氏，著有《中峰和尚广录》。元贞，元成宗第一个年号（1295—1296）。

③以薪以槱：《诗经·大雅·棫朴》："芃芃棫朴，薪之槱之。"槱（yǒu），聚积木柴以备燃烧。

④招提：梵语，音译省为"拓提"，后误为"招提"，其义为"四方"，北魏太武帝造伽蓝，创招提之名，后遂为寺院的别称。

李流芳《云居山红叶记》：

余中秋看月于湖上者三，皆不及待红叶而归。前日舟过塘栖，见数树丹黄可爱，跃然思灵隐、莲峰之约，今日始得一践。及至湖上，霜气未遍，云居山头，千树枫桕尚未有酣意，岂余与红叶缘尚悭耶？因忆往岁忍公有代红叶招余诗，余亦率尔有答，聊记于此："二十日西湖，领略犹未了。一朝别尔归，此游殊草草。当我欲别时，千山秋已老。更得少日留，霜酣变林杪。子常为我言，灵隐枫叶好。千红与万紫，乱插向晴昊。烂然列锦锈，森然建旗旐。一生未得见，何异说食饱。"

高启《宿幻住栖霞台》诗：

窗白鸟声晓，残钟渡溪水。此生幽梦回，独在空山里。

松岩留佛灯，叶地响僧履。予心方湛寂，闲卧白云起。

夏原吉《云居庵》诗[5]：

谁辟云居境，峨峨瞰古城。两湖晴送碧，三竺晓分青。

经锁千函妙，钟鸣万户惊。此中真可乐，何必访蓬瀛。

徐渭《云居庵松下眺城南》诗：

夕照不曾残，城头月正团。霞光翻鸟堕，江色上松寒。

市客屠俱集，高空醉屡看。何妨高渐离[6]，抱却筑来弹。（城下有瞽目者善弹词。）

【注释】

⑤夏原吉（1367—1430）：字维喆，湘阴人，以乡荐入太学，选入禁

中书制诰，曾任户部右侍郎，卒赠太师，谥忠靖。

⑥高渐离：战国末燕人，荆轲好友，擅长击筑，荆轲刺秦王时，高渐离与太子丹送之于易水河畔，高渐离击筑以送之，后亦试图刺杀秦皇，不中被诛。

【简评】

王评：

“因忆往岁忍公有代红叶招余诗”句：忍公诗题韵绝。

“霞光翻鸟堕，江色上松寒”句：佳景妙语。

龙评：

《四库全书总目》谓蝶庵此作“体例全仿刘侗《帝京景物略》”，亦称有见，蝶庵云“向言六桥有千树桃柳，其红绿为春事浅深；云居有千树枫桕，其红黄为秋事浅深”，实化自刘侗“望绿浅深为春事浅深，望黄浅深又为秋事浅深”之语，以京、杭之异而增红色耳。然长蘅与此地此色缘悭，与其前记白民与西湖之雪无缘仿，又何可强求哉！

施公庙

施公庙在石乌龟巷，其神为施全，宋殿前小校也。绍兴二十年二月朔，秦桧入朝，乘肩舆过望仙桥，全挟长刃遮道刺之，透革不中，桧斩之于市，观者如堵墙，中有一人大言曰：“此不了汉，不斩何为！”此语甚快。秦桧奸恶，天下万世人皆欲杀之，施全刺之，亦天下万世中一人也。其心其事，原不为岳鄂王起见，今传奇以全为鄂王部将，而岳坟以全入之翊忠祠①，则施全此举，反不公不大矣。后人祀公于此，而不配享岳坟，深得施公之心矣。

张岱《施公庙》诗：

施殿司，不了汉。刺虎不伤蛇不断。受其反噬齿利剑，杀人媚人报可汗。厉鬼街头白昼现，老奸至此揜其面。邀呼簇拥遮车幔[2]，弃尸漂泊钱塘岸。怒卷胥涛走雷电，雪巘移来天地变。

【注释】

①传奇：当指明代传奇《东窗记》。

②邀呼簇拥遮车幔：《宋史·秦桧传》载："二十年正月，桧趋朝，殿司小校施全刺桧不中，磔于市，自是每出，列五十兵持长梃以自卫。"

【简评】

龙评：

蝶庵诗用"不了汉"，仅用字面而已。实此三字有黄华二牍之妙。放翁《老学庵笔记》最早载此，云："'此不了事汉，不斩何为！'闻者皆笑。"似责施全，实讥秦桧也。桧主议和，曾大言："诸公皆分大名以去，某但欲了天下事耳。"且筑"了堂"，又以诗为记，有"欲了世缘那得了"之句。放翁载"闻者皆笑"，知时之闻者皆晓此意也。

三茅观

三茅观在吴山西南。三茅者，兄弟三人，长曰盈，次曰固，季曰衷，秦初咸阳人也。得道成仙，自汉以来，即崇祀之。第观中三像，一立、一坐、一卧，不知何说。以意度之，或以行立坐卧，皆是修炼功夫，教人不可蹉过耳。宋绍兴二十年，因东京旧名，赐额曰宁寿观。元至元间毁，明洪武初重建。成化十年建昊天阁。嘉靖三十五年，总制胡宗宪以平岛夷功，奏建真武殿。万历二十一年，司礼孙隆重修，并建钟翠亭、三义阁。相传观中有褚遂良小楷《阴符经》墨迹[1]。景定庚申，宋理宗以贾似道有江汉功[2]，赐金帛巨万，不受，诏就本观取《阴符经》，以酬其功。此事殊韵[3]，第不应于贾似道当之耳。余尝谓曹操、贾似道千古奸雄，乃诗文中之有曹孟德，书画中之有贾秋壑，觉其罪业滔天，减却一半。方晓诗文书画，乃能忏悔恶人如此。凡人一窍尚通，可不加意诗文、留心书画哉？

徐渭《三茅观观潮》诗：

黄幡绣字金铃重，仙人夜语骑青凤。
宝树攒攒摇绿波，海门数点潮头动。
海神罢舞回腰窄，天地有身存不得。
谁将练带括秋空？谁将古概量春雪？
黑鳌载地几万年，昼夜一身神血干。
升沉不守瞬息事，人间白浪今如此。
白日高高惨不光，冷虹随身萦城隍。
城中那得知城外，却疑寒色来何方。
鹿苑草长文殊死，狮子随人吼祇树。
吴山石头坐秋风，带着高冠拂云雾。

又《三茅观眺雪》诗：

高会集黄冠，琳宫夜坐阑。梅芳成蕊易，雪谢作花难。
檐月沉杯暖，江峰入坐寒。暮鸦惊炬火，飞去破烟岚。

【注释】

①褚遂良（596—658）：字登善，钱塘人，官至尚书右仆射，为初唐著名书法家。《阴符经》，道家典籍。

②贾似道有江汉功：《宋史纪事本末》载，蒙古南侵后，贾似道督师江汉，张皇失措，“匿议和称臣纳币之事，以所杀获俘卒殿兵上表言：‘诸路大捷，鄂围始解，江汉肃清，宗社危而复安，实万世无疆之休。’帝以似道有再造功，诏入朝，夏四月，进贾似道少师，封卫国公。帝手诏曰：‘贾似道为吾股肱之臣，任此旬宣之寄。隐然殄敌奋不顾身，吾民赖之而更生，王室有同于再造。’及似道至，又诏百官郊劳如文彦博故事，奖眷甚至。”

③韵：风雅。

【简评】

龙评：

前言蝶庵以史家自期，然毕竟为文人，故其云“不入仕版，既鲜恩仇；不顾世情，复无忌讳；事必求真，语必务确”，以为如此便可著史，浑忘却刘子玄“史识”二字。于贾似道而言，罪业实未必滔天，却也不必以文人韵事为其贷罪也。

紫阳庵

紫阳庵在瑞石山。其山秀石玲珑，岩窦窈窕。宋嘉定间，邑人胡杰居此。元至元间，道士徐洞阳得之，改为紫阳庵[①]。其徒丁野鹤修炼于此。一日，召其妻王守素入山，付偈云：“懒散六十年，妙用无人识。顺逆俱两忘，虚空镇长寂。”遂抱膝而逝。守素乃奉尸而漆之，端坐如生。妻亦束发为女冠，不下山者二十年。今野鹤真身在殿亭之右。亭中名贤留题甚众。

其庵久废，明正统甲子，道士范应虚重建[②]，聂大年为记[③]。万历三十一年，布政史继辰[④]、范涞构空翠亭，撰《紫阳仙迹记》，绘其图景并名公诗，并勒石亭中。

李流芳《题紫阳庵画》：

南山自南高峰逦迤而至城中之吴山，石皆奇秀一色，如龙井、烟霞、南屏、万松、慈云、胜果、紫阳，一岩一壁，皆可累日盘桓。而紫阳精巧，俯仰位置，一一如人意中，尤奇也。余己亥岁与淑士同游，后数至湖上，以畏入城市，多放浪两山间，独与紫阳隔阔。辛亥偕方回访友云居，乃复一至，盖不见十余年，所往来于胸中者，竟失之矣。山水绝胜处，每恍惚不自持，强欲捉之，纵之旋去。此味不可与不知痛痒者道也。余画紫阳时，又失紫阳矣。岂独紫阳哉，凡山水皆不可画，然不可不画也，存其恍惚而已矣。书之以发孟旸一笑。

袁宏道《紫阳宫小记》：

余最怕入城。吴山在城内，以是不得遍观，仅匆匆一过紫阳宫耳。紫阳宫石，玲珑窈窕，变态横出，湖石不足方比，梅花道人一幅活水墨也[5]。奈何辱之郡郭之内，使山林懒僻之人亲近不得，可叹哉。

王穉登《紫阳庵丁真人祠》诗：

丹壑断人行，琪花洞里生。乱崖兼地破，群象逐峰成。

一石一云气，无松无水声。丁生化鹤处[6]，蜕骨不胜情。

董其昌《题紫阳庵》诗：

初邻尘市点灵峰，径转幽深绀殿重。

古洞经春犹闷雪，危厓百尺有欹松。

清猿静叫空坛月，归鹤愁闻故国钟。

石髓年来成汗漫，登临须愧羽人踪。

【注释】

①“徐洞阳”句：明史鉴《西村集·记银瓶祠紫阳庵三茅观九》载：“昔徐洞阳梦紫阳张平叔授丹诀，故以名庵。”

②范应虚：字志敏，号西云，为紫阳庵道士，曾辑《紫阳道院集》。

③聂大年（1402—1456）：字寿卿，抚州临川人，曾任仁和训导、教谕，后荐入翰林，预修元史，却卒于京邸。

④史继辰：字应之，号念桥，溧阳人，万历五年（1577）进士，曾任浙江布政使。

⑤梅花道人：即元代画家吴镇，参卷二《飞来峰》篇注。

⑥丁生化鹤处：以丁令威化鹤喻指丁野鹤。陶渊明《搜神后记》载：“丁令威，本辽东人，学道于灵虚山。后化鹤归辽，集城门华表柱。时有少年，举弓欲射之。鹤乃飞，徘徊空中而言曰：‘有鸟有鸟丁令威，去家千年今始归。城郭如故人民非，何不学仙冢累累。’遂高上冲天。”

【简评】

龙评：

一部梦寻，以乐天起，竟以丁野鹤作结，颇有繁华将逝、万境归空之感。

长蘅之文，全书引十三篇，明润淡远，篇篇珠玉，而以此《题紫阳庵画》为全书殿军，确乎当仁不让，吾恐蝶庵之有深意也。长蘅论画理，实亦文理、情理也。初则“往来于胸中者，竟失之矣”，故冀其存；于是“恍惚不自持，强欲捉之”，然如镜花水月，“纵之旋去”；若执著于留，则“画紫阳时，又失紫阳矣”；唯于把笔茫然之际，“不可不画也，存其恍惚而已矣”。此一部寻梦之呓语，岂非如是乎！能解长蘅此理者，吾方许其寻此一场蝶庵旧梦也。

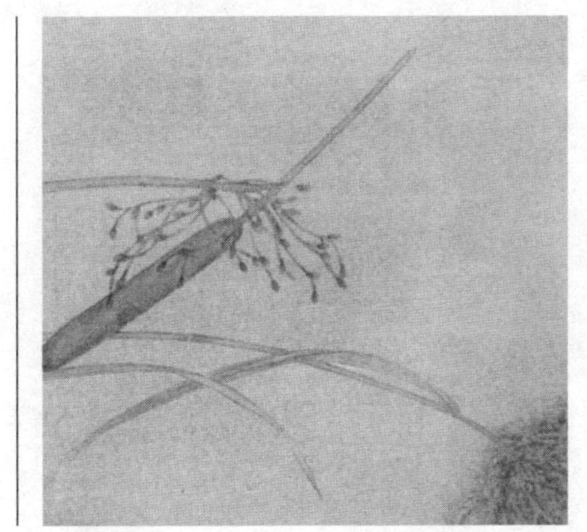

附录

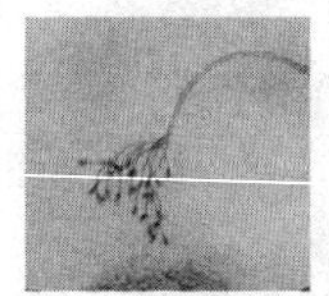

金堡《序》

张陶庵作《西湖梦寻》，向余问讯曰："弟闻《华严经》，佛言华严世界，南赡部洲特华严海中一弹丸之地，则西湖不直一蠡壳水，其景界甚小。汤若士传南柯，蚁穴中有国都、郡邑、社稷、山川，则西湖不止一蚁穴，其景界又甚大。两说不一，乞和尚为我平章之。"

余曰："佛言世间凡事大小，皆由心造：若见为大，则芥子须弥矣；若见为小，则黄龙蝘蜓矣。佛于此只不动念，则景界俱空，大小尽化，蕉鹿庄蝶，一听其自为变幻，于我空相，则亦何有？以余所见，大小高下只在目前。即以西湖言之，尔见六桥三竺，缥缈湖山，其大若此，若置身于南北高峰，由高视下，西湖止一杯之水，歌舫渔舟正如飞凫浮芥，为物甚微。盖眼界所及，愈低愈小，则愈高愈大。庄生所言鲲背鹏翼，千里而遥，鹏之视人亦何异人之视蚁？《齐谐》《志怪》，勿得尽以寓言忽之。昔有人渡海，飞来一物，大如风帆，以篙击之，是一蝶翅，称之重八十余斤，则天壤间实有是境，实有是物，或大或小，一任人之见地为之。余眼光不及数武，何能为尔定其大小也。尔若只以旧梦是寻，尚在杯水浮芥中往来盘礴，何足与于寥廓之观。"

武林道隐金堡偶题。

祁豸佳《序》

天下山水之妙，有以诗传者，有以画传者。自王摩诘以一身兼之。赞之者谓：“摩诘之诗，诗中有画；摩诘之画，画中有诗。”遂将诗、画合为一物。若西湖则不然，西湖之妙，妙在空灵晶映，一入于诗便落脂粉，即东坡二诗亦所不免。世间凡物，竹篱茅舍、鸡犬桑麻，一入于画，无不文雅；而西湖图景，虽桃柳舟航，犹是滓秽太清。故余独谓：“看西湖，决不能为西湖之画；看西湖，决不能为西湖之诗也。”

余友张陶庵，笔具化工，其所记游，有郦道元之博奥，有刘同人之生辣，有袁中郎之倩丽，有王季重之诙谐，无所不有。其一种空灵晶映之气，寻其笔墨又一无所有。为西湖传神写照，政在阿堵矣。若使陶庵于此仍作诗想、仍作画想，一着揣摩，便于西湖十去八九，即在梦中，亦是魇呓。有想有因，卫洗马之病在膏肓，政未易瘳也。

弟祁豸佳书于蟫仙庐。

王雨谦《序》

木华作《海赋》，思路偶涩，或教之曰："尔何不于海之上下四旁言之？"华因言其上下四旁，而《海赋》遂成。盖华之赋海，海之景物已尽，特缺其上下四旁已耳。则是海为主，而上下四旁其辅也。若田叔和之作《西湖志》，志都城、志大内、志市井里坊、志人物流寓、志士女游观，无所不志，而西湖之景物反多遗漏，则是借名西湖，而实与西湖无与。故碑记诗文，自苏、白以后，记如袁石公之灵巧、张锺山之遒劲、李长蘅之淡远，诗如王弇州之华赡、徐文长之奇崛、王季重之隽颖，无一字入志焉，得谓之志乎？

张陶庵盘礴西湖四十余年，水尾山头无处不到。湖中典故，真有世居西湖之人所不能识者，而陶庵识之独详；湖中景物，真有日在西湖而不能道者，而陶庵道之独悉。今乃山川改革，陵谷变迁，无怪其惊惶骇怖，乃思梦中寻往也。虽然，西园雅集，得米海岳一叙，而人物园亭俨然未散；建章宫阙，得张茂先一语，而千门万户仿佛犹存。有《梦寻》一书而使旧日之西湖于纸上活现，则张陶庵之有功于西湖，断不在米海岳、张茂先之下哉。

潞溪白岳王雨谦撰。

李长祥《序》

甲申三月，一梦跷蹊。三十年来若魇若呓，未得即醒。傍人且将升屋唤之，犹恐魂之不返，何暇寻梦中所有，且寻昔日梦中之所有哉！张陶庵见西湖残破，而思蘧榻于徐，惟旧梦是保，自谓计之得矣。吾谓陶庵惟知旧梦，而不知新梦。论旧梦者曰：梦必有想，梦必有因。故无想无因，未尝梦乘车入鼠穴、捣薤噉铁杵。若新梦则不然，淳于芬梦入南柯，则身历蚁穴；幻人能吞刀吐火，则口煅钢锋。卫玠之论想论因，反落肤浅之见矣。

昔王荆公与东坡论扬子云投阁为史臣之妄，《剧秦美新》之作亦为后人所诬。东坡曰："轼亦疑一事。"荆公曰："何事？"东坡曰："不知西汉果有子云否？"余见陶庵所说之西湖与近日所见之西湖毫无足据，亦谓明季时果有西湖否？且谓明季时西湖中果有张陶庵否？识得明季时未必有西湖，方可与寻西湖；识得明季时西湖中未必有陶庵，方可与读陶庵西湖之梦寻。

古夔旧史李长祥书。

查继佐《序》

张陶庵作《西湖梦寻》，以西湖园亭桃柳、箫鼓楼船皆残缺失次，故欲梦中寻之，以复当年旧观也。余独谓不然。余以西湖本质自妙，浓抹固佳，淡妆更好。湖中之繁华绮丽虽凋残已尽，而湖光山色未尝少动分毫，东坡所谓“晴光滟潋”“雨色空濛”，故端然自在也。西湖向比西子，若楼台池馆，则西子之锦衣袨服也；嫩柳夭桃，则西子之歌喉舞态也。近日西子乃罢歌舞，去靓妆，拔簪珥，解衣盘礴，政当西子澡盆出浴之时，须看其冰肌玉骨，妖冶动人，何待艳服乔妆方为绝色也哉！子舆氏曰：“西子蒙不洁，则人皆掩鼻而过之。”虽有恶人，斋戒沐浴则可以事上帝。以恶人而斋戒沐浴尚可以事上帝，何况西子本身自洁，更能斋戒沐浴，其芳香藻洁当更增百倍矣。

陶庵于此，政须着眼，何必辗转反侧，寤寐求之，乃欲以妖梦是践也。

社弟查继佐偶书。

张礼《凡例》

一、志西湖者备矣，皆能发越乎山灵。而先王父是编，盖身历盛衰之际，感时世之旋易，嗟景光之顿殊，托为梦寻，言寄斯慨。以目接之景，作魂交之游。此亦如神返华胥，犹历历不忘其故迹。即境以征事，抒辞以达情，览者有感于斯文，是亦梦中之觉路也。

一、西湖之景物甚繁，传者每多失次。是集首序湖总，中分四方，方各以景从，而终之以外景。凡夫山林丘壑、寺观亭台以及木石禽鱼之微，举皆依次而列，举纲张目，晰缕分条，况者按籍而稽，步步引人入胜。所谓六桥桃柳、三竺烟岚，不必着屐扶筇，而已历探其阃奥矣。

一、西湖之名胜具有源流，流俗所传，多承讹谬。是集于名区兴废、胜迹升沉以及林泉之变迁、草木之荣落，莫不详稽博考，务得其真。至若历朝亮节之臣、往代潜光之士，其故居古墓，皆灵爽所存，尤极意表章，使人心兴感，此更有关于名教，岂徒于山水逞游观哉。

一、西湖之题咏名作如林，往籍所收，美难尽载。是集于白、苏而外，复采佳篇：记如袁李之灵巧清敷、诗若王徐之高华奇崛，以至雅词、名对，皆以次而登，并能照耀古今，发扬山水。后附以先王父平时之所作，识者谓能竞胜争奇，以登作者之堂，似可与诸公分一席也。

一、先王父是集久为名人所传，若李研斋长祥、金道隐堡、查伊璜继佐、祁止祥豸佳诸公时共较雠，雅相推重，所作文序尤极其称扬。而王白岳雨谦先生与先王父论交尤笃，其所点次评论，更为精详，列之篇端，以志相得之雅。令音未替，遗泽犹存，思其笑言，辄复神往耳。

一、先王父生平素多撰述，所著如《陶庵文集》《石匮全书》以及《夜行船》《快园道古》诸本，皆探奇抉奥，成一家言。以卷帙繁多，未能授梓。是集为从弟濮携来岭南，而韶州太守胡公见而称赏，令付剞劂，以张前徽。余小子自顾颛愚，不克仰承先志，而奉兹遗集，益感中怀，爰之梓人，锓以问世。其家藏诸种，俟有力梓行。庶几先王父未坠之精华，复得表章于当代也已。

康熙丁酉年十月望日孙礼谨识。